LA
CAÍDA
DE
GONDOLIN

J.R.R. Tolkien

LA
CAÍDA
DE
GONDOLIN

Editado por CHRISTOPHER TOLKIEN

Ilustrado por ALAN LEE

minotauro

La Caída de Gondolin

Published by HarperCollins *Publishers*, 2018
Originally published as *The Fall of Gondolin*, 2018

Publicación de Editorial Planeta, SA. Diagonal, 662-664, 08034 Barcelona.
Copyright © 2019, 2024 Editorial Planeta, SA, sobre la presente edición.
Reservados todos los derechos.

Todos los textos y materiales de J.R.R. Tolkien © The Tolkien Estate Limited, 2018

Prefacio, notas y el resto de materiales © C. R. Tolkien, 20178
© Traducción de Martin Simonson, Rubén Masera, Teresa Gottlieb, Luis Domènech,
Estela Gutiérrez Torres, Elías Sarhan y Ramón Ibero

Ilustraciones de cubierta e interior © Alan Lee, 2018
Diseño de cubierta: © HarperCollinsPublishers Ltd. 2018
Adaptación del diseño de cubierta: Planeta Arte & Diseño

⯑ ° y Tolkien® y La Caída de Gondolin® son marcas registradas
de The Tolkien Estate Limited

Todos los derechos reservados

ISBN: 978-84-450-1706-7
Depósito legal: B. 4.082-2024
Printed in EU / Impreso en UE.

La lectura abre horizontes, iguala oportunidades y construye una sociedad mejor.
La propiedad intelectual es clave en la creación de contenidos culturales porque sostiene el ecosistema de quienes escriben y de nuestras librerías. Al comprar este libro estarás contribuyendo a mantener dicho ecosistema vivo y en crecimiento.

En **Grupo Planeta** agradecemos que nos ayudes a apoyar así la autonomía creativa de autoras y autores para que puedan seguir desempeñando su labor. Dirígete a CEDRO (Centro Español de Derechos Reprográficos) si necesitas fotocopiar o escanear algún fragmento de esta obra. Puedes contactar con CEDRO a través de la web www.conlicencia.com o por teléfono en el 91 702 19 70 / 93 272 04 47.

El papel utilizado para la impresión de este libro está calificado como papel ecológico y procede de bosques gestionados de manera sostenible

PEFC Certificado

Este libro procede de bosques gestionados de forma sostenible

PEFC

PEFC/14-38-00305   www.pefc.es

Inscríbete en nuestra newsletter en: www.edicionesminotauro.com
Facebook/Instagram: @EdicionesMinotauro
Twitter: @minotaurolibros
www.sociedadtolkien.org

A mi familia

ÍNDICE

PREFACIO

En mi prefacio a *Beren y Lúthien* señalé que «en mi nonagésimo tercer año de vida, éste será (presumiblemente) mi último libro de una larga serie de ediciones de los escritos de mi padre». Usé la palabra «presumiblemente» porque por aquel entonces, estaba pensando en la remota posibilidad de darle el mismo tratamiento al tercero de los «Grandes Relatos» de mi padre, *La Caída de Gondolin*, que ya había aplicado a *Beren y Lúthien*. La posibilidad me parecía muy poco factible, por lo que «presumí» que *Beren y Lúthien* sería mi último libro. Sin embargo, aquella presunción resultó errónea, y ahora debo decir que «en mi nonagésimo cuarto año, *La Caída de Gondolin* es (fuera de toda duda) mi último libro».

En el presente libro uno puede apreciar, a partir de una compleja narración con muchos hilos argumentales recogidos en varios textos, cómo la Tierra Media se acercó al final de la Primera Edad, y cómo la percepción de mi padre de la historia que había concebido fue desarrollándose a lo largo de muchos largos años, hasta que al final zozobró en medio de lo que llegaría a ser su mejor versión.

La historia de la Tierra Media en los Días Antiguos era una estructura que nunca dejó de cambiar. Mi *Historia* de aquella edad, tan larga y compleja, debe su extensión y complejidad a este incesante flujo: un nuevo retrato, un nuevo tema, un nuevo nombre y, sobre todo, nuevas asociaciones. Mi padre, como Creador, reflexiona sobre la larga historia, y mientras escribe descubre un nuevo elemento que ha entrado en la historia. Lo mostraré con un ejemplo muy breve pero destacable, que es representativo de muchos otros. Un rasgo fundamental de la historia de *La Caída de Gondolin* era el viaje emprendido por Tuor, un hombre, junto a su compañero Voronwë, para encontrar Gondolin, la escondida ciudad élfica. Mi padre lo relató muy brevemente en el Cuento original, sin acontecimientos destacables, de hecho sin acontecimiento alguno; pero en la versión final, en que el viaje fue relatado en mucho más detalle, una mañana mientras estaban atravesando un lugar salvaje oyeron un grito en el bosque. Podríamos incluso decir, «mi padre» oyó un grito en los bosques, repentino e inesperado.[1] A continuación, un hombre alto, vestido de negro, que portaba una espada larga y negra, apareció y se acercó a ellos, gritando un nombre como si estuviera buscando a alguien que se había perdido. Sin embargo, pasó de largo sin hablarles.

Tuor y Voronwë no podían explicar esta extraordinaria aparición, pero el Creador de la historia sabía perfectamente de quién

---

1. Para demostrar que no es una afirmación fantasiosa, en una carta que me envió el 6 de mayo de 1944, mi padre escribió: «Un nuevo personaje ha aparecido en la escena (estoy seguro de que no lo inventé, ni siquiera lo quería a él, aunque me gusta, pero ahí vino caminando al bosque de Ithilien): Faramir, el hermano de Boromir».

se trataba. Era nada menos que el afamado Túrin Turambar, el primo de Tuor, y estaba huyendo de la destrucción —de la que Tuor y Voronwë no sabían nada— de la ciudad de Nargothrond. Aquí aparece un breve retazo de uno de los grandes relatos de la Tierra Media «La huida de Túrin de Nargothrond» se narra en *Los Hijos de Húrin* (en mi edición, pp. 156-157), pero no menciona este encuentro fortuito entre los dos parientes, ignorantes el uno del otro, y no volvió a repetirse.

Como botón de muestra de las transformaciones que tuvieron lugar con el paso del tiempo, no hay nada más llamativo que el retrato del dios Ulmo, tal y como fue visto por primera vez, sentado entre los juncos y haciendo música en el atardecer junto al río Sirion. Muchos años más tarde, Ulmo se convirtió en el señor de todas las aguas, que emerge del mar en medio de una gran tormenta en la costa junto a Vinyamar. Desde luego, Ulmo se encuentra en el mismísimo centro del gran mito. Aun con la mayor parte de Valinor en su contra, el Gran Dios consigue misteriosamente cumplir su objetivo.

Echando la vista hacia atrás, ahora que mi trabajo ha concluido después de unos cuarenta años, pienso que mi objetivo subyacente, al menos en parte, residía en tratar de otorgar más prominencia a la naturaleza de «El Silmarillion» y su existencia vital en relación a *El Señor de los Anillos* —pensando en aquella obra más bien como la *Primera Edad* del mundo de mi padre de la Tierra Media y Valinor.

Desde luego, estaba *El Silmarillion* que publiqué en 1977, pero estaba compuesto, o incluso podría decir «diseñado», para crear un efecto de coherencia narrativa, muchos años después de *El Señor de los Anillos*. Podría parecer una obra «aislada», claro está, con su elevado tono, supuestamente descendida de un pasado muy remoto, sin apenas nada de la fuerza e inmediatez de *El Señor de los Anillos*. Sin lugar a dudas, esto era inevitable con la forma que quise darle, porque la narración de la Primera Edad tenía un carácter literario e imaginativo radicalmente diferente. No obstante, sabía que mucho antes, cuando *El Señor de los Anillos* estaba terminado pero mucho antes de su publicación, mi padre estaba convencido de que la Primera Edad y la Tercera Edad (el mundo de *El Señor de los Anillos*) debían ser tratados, *y publicados*, como elementos o partes de *la misma obra*, y había expresado el profundo deseo de que así fuera.

En el capítulo titulado «La evolución de la historia» del presente libro, he reproducido partes de una carta larga y muy reveladora que mi padre escribió a su editor, sir Stanley Unwin, en febrero de 1950, poco después de que hubiese terminado la composición de *El Señor de los Anillos*, en la que se desahogó acerca de este tema. En aquel momento dijo con ironía sobre sí mismo que estaba horrorizado al ver «un monstruo de más de 600.000 palabras», sobre todo teniendo en cuenta que la editorial estaba esperando lo que le habían encargado, una segunda parte de *El Hobbit*, y este nuevo libro (tal y como dijo), en realidad era «una continuación de *El Silmarillion*».

Nunca cambió de opinión. Incluso describió a *El Silmarillion* y *El Señor de los Anillos* como «una larga saga de las joyas y los anillos». Ésta era la razón por la que demoró la publicación de ambas obras por separado. Pero al final fue derrotado, tal y como se verá en *La evolución de la historia*, reconociendo que no había esperanzas de que sus deseos fuesen a ser concedidos, y consintió la publicación de *El Señor de los Anillos* como una obra independiente.

Después de la publicación de *El Silmarillion* me dediqué a investigar, durante muchos años, la colección completa de manuscritos que mi padre me había dejado. En *La historia de la Tierra*

Media seguí el principio general de limitarme a «mantener los caballos emparejados», por decirlo de alguna manera, no historia por historia a lo largo de los años, cada una siguiendo su propia senda, sino más bien prestando atención al movimiento narrativo global, tal y como evolucionó a lo largo de los años. Como señalé en el prefacio del primer volumen de la *Historia*,

> pero la visión del autor de su propia visión fue mudando y cambiando, en una alteración y una ampliación lentas y continuas: sólo en *El Hobbit* y en *El Señor de los Anillos* emergieron partes de esa visión y fueron letra escrita durante el curso de la vida de Tolkien. El estudio de la Tierra Media y Valinor es, pues, complejo; porque el objeto del estudio no era estable, y existe, por así decir, «longitudinalmente» en el tiempo (el curso de la vida del autor), y no sólo «transversalmente» en el tiempo como libro impreso que ya no cambiará en nada esencial.

Por eso, debido a la naturaleza de la obra, la *Historia* a menudo resulta difícil de seguir. Cuando supuse que había llegado el momento de terminar esta larga serie de ediciones, se me ocurrió que podría probar otro modo de hacerlo: trazaría, tan fielmente como pudiera, a partir de textos previamente publicados, una sola narración desde su primera forma existente y a lo largo del desarrollo posterior; así fue cómo salió *Beren y Lúthien*. En mi edición de *Los Hijos de Húrin* (2007) describí en un apéndice las alteraciones principales de la narración a través de las sucesivas versiones, pero en *Beren y Lúthien* incorporé los textos anteriores completos, empezando por su forma más temprana en los *Cuentos perdidos*. Ahora que estoy seguro de que el presente libro será el último, he decidido adoptar la misma forma curiosa para *La Caída de Gondolin*.

Gracias a este modo pude sacar a la luz pasajes, o incluso concepciones plenamente desarrolladas, que posteriomente fueron abandonadas; por ejemplo, en *Beren y Lúthien* la autoritaria pero breve irrupción de Tevildo, el Príncipe de los Gatos. *La Caída de Gondolin* es única desde este punto de vista. En la versión original del Cuento, el devastador ataque a Gondolin, con sus armas nuevas e inimaginables, queda retratado con tanta claridad y en tanto detalle que incluso nos enteramos de los nombres de los lugares de la ciudad donde los edificios fueron incendiados, y donde cayeron guerreros celebrados. En las versiones posteriores, la destrucción y los combates se reducen a un solo párrafo.

El hecho de que las diferentes Edades de la Tierra Media estén relacionadas entre sí se transmite de manera inmediata gracias a la reaparición —en persona, y no meramente como recuerdos— de los personajes de los Días Antiguos en *El Señor de los Anillos*. Muy viejo era Bárbol, el Ent: los Ents eran el pueblo más antiguo que sobrevivían en la Tercera Edad. Bárbol, cuando llevaba a Meriadoc y Peregrin a través del bosque de Fangorn, les cantó:

En los sauzales de Tasarinan yo me paseaba en primavera.
¡Ah, los colores y el aroma de la primavera en Nan-tasarion!

Muchísimo tiempo antes de que Bárbol cantase a los hobbits en Fangorn, Ulmo, el Señor de las Aguas, llegó a la Tierra Media para hablar a Tuor en Tasarinan, la Tierra de los Sauces. También, al final de la historia, leemos sobre Elrond y Elros, los hijos de Eärendel que posterioremente se convirtieron en el señor de Rivendel y el primer rey de Númenor: aquí son muy jóvenes y un hijo de Fëanor se convierte en su guardián y protector.

*

Ahora hablaré de la figura de Círdan, el Carpintero de Navíos, como un emblema de las Edades. Era el portador de Narya, el Anillo de Fuego, uno de los Tres Anillos de los Elfos, hasta que se lo entregó a Gandalf; de él se decía que «veía más lejos y con mayor profundidad que nadie en la Tierra Media». En la Primera Edad era el Señor de los puertos de Brithombar y Eglarest en las costas de Beleriand, y cuando éstos fueron destruidos por Morgoth después de la Batalla de las Lágrimas Innumerables, escapó con una pequeña parte de su pueblo a la Isla de Balar. Allí, y en la desembocadura del Sirion, retomó su oficio de constructor de naves, y, por encargo del Rey Turgon de Gondolin, construyó siete de ellas. Estas naves navegaron al Oeste, pero no volvieron a tener noticias de ellas, salvo de la última. En aquella nave se encontraba Voronwë, enviado de Gondolin, que sobrevivió a un naufragio y se convirtió en el compañero y guía de Tuor en su largo viaje a la Ciudad Escondida.

Mucho tiempo después, Círdan dijo a Gandalf, al entregarle el Anillo de Fuego: «En cuanto a mí, mi corazón está con el Mar, y viviré junto a las costas grises guardando los Puertos hasta que parta el último barco». Así, Círdan aparece por última vez en el último día de la Tercera Edad. Cuando Elrond y Galadriel, con Bilbo y Frodo, cabalgaron hasta las puertas de los Puertos Grises, donde Gandalf les esperaba,

Círdan el Guardián de las Naves se adelantó a darles la bienvenida. Era muy alto, de barba larga, y todo gris y muy anciano, salvo los ojos que eran vivos y luminosos como estrellas; y los miró, y se inclinó en una reverencia, y dijo: «Todo está pronto». Entonces Círdan los condujo a los Puertos, y un navío blanco se mecía en las aguas...

Tras las despedidas, aquellos que iban a partir se embarcaron:

y fueron izadas las velas, y el viento sopló, y la nave se deslizó lentamente a lo largo del estuario gris; y la luz del frasco de Galadriel que Frodo llevaba en alto centelleó y se apagó. Y la nave se internó en la Alta Mar rumbo al Oeste...

De esta manera siguieron el ejemplo de Tuor e Idril que, cuando se acercaba el fin de la Primera Edad, «navegó hacia el poniente, y no apareció nunca más en historias o canciones».

*

El relato de *La Caída de Gondolin* recoge, a lo largo de la narración, muchas referencias oblicuas a otras historias, otros lugares, y otros tiempos: a acontecimientos del pasado que influyen en las acciones y presunciones del presente del relato. Cuando esto ocurre, la tentación de ofrecer una explicación, o por lo menos arrojar un poco de luz, es fuerte; sin embargo, teniendo en cuenta el propósito del libro, no he salpicado el texto con llamadas a nota enumeradas. Mi objetivo ha sido proporcionar algo de asistencia de este tipo, pero en un modo que puede ser fácilmente obviado si así lo desea el lector.

En primer lugar, en el «Prólogo» he introducido una cita del *Esbozo de la mitología*, escrito por mi padre en 1926, para ofrecer una visión general en sus propias palabras, del Mundo desde sus comienzos hasta los acontecimientos que llevan a la fundación de Gondolin. Además he usado la Lista de Nombres en muchas ocasiones para afirmaciones que van mucho más allá de lo que el nombre implica, y también he introducido, después de la Lista de Nombres, un número de notas separadas acerca de temas muy variados, desde la creación del Mundo hasta el significado del nombre Eärendel y la Profecía de Mandos.

Naturalmente, el tratamiento de los cambios de nombres, o de las formas de los nombres, es un asunto muy complejo. Esto es aún más complejo debido a que una forma particular no es necesariamente una indicación de la fecha relativa de la composición en la que ocurre. Mi padre realizaría el mismo cambio en un texto en momentos muy diferentes entre sí, cuando se percataba de la necesidad de hacerlo. Mi propósito no reside en conseguir una consistencia en este respecto a lo largo del libro; es decir, no he aplicado una forma determinada en todos los textos, ni he usado aquélla que esté presente en el manuscrito en todos los casos, sino que he elegido la variación que me ha parecido la más adecuada. De ahí que mantengo *Ylmir* cuando se refiere a *Ulmo*, puesto que ocurre regularmente por razones lingüísticas, pero siempre uso Thorondor en lugar de Thorndor, «Rey de Águilas», ya que mi padre tenía claramente la intención de cambiar el nombre allá donde ocurriese.

Por último, he presentado el contenido del libro de manera diferente con respecto a la estructura de *Beren y Lúthien*. Primero aparecen los textos del Cuento, sucesivamente y sin apenas comentario. Después sigue un resumen de la evolución de la historia, con un comentario acerca del lamentable abandono de la última versión del *Cuento* en el momento en que Tuor atravesó la Última Puerta de Gondolin.

Terminaré repitiendo lo que escribí hace casi cuarenta años.

Resulta muy llamativo que esta narración, compuesta en su juventud, sea el único relato que mi padre llegó a escribir sobre la historia de la estancia de Tuor en Gondolin, su unión con Idril Celebrindal, el nacimiento de Eärendel, la traición de Maeglin, el saqueo de la ciudad y la huida de los fugados —una historia que constituía un elemento central en su visión imaginada de la Primera Edad.

Gondolin y Nargothrond fueron creadas una sola vez, y nunca fueron reelaboradas. Siguieron siendo fuentes e imágenes poderosas —más poderosas, tal vez, porque nunca fueron reelaboradas, y nunca reelaboradas, quizá, porque resultaban tan poderosas. Aunque mi padre se propuso reelaborar Gondolin, nunca volvió a la ciudad; después de ascender por el interminable desfiladero de Orfalch Echor y pasar por la larga sucesión de puertas heráldicas, hizo una pausa junto a Tuor ante la visión de Gondolin en medio de la llanura, y nunca volvió a atravesar el valle de Tumladen.

La publicación, «dentro de su propia historia», del tercero y último de los Grandes Cuentos, supone para mí la ocasión de escribir unas palabras en honor al trabajo de Alan Lee, quien ha ilustrado cada uno de los tres Cuentos. Ha incorporado en su obra una profunda apreciación del carácter interno de las escenas y los acontecimientos que ha elegido de los muchos años transcurridos de los Días Antiguos.

De esta manera ha visto y mostrado, en *Los Hijos de Húrin*, a Húrin como cautivo, encadenado a una silla de piedra en Thangorodrim, escuchando la terrible maldición de Morgoth. Ha visto y mostrado, en *Beren y Lúthien*, a los últimos de los hijos de Fëanor, sentados inertes sobre sus caballos mientras contemplaban la nueva estrella en el cielo occidental, el Silmaril por el que tantas vidas habían sido tomadas. Y, en *La Caída de Gondolin*, ha estado junto a Tuor y con él se ha maravillado ante la vista de la Ciudad Escondida, en busca de la cual había viajado tanto.

Finalmente, estoy muy agradecido a Chris Smith de Harper-Collins por la excepcional ayuda que me ha prestado durante la preparación de los detalles del presente libro, sobre todo su asiduo afán perfeccionista, basado tanto en sus conocimientos de las necesidades de la publicación como de la naturaleza del libro.

También a mi esposa, Baillie: sin su infatigable apoyo durante el largo proceso de preparación del libro, nunca habría conseguido terminarlo. También quiero dar las gracias a todas las personas que me escribieron generosamente cuando parecía que *Beren y Lúthien* iba a ser mi último libro.

Lista de ilustraciones

Al final del libro se encuentra un mapa, así como las genealogías de la Casa de Bëor y los príncipes de los Noldor. Éstas provienen de *Los Hijos de Húrin*, con algunas alteraciones menores.

PRÓLOGO

Comenzaré este libro con una cita que ya usé para dar comienzo a *Beren y Lúthien*: una carta escrita por mi padre en 1964, en la que dijo que escribió *La Caída de Gondolin* «durante una licencia por enfermedad en 1917», y la versión original de *Beren y Lúthien* en el mismo año.

Existen ciertas dudas acerca del año de composición, que surgen de otras afirmaciones realizadas por mi padre. En una carta de junio de 1955 escribió que «*La Caída de Gondolin* (y el nacimiento de Eärendil) fue escrito mientras estaba de licencia en el hospital después de haber sobrevivido a la Batalla del Somme, en 1916»; y en una carta a W. H. Auden del mismo año fechó su composición «durante un permiso por enfermedad a fines de 1916». La primera referencia a este asunto que yo conozca tuvo lugar en una carta que me escribió el 30 de abril, 1944, en la que expresó su compasión por las experiencias que tuve que soportar en aquellos tiempos. «Primero empecé» (dijo) «a escribir "Hª de los Gnomos[2]" en caba-

2. Para el uso del nombre gnomos para referirse al pueblo élfico de los Noldor (antes Noldoli) véase *Beren y Lúthien* pp. 36-37.

ñas del ejército, atestadas, llenas de los ruidos de los gramófonos». Esto no suena como un permiso por baja médica, pero bien puede ser que inició la composición antes de comenzar su permiso.

Muy importante, empero, en el contexto del presente libro, es lo que dijo de *La Caída de Gondolin* en su carta a W. H. Auden de 1955: que era «la primera verdadera historia de este mundo imaginario».

El tratamiento de mi padre del texto original de *La Caída de Gondolin* fue diferente del que usó para *El Cuento de Tinúviel*, donde borró el primer manuscrito escrito a lápiz y escribió una nueva versión encima. En el caso que nos ocupa, sí revisó meticulosamente el primer borrador del Cuento, pero en lugar de borrarlo escribió el texto revisado en tinta encima del original escrito a lápiz, incrementando la multitud de cambios mientras avanzaba. Se puede apreciar en pasajes donde el texto subyacente reulta legible, que estaba siguiendo la versión original con bastante fidelidad.

A partir de este texto mi madre hizo una versión limpia, sorprendentemente exacta teniendo en cuenta las dificultades que el texto presentaba. A continuación, mi padre introdujo múltiples cambios sobre esta copia, pero no en una única ocasión. Puesto que mi objetivo con el presente libro no reside en entrar en las complejidades textuales que casi siempre acompañan al estudio de sus obras, el texto que presentaré es el de mi madre, que incluye los cambios introducidos en él.

Sin embargo, en relación a esto es necesario mencionar que muchos de los cambios realizados en el texto original, habían sido introducidos antes de que mi padre leyera el Cuento ante el Essay Club de Exeter en Oxford, en la primavera de 1920. En sus palabras introductorias, donde explica y se disculpa por la elección de esta obra en lugar de un «ensayo», dijo de ella: «Por tanto, debo leer algo ya escrito y, movido por la desesperación, he recurrido a este cuento. Por supuesto, nunca antes ha visto la luz... Desde hace algún tiempo un ciclo completo de acontecimientos desarrollados en una tierra feérica de mi propia fantasía viene gestándose (o más bien construyéndose) en mi mente. Algunos de los episodios han sido apuntados... Este cuento no es el mayor de ellos, pero es el único hasta ahora que ha sido revisado y todo eso; aunque la revisión no ha sido acabada, me atrevo a leerlo en voz alta».

El título original del relato era *Tuor y los exiliados de Gondolin*, pero mi padre siempre lo llamó después *La Caída de Gondolin*, y yo he hecho lo mismo. En el manuscrito, el título va seguido de las palabras «Que da paso al Gran Cuento de Eärendel». El narrador de este relato en la Isla Solitaria, de lo que se habla en más profundidad en *Beren y Lúthien* pp. 34-35, era Corazoncito (Ilfiniol), hijo del mismo Bronweg (Voronwë) que desempeña un papel importante en el Cuento.

Es parte de la naturaleza de éste el tercero de los «Grandes Cuentos» de los Días Antiguos, que el enorme cambio que había tenido lugar en el mundo de Dioses y Elfos incide directamente sobre la narración de *La Caída de Gondolin* —de hecho, es parte misma de ella—. Es necesario resumir brevemente aquellos hechos, pero en lugar de hacerlo yo mismo, me parece infinitamente mejor usar las palabras, característicamente condensadas, de mi padre. Éstas se encuentran en el «*Silmarillion* Original» (también llamado «*Un esbozo de la mitología*»), tal y como él lo llamaba, que data de 1926 y fue revisado posteriormente. Usé esta obra en *Beren y Lúthien*, y lo haré de nuevo en el presente libro como un elemento en la evolución del relato de *La Caída de Gondolin*; pero aquí lo usaré con el propósito de proporcionar un breve resumen de la historia transcurrida antes de la fundación de Gondolin. Además, tiene la ventaja de provenir de un periodo muy temprano.

Teniendo en cuenta este propósito, he omitido pasajes que no resultan relevantes, y en algunos otros puntos he realizado modificaciones y adiciones menores para aumentar la claridad. Mi texto comienza en el punto en que empieza el «*Esbozo*» original.

Cuando los Nueve Valar son enviados para gobernar el mundo, Morgoth (Demonio de las Tinieblas) se rebela contra la supremacía de Manwë, destruye las lámparas que han sido colocadas para iluminar el mundo, y hunde la isla de Almaren donde moran los Valar (o Dioses). Construye un palacio con fortificaciones y mazmorras en un lugar del Norte. Los Valar se trasladan al extremo occidental del mundo, bordeado por los Mares Exteriores y el último Muro, y en el Este por las elevadas Montañas de Valinor, levantadas por los Dioses. En Valinor reúnen toda la luz y muchas cosas bellas, y construyen sus mansiones, jardines y su ciudad, pero Manwë y su esposa Varda tienen sus salas en la cima de la montaña más alta (Taniquetil) desde donde pueden divisar el sombrío Este al otro lado del mundo. Yavanna Palúrien planta los Dos Árboles en medio de la llanura de Valinor, delante de las puertas de la ciudad de Valmar. Crecen bajo sus cantos y uno de ellos tiene hojas de color verde oscuro, con dorsos de plata centelleante, y flores blancas como las del cerezo de las que cae un rocío de luz plateada; el otro tiene hojas de un verde claro con bordes dorados y flores amarillas como las que cuelgan del laburno, que emiten calor y una luz penetrante. Cada árbol se expande hasta alcanzar su máxima gloria durante siete horas, y después mengua durante otras siete horas, por lo que en dos ocasiones cada día llega un momento de un resplandor suave, cuando se mezcla la luz más tenue de los dos árboles.

Las Tierras Exteriores [Tierra Media] están sumidas en la oscuridad. El crecimiento de las cosas fue interrumpido cuando Morgoth ahogó las lámparas. Hay bosques llenos de oscuridad, de tejos y pinos y hiedra. Oromë viene a cazar de vez en cuando, pero en el Norte Morgoth y su prole demoníaca (los balrogs) y los Orcos (trasgos, también llamados *glamhoth* o gente de odio) campan a sus anchas. Varda contempla la oscuridad y se conmueve. Recogiendo la luz almacenada de Silpion, el Árbol Blanco, crea y esparce las estrellas.

Tras la creación de las estrellas, los hijos de la Tierra se despiertan —los Eldar (O Elfos)—. Oromë los encuentra junto al lago iluminado por las estrellas, Cuiviénen, el Agua del Despertar, en el Este. Maravillado por su belleza, cabalga de vuelta a Valinor y se lo cuenta a los Valar, quienes recuerdan su deber hacia la Tierra, ya que acudieron allí sabiendo que su oficio residía en gobernarla para las dos razas de la Tierra, que llegarían por separado y a su debido tiempo. A continuación organizan una expedición a la fortaleza del Norte (Angband, Infierno de hierro), pero no pueden destruirla puesto que ya es demasiado fuerte. Sin embargo, hacen prisionero a Morgoth y se le remite a las salas de Mandos, quien residía en el Norte de Valinor.

Por temor a las criaturas malvadas de Morgoth, que todavía caminaban en la oscuridad, invitan a los Eldalië (los pueblos de los Elves) a Valinor. Los Eldar emprenden una larga marcha desde el Este, guiados por Oromë, montado en su caballo blanco. Los Eldar quedan divididos en tres grupos: uno bajo el liderazgo de Ingwë, que después se llamaría los Quendi (Elfos de la luz), otro que recibiría el nombre de los Noldoli (Gnomos o Elfos profundos), y otro más que se conocería como los Teleri (Elfos del mar). Muchos de ellos se pierden a lo largo del viaje y caminan por los bosques del mundo, y éstos se convierten en los diferentes grupos que componen los Ilkorindi (Elfos que nunca llegaron a vivir en Kôr, en Valinor). El más importante de ellos era Thingol, que oyó cantar a Melian y los ruiseñores, quedó hechizado y se durmió durante una edad entera. Melian era una de las doncellas divinas del Vala Lórien, que a veces se adentraba en el mundo exterior. Melian y Thingol se convirtieron en Reina y Rey de los Elfos del bosque en Doriath, donde residieron en sus salas, llamadas Las Mil Cavernas.

Los otros Elfos llegaron a la última orilla del Oeste. En aquellos días, estas orillas se extendían hacia el Noroeste, hasta que tan sólo un estrecho de mar las separaba de la tierra de los Dioses, y este estrecho estaba lleno de hielo crujiente. Sin embargo, en el lugar al que llegaron los Elfos se extendía un ancho y oscuro mar hacia el Oeste.

Había dos Valar del Mar. Ulmo (Ylmir), el más poderoso de todos los Valar después de Manwë, era el señor de todas las aguas, pero a menudo residía en Valinor, o en los Mares Exteriores. Ossë y la dama Uinen, cuyos cabellos flotan por todos los mares, amaban más a aquellos mares del mundo que bañaban las orillas de Valinor, al pie de las Montañas. Ulmo arrancó la isla medio hundida de Almaren, donde los Valar habían residido primero, y, embarcando en ella a los Noldoli y los Quendi, que fueron los primeros en llegar, los llevó a Valinor. Los Teleri vivieron por un tiempo en las costas mientras esperaban su regreso, de ahí su amor por el mar. Mientras también ellos eran transportados por Ulmo, Ossë, por envidia y por amor a las canciones de los Elfos, encadenó la isla al fondo marino en un punto lejano de la Bahía de Faërie, desde donde podían atisbar las Montañas de Valinor. No había más tierras cerca y se llamaba la Isla Solitaria. Allí los Teleri moraron durante una larga edad y desarrollaron una lengua diferente, y aprendieron una música extraña de Ossë, quien creó las aves marinas para su deleite.

Los Dioses dieron un hogar en Valinor a los otros Eldar. Puesto que incluso en los jardines de Valinor, iluminados por los Árboles, deseaban ver la luz de las estrellas, se creó una quebrada en las montañas circundantes, y allí, en un valle profundo, se construyó una colina verde, Kôr. Ésta era iluminada desde el Oeste por los Árboles, mientras que en el Este la vista se abría a la Bahía de Faërie y la Isla Solitaria, y más allá los Mares Sombríos. De esta manera, parte de la luz bendita de Valinor se filtró hasta las Tierras Exteriores [la Tierra Media] y, cayendo sobre la Isla Solitaria, hizo que sus costas occidentales se tiñeran de un verde hermoso.

En la cima de Kôr se construyó la ciudad de los Elfos y se llamaba Tûn. Los Quendi fueron los más amados por Manwë y Varda, mientras que los Noldoli eran los favoritos de Aulë (el Herrero) y Mandos el Sabio. Los Noldoli inventaron y crearon innumerables joyas, llenando la ciudad de Tûn de ellas, y también las salas de los Dioses.

De los Noldoli, el más habilidadoso con la magia era Fëanor, el hijo mayor de Finwë.[3] Creó tres joyas (Silmarils) en las que incrustó un fuego vivo que combinaba la luz de los Dos Árboles. Emitían luz propia y las manos impuras se quemaban si las tocaban.

Los Teleri, viendo a lo lejos la luz de Valinor, se debatían entre el deseo de unirse de nuevo a sus parientes y vivir junto al mar. Ulmo les enseñó a construir navíos. Ossë, cediendo, les dio cisnes. Engancharon a muchos cisnes a sus naves y navegaron a Valinor, donde vivieron en la costa, donde podían ver la luz de los

---

3. Finwë era el líder de los Noldoli en el gran viaje desde Cuiviénen. Su hijo mayor era Fëanor; su segundo hijo era Fingolfin, padre de Fingon y Turgon, y su tercer hijo era Finarfin, el padre de Finrod Felagund.

Árboles y acudir a Valmar si así lo deseaban, pero también podían navegar y bailar en las aguas tocadas por la luz que salía por el paso de Kôr. Los otros Eldar les regalaron muchas joyas, sobre todo ópalos y diamantes y otros cristales pálidos, que fueron esparcidos por las playas de la Bahía de Faërie. Ellos mismos inventaron las perlas. Su ciudad principal era el Puerto de los Cisnes en la costa al Norte del paso de Kôr.

Los Dioses ya se habían dejado embaucar por Morgoth, quien, después de pasar siete edades en la prisión de Mandos con dolores cada vez más débiles, se presentó ante el cónclave de los Dioses a su debido tiempo. Contempla con avaricia y malicia a los Eldar, quienes también están presentes, sentados a los pies de los Dioses, y siente sobre todo deseos de poseer las joyas. Oculta su odio y su deseo de venganza. Se le permite una morada humilde en Valinor y después de un tiempo, ya camina en libertad. Ulmo es el único que presagia el mal, mientras que Tulkas el Fuerte, quien lo capturó la primera vez, lo vigila. Morgoth ayuda a los Eldar en muchos cometidos, pero poco a poco va envenenando su paz con mentiras.

Sugiere que los Dioses les trajeron a Valinor por envidia, y por temor a que sus habilidades, su magia y su belleza, llegasen a ser demasiado fuertes para ellos en el mundo exterior. Los Quendi y los Teleri apenas se dejan perturbar, pero los Noldoli, los más sabios de los Elfos, se ven afectados. Comienzan a hablar en voz baja contra los Dioses y sus sirvientes; su propia habilidad les llena de vanidad.

Sobre todo, Morgoth alimenta el fuego del corazón de Fëanor, pero desde el principio desea por encima de todo poseer los inmortales Silmarils, aunque Fëanor ha lanzado una maldición sobre ellos, que afectará a cualquiera que les ponga las manos encima, sean Dioses, Elfos o los mortales que puedan venir más adelante. Morgoth, mintiendo, dice a Fëanor que Fingolfin y su hijo Fingon están conspirando para usurpar de Fëanor y sus hijos el gobierno sobre los Gnomos, y que quieren hacerse con los Silmarils. Se produce un enfrentamiento entre los hijos de Finwë. Convocan a Fëanor ante los Dioses, donde se exponen las mentiras de Morgoth. Fëanor queda expulsado de Tûn, y le acompaña Finwë, quien ama a Fëanor por encima del resto de sus hijos, y muchos Gnomos. Construyen una Tesorería en el Norte de Valinor, en las colinas cerca de las salas de Mandos. Fingolfin gobierna a los Gnomos que quedan en Tûn. De esta manera, las mentiras de Morgoth parecen justificadas y la amargura que sembró continúa incluso después de que sus palabras quedasen desacreditadas.

Tulkas es enviado para encadenar a Morgoth una vez más, pero se escapa a través del paso de Kôr hasta la oscura región a los pies de Taniquetil llamada Arvalin, donde las sombras son las más espesas del mundo. Allí encuentra a Ungoliant, Tejedora de Sombras, que vive en una hondonada en las montañas donde absorbe luz o cosas brillantes para tejer telarañas llenas de una negra y asfixiante oscuridad, niebla y sombras. Con Ungoliant, Morgoth planifica su venganza. Sólo una recompensa muy terrible puede motivarla a enfrentarse a los peligros de Valinor o exponerse a la vista de los Dioses. Teje sombras densas a su alrededor para protegerse y se columpia de cumbre en cumbre, aferrada a sus hilos, hasta que llega a la cima más alta de las montañas del Sur de Valinor (poco vigiladas por su altura y distancia de la vieja fortaleza de Morgoth). Construye una escalera por la que pueda ascender Morgoth. Ambos se arrastran hasta Valinor. Morgoth apuñala a los Árboles y Ungoliant devora sus jugos, vomitando nubes de negrura. Los Árboles sucumben lentamente ante la espada envenenada y los labios venenosos de Ungoliant.

Los Dioses se quedan contrariados ante la aparición del crepúsculo en pleno día, y cuando ven los vapores negros que se introducen por las calles de la ciudad. Llegan demasiado tarde. Los Árboles se mueren mientras los Valar se lamentan junto a ellos. Pero Tulkas y Oromë y otros muchos montan y salen en busca de Morgoth a través de las sombras, cada vez más espesas. Allá donde vaya Morgoth, la oscuridad que confunde es más densa debido a las telarañas de Ungoliant. Llegan Gnomos de la Tesorería de Finwë y cuentan que Morgoth recibe ayuda de una araña que teje oscuridad. Los han visto dirigirse hacia el Norte. Morgoth ha parado en medio de la huida a la altura de la Tesorería, donde ha matado a Finwë y a muchos de sus hombres, llevándose los Silmarils y un vasto tesoro de las joyas más espléndidas de los Elfos.

Mientras tanto, Morgoth se escapa con la ayuda de Ungoliant hacia el Norte y atraviesa el Hielo Crujiente. Una vez recuperadas las regiones septentrionales del mundo, Ungoliant lo llama para que le entregue la segunda parte de la recompensa. La primera mitad era la savia de los Árboles de la Luz. Ahora reclama la mitad de las joyas. Morgoth se las ofrece y ella las devora. Ahora se ha vuelto monstruosa, pero Morgoth no está dispuesto a compartir los Silmarils. Ella lo atrapa en una telaraña negra pero le salvan los balrogs con sus látigos de fuego, y las huestes de los Orcos; y Ungoliant se marcha hasta el extremo Sur del mundo.

Morgoth vuelve a Angband, donde crece inmensamente tanto su poder como el número de sus demonios y Orcos. Forja una corona de hierro e incrusta en ella los Silmarils, aunque le queman las manos, que quedan ennegrecidas, y nunca se libra del dolor de las quemaduras. No se quita la corona ni por un momento y nunca abandona las profundas mazmorras de su fortaleza, donde gobierna a sus vastos ejércitos desde su trono en las profundidades.

Cuando queda claro que Morgoth se ha escapado, los Dioses se juntan alrededor de los Árboles muertos y pasan mucho tiempo sentados en la oscuridad, apesadumbrados y enmudecidos, sin que nada más les importe. El día elegido por Morgoth para llevar a cabo el ataque era el día de un festival que se celebraba a lo largo y ancho de Valinor. En ese día era costumbre que los principales Valar y muchos de los Elfos, especialmente los Quendi, ascendieran por las largas y sinuosas sendas en una procesión interminable hasta las salas de Manwë en la cima de Taniquetil. Todos los Quendi y algunos de los Noldoli (aquellos que todavía vivían en Tûn bajo Fingolfin) habían acudido a Taniquetil, y estaban cantando en la cumbre más elevada cuando los guardias se percataron del desvanecimiento de los Árboles a lo lejos. La mayoría de los Noldoli estaba en la planicie, y los Teleri en la costa. Las nieblas y la oscuridad ahora se filtran desde el mar por el paso de Kôr mientras mueren los Árboles. Fëanor llama a los Gnomos para que acudan a Tûn (rebelándose contra su exilio).

Hay una concurrencia muy numerosa en la plaza del punto más alto de Kôr, alrededor de la torre de Ingwë, iluminada por antorchas. Fëanor pronuncia un discurso violento, y aunque su ira va dirigida a Morgoth, sus palabras son en parte fruto de las mentiras de Morgoth. Pide a los Gnomos que huyan a través de la oscuridad mientras los Dioses están sumidos en duelo, para encontrar su libertad en el mundo exterior y buscar a Morgoth, ahora que Valinor ya no es más bienaventurada que el resto del mundo. Fingolfin y Fingon hablan en su contra. Los Gnomos reunidos votan a favor de la huida y Fingolfin y Fingon ceden; no van a abandonar a su pueblo, pero mantendrán el control sobre más de la mitad de los Noldoli de Tûn.

Comienza la huida. Los Teleri no quieren unirse a ellos. Los Gnomos no pueden escapar sin naves, y no se atreven a cruzar el

Hielo Crujiente. Intentan hacerse con los barcos de los cisnes en el Puerto de los Cisnes y se produce un enfrentamiento (el primero entre las razas de la Tierra) en el que perecen muchos de los Teleri, y pierden sus naves. Se pronuncia una maldición sobre los Gnomos, que a partir de ahora sufrirán frecuentes traiciones, y tendrán miedo de ser traicionados por gente de su propio pueblo, como castigo por la sangre derramada en el Puerto de los Cisnes. Navegan hacia el Norte siguiendo la costa de Valinor. Mandos envía un emisario que, hablando desde un acantilado les saluda cuando pasan, avisándoles de que deben volver, y cuando se niegan, pronuncia la «Profecía de Mandos» acerca de su destino en días venideros.

Los Gnomos ya llegan al punto donde el mar se estrecha, y allí se preparan para cruzar el estrecho. Mientras acampan en la orilla, Fëanor, sus hijos y su gente parten con todas las naves, dejando de manera traicionera a Fingolfin en la orilla e iniciando de esta manera la maldición del Puerto de los Cisnes. Queman las naves nada más arribar en el Este del mundo, y la gente de Fingolfin puede ver el reflejo de luz en el cielo. La misma luz también avisa a los Orcos de su llegada.

El pueblo de Fingolfin camina miserablemente. Algunos de los que estaban bajo Fingolfin regresan a Valinor en busca del perdón de los Dioses. Fingon guía al grupo principal hacia el Norte, por encima del Hielo Crujiente. Muchos perecen.

Entre los poemas que mi padre comenzó durante sus años en la Universidad de Leeds (notablemente *La Balada de los hijos de Húrin* en verso aliterativo), estaba *La huida de los Noldoli de Valinor*. Este poema, también escrito en verso aliterativo, fue abandonado después de 150 versos. Es seguro que fue escrito en Leeds en 1925 (lo estimo extremadamente probable), el año en que obtuvo la cátedra de Anglosajón en Oxford. De este fragmento poético

citaré una parte que comienza con «la numerosa concurrencia en
la plaza del punto más alto de Kôr» donde Fëanor «pronunció un
discurso violento», que se describe en un pasaje del *Esbozo de la
mitología*, p. 35. El nombre *Finn* en los versos 4 y 16 es la forma
gnómica de Finwë, el padre de Fëanor; *Bredhil* en el verso 49 es el
nombre en gnómico de Varda.

Pero los Gnomos fueron llamados   por nombre y parentesco,
formados y ordenados   en la imponente plaza
sobre la corona de Côr.   Allí en voz alta gritó
el fiero hijo de Finn.   Llameantes antorchas
sostuvo y agitó   con sus manos en alto,   5
aquellas manos cuyo arte conocía   el oculto secreto,
manos que nadie,   ni Gnomo ni mortal,
había igualado o superado   en magia o en destreza.
«¡Ay! Mi padre ha sido muerto   por la espada de los malignos,
la muerte le ha llegado   a las puertas de su mansión   10
y profunda fortaleza,   donde oscuramente escondidas
se guardaban las Tres,   las cosas sin igual
que ni Gnomo ni Elfo   ni los Nueve Valar
jamás podrán volver a hacer   o renovar en la tierra,
tallar de nuevo o encender una vez más   por arte o magia,   15
ni Fëanor, hijo de Finn,   que un día las fabricó;
se ha perdido la luz   allí donde por primera vez se encendió,
el destino de Faërie   ha conocido su hora.

Así la insensatez   ha recibido su recompensa
del celo de los Dioses,   que aquí nos guardan   20
para servirlos, cantarles   en nuestras dulces jaulas
e idear para ellos gemas   y alhajas enjoyadas,
deleitar su ocio   con nuestra hermosura,
mientras ellos malgastan y despilfarran   obras de edades,

y no pueden dominar a Morgoth   sentados en sus mansiones 25
en incontables consejos. ¡Y ahora venid todos cuantos
tenéis valor y esperanza! ¡Atended mi llamada
para huir, para ser libres en lugares lejanos!
Los bosques del mundo cuyas amplias mansiones
aún sueñan en oscuridad están sumidos en sopor,   30
sobre las llanuras sin senderos y las peligrosas costas
aún no brilla la luna, ni el creciente amanecer
en rocío y luz ha empapado para siempre,
mucho mejor son esos lugares para los pies intrépidos
que los jardines de los Dioses rodeados de penumbra, 35
llenos de ociosidad y de días vacíos.
¡Sí! Aunque la luz los ilumine y la belleza vaya más allá
del deseo del corazón que aquí nos ha mantenido esclavos
durante mucho, mucho tiempo. Pero esa luz está muerta.
Nuestras gemas han desaparecido, nuestras joyas han sido
                        [robadas; 40

y los Tres, mis Tres, los globos de cristal
tres veces encantados, de fulgor inmortal
iluminados, encendidos con esplendor viviente
y esencia de todas las tonalidades, su voraz llama,
Morgoth los tiene en su monstruosa fortaleza,   45
mis Silmarils. Aquí pronuncio juramentos,
vínculos irrompibles que me aten para siempre,
por Timbrenting y las estancias intemporales
de Bredhil la Bienaventurada que allí mora,
ojalá que oiga y preste atención, para perseguir sin cesar, 50
sin vacilar ni desfallecer por el mundo y el mar,
por tierras aliadas, montañas solitarias,
por marjales y florestas y las terribles nieves,
hasta que yo los encuentre, donde se oculta el destino
del pueblo del País de los Elfos y está encerrada su fortuna, 55
donde ahora sólo queda la luz divina.»

Entonces con sus hijos a su lado,   los siete parientes,
el hábil Curufin,   Celegorm el hermoso,
Damrod y Díriel   y el oscuro Cranthir,
Maglor el poderoso   y Maidros el alto   60
(el mayor, cuyo ardor   ardía aún más intenso
que la llama de su padre,   que la ira de Fëanor;
el sino le aguardaba   con propósito cruel),
éstos con risas en los labios   saltaron junto a su señor,
con manos unidas   allí rápidamente pronunciaron   65
el juramento irrompible;   a partir de entonces la sangre
corrió como un mar   y consumió las espadas
de interminables ejércitos,   y aún no ha llegado a su fin.

*

LA CAÍDA DE GONDOLIN

El relato original

Entonces Corazoncito, hijo de Bronweg, dijo:

—Debéis saber entonces que Tuor era un hombre que vivió hace ya mucho tiempo en esa tierra del Norte llamada Dor-lómin o la Tierra de las Sombras, y los Eldar son los que mejor la conocen de entre todos los Noldoli.

Tuor provenía de un pueblo que recorría los bosques y los páramos y no conocía el mar ni le cantaba; pero Tuor no moraba con esas gentes y vivía solo cerca de ese lago llamado Mithrim, ora cazando en los bosques, ora tocando melodías junto a sus orillas en su tosca arpa de madera y cuerdas hechas con tendones de oso. Ahora bien, al oír hablar de la vivacidad de sus sencillas canciones fueron muchos los que llegaron de parajes cercanos y remotos a escuchar sus melodías, pero Tuor dejó de cantar y se marchó a regiones solitarias. Allí aprendió muchas cosas curiosas y recibió enseñanzas de los Noldoli errantes, que le enseñaron muchas palabras de su idioma y le transmitieron muchos de sus conocimientos; pero no estaba destinado a quedarse para siempre en esos bosques.

Se dice que tiempo después la magia y el destino lo llevaron cierto día hasta la entrada de una caverna por cuyo interior corría un río oculto que nacía en el Mithrim. Y Tuor se internó en la caverna para descubrir su secreto, pero las aguas del Mithrim lo arrastraron hasta el fondo de las rocas y no pudo regresar a la luz. Se dice que esto sucedió porque así lo quiso Ulmo, el Señor de las Aguas, que había inspirado a los Noldoli a abrir ese sendero oculto.

Entonces los Noldoli se presentaron ante Tuor y lo condujeron por largos pasadizos oscuros entre las montañas hasta que salió nuevamente a la luz y vio que el río corría veloz al fondo de una muy profunda hondonada por cuyos flancos era imposible trepar. Entonces Tuor ya no quiso regresar, porque sólo deseaba seguir avanzando, y el río lo condujo sin cesar hacia el Oeste.

El sol salía a sus espaldas y se ocultaba delante de él, y allí donde el agua se convertía en espuma entre los cantos rodados o se precipitaba en cascadas un arco iris cubría a veces la hondonada, pero al atardecer los lisos flancos resplandecían a la luz del sol del ocaso y, por ese motivo, Tuor le dio el nombre de Grieta Dorada o de Hondonada Coronada de Arco Iris, «Glorfalc» o «Cris Ilbranteloth» en la lengua de los Gnomos.

Tuor siguió avanzando por allí durante tres días, bebiendo agua del río oculto y alimentándose de sus peces; y éstos eran dorados y azules y plateados, y de variadas y prodigiosas formas. Finalmente la cañada comenzó a ensancharse y, a medida que se abría, sus flancos eran cada vez más bajos y escarpados, y el lecho del río se iba cubriendo con más y más cantos rodados en torno a los cuales las aguas se volvían espumosas y borboteantes. Tuor se quedaba sentado por largo rato contemplando el salpicar de las aguas y escuchando su sonido, y luego se levantaba para avanzar saltando de piedra en piedra mientras cantaba; o, cuando las estrellas aparecían en la angosta franja de cielo sobre la hondonada, despertaba ecos con el sonoro tañido del arpa.

Un día, después de una larga y agotadora jornada, ya entrada la noche Tuor oyó un grito y no podía distinguir de qué criatura provenía. Entonces se dijo: «Es un duende —y luego—, no, no es más que un animal pequeño que aúlla entre las rocas»; y luego le parecía que un pájaro desconocido lanzaba un silbido de singular melancolía que jamás había oído; y, como no había escuchado a ningún pájaro mientras avanzaba por la Grieta Dorada, le alegró oír ese sonido aunque fuese lastimero. A la mañana siguiente oyó el mismo chillido sobre su cabeza y, al mirar hacia arriba, vio tres enormes aves blancas que se alejaban hacia el fondo de la hondonada con un impetuoso batir de alas y lanzando gritos como los que había oído en medio de la oscuridad. Eran las gaviotas, las aves de Ossë.

En esa parte del río había islotes rocosos en medio de la corriente y rocas sueltas cubiertas de arena blanca en la orilla de la hondonada, de modo que era difícil avanzar y, tras un rato, Tuor encontró por fin un lugar por donde podía escalar el acantilado. Entonces sintió que un viento fresco le daba de lleno en la cara y se dijo: «Esto es placentero como un sorbo de vino», pero no sabía que estaba cerca de los confines del Gran Mar.

Mientras avanzaba más arriba de las aguas, la hondonada volvió a estrecharse y sus flancos se elevaron, de modo que siguió caminando por la cumbre del alto risco hasta llegar a un paraje estrecho donde se escuchaba un gran estrépito. Entonces Tuor miró hacia abajo y vio un paisaje incomparablemente maravilloso, porque parecía que una marea de aguas enfurecidas subía contra la corriente por la estrecha hondonada, pero las aguas que bajaban desde el lejano Mithrim seguían avanzando y una muralla de agua se elevaba casi hasta la cumbre del risco, coronada de espuma y retorcida por los vientos. Entonces las aguas del Mithrim cedían al empuje y la corriente que se internaba en la hondonada se precipitaba rugiente hacia el fondo del canal cubriendo los islotes rocosos y agitando la arena blanca, de modo que Tuor huyó atemorizado, porque no conocía los hábitos del mar; pero los Ainur lo inspiraron a trepar por el flanco, porque si no lo hubiera hecho el oleaje lo habría aplastado y era un oleaje impetuoso por los vientos del Oeste. Entonces Tuor se encontró en un paraje escabroso donde no crecía ni un solo árbol y estaba azotado por el viento que venía desde donde se ponía el sol, y todos los arbustos y los matorrales se inclinaban hacia el Oriente por el empuje del viento. Y por allí anduvo sin rumbo hasta llegar a los negros riscos que había junto al mar, y vio el océano y las olas por primera vez y en ese momento el sol se ocultaba bajo el borde de la Tierra, allá a lo lejos en el mar, y se quedó en lo alto del risco con los brazos abiertos y el corazón embargado por un profundo anhelo. Algunos dicen que fue el primer Hombre que llegó hasta el Mar y lo miró y conoció los deseos que despierta; pero no sé si tienen razón.

En esas regiones se quedó a vivir en una caleta protegida por enormes rocas de un negro profundo, con fondo de arenas blancas que la marea alta cubría en parte con aguas azules; la espuma jamás llegaba hasta allí, salvo en las más furiosas tempestades. Por largo tiempo vivió solo en ese sitio, vagando por la playa o caminando sobre las rocas en el menguante, maravillado por las pozas y las enormes algas, las cavernas húmedas y los extraños animales marinos que veía y que llegó a conocer; pero la pleamar y la bajamar y la voz de las olas siguieron siendo para él el mayor de los prodigios, y siempre le parecían algo nuevo e inimaginable.

Tuor había navegado mucho en las serenas aguas del Mithrim,

sobre las que se oía a lo lejos el canto de los patos o de las gallinas de agua, en un pequeño bote con una proa que imitaba el cuello de un cisne y que había perdido el mismo día en que encontró el río oculto. Aún no había navegado en el mar, aunque su corazón lo incitaba constantemente a hacerlo con una extraña ansiedad que en las noches serenas, cuando el sol se ocultaba más allá del borde del mar, se convertía en un incontenible deseo.

Tuor tenía maderos que habían sido arrastrados por el río oculto; y eran de buena madera porque los Noldoli los cortaban en las florestas de Dor-lómin y se los enviaban flotando con especial intención. Pero lo único que había construido hasta entonces era una cabaña en un rincón bien protegido de la caleta, que en los cuentos de los Eldar se ha conocido desde entonces como Falasquil. Poco a poco y con esfuerzo la fue adornando con hermosas tallas de animales y de árboles y de flores y de pájaros que había visto cerca de las aguas del Mithrim, y entre ellas se destacaba la figura del Cisne, porque a Tuor le gustaba mucho ese emblema, que se convirtió en su distintivo, y, tiempo después, en el de su familia y de los suyos. Allí pasó mucho tiempo, hasta que la soledad de los mares vacíos se le adentró en el corazón e incluso Tuor, el solitario, comenzó a extrañar las voces de los Hombres. Y eso fue en parte obra de los Ainur, porque Ulmo adoraba a Tuor.

Una mañana, mientras contemplaba la costa —ya en los últimos días del verano—, Tuor vio tres cisnes que volaban muy alto y con gran brío desde el Norte. Nunca había visto cisnes en esas regiones, y pensó que se trataba de una señal y se dijo: «Hace mucho que mi corazón anhela emprender un viaje lejos de aquí, ¡y bien, ahora seguiré a esos cisnes!». He aquí que los cisnes se dejaron caer en las aguas de su caleta y, luego de nadar tres veces por su contorno, volvieron a elevarse y se alejaron lentamente hacia el Sur siguiendo la costa, y Tuor cogió el arpa y la lanza y los siguió.

Tuor recorrió un largo trecho ese día; y antes del anochecer llegó a un paraje en el que volvió a ver árboles, y las tierras que ahora atravesaba eran muy diferentes de las playas donde se encontraba Falasquil. Allí Tuor había visto altos riscos surcados de cuevas y enormes pozos de aguas borboteantes y caletas rodeadas de altos murallones, pero a partir de la cumbre de los riscos se extendían tierras escabrosas, planas y desiertas hasta un contorno azulado que anunciaba la presencia de remotas colinas. En cambio, lo que veía ahora era una larga costa bordeada de laderas y extensiones de arena, y las colinas distantes se acercaban cada vez más a las orillas del mar y sus oscuras faldas estaban cubiertas con pinos y abetos, y a sus pies se alzaban abedules y viejos robles. Al pie de las colinas surgían frescos torrentes que se precipitaban por estrechas grietas hasta llegar a la costa y a las olas saladas. Tuor no podía atravesar de un salto algunas de esas grietas y a menudo se le hacía difícil avanzar, pero seguía esforzándose porque los cisnes iban siempre delante de él, ora volando en círculos, ora avanzando velozmente, pero sin bajar jamás, y el brioso batir de sus alas lo animaba a seguir.

Según se cuenta, Tuor siguió avanzando así por muchos días, pero el invierno descendía desde el Norte algo más velozmente que él, porque estaba muy fatigado. Sin embargo, sin que los animales ni el frío le hicieran daño alguno, llegó a comienzos de la primavera a la desembocadura de un río. Allí la tierra no se extendía como antes hacia el Norte y era más hospitalaria que en el extremo de la Grieta Dorada, y, además, la costa cambiaba de rumbo y el mar ya no se encontraba al Oeste sino al Sur, como advertía por el recorrido del sol y las estrellas; pero su mano derecha siempre apuntaba al mar.

El río corría por un profundo canal y a sus orillas se extendían tierras fértiles: hierbas y praderas exuberantes hacia un lado y laderas cubiertas de árboles hacia el otro; sus aguas se fundían lentamente con el mar y no se enfrentaban a él como las aguas del Mithrim, allá en el Norte. Interrumpían su curso largas lenguas de tierra cubiertas de juncos y espesas malezas, y más cerca aún del mar surgían bancos de arena; y ése era el lugar predilecto de un sinnúmero tal de aves como jamás había visto Tuor en ningún otro sitio. Sus cantos y sus chillidos y sus silbidos colmaban el aire; y allí, entre sus alas blancas, Tuor perdió de vista a los tres cisnes y nunca volvió a verlos.

Entonces Tuor se hastió del mar por un tiempo, porque el esfuerzo del viaje había sido doloroso. Pero esto no escapaba a los designios de Ulmo, y esa noche los Noldoli llegaron a su lado y él despertó. Guiado por sus lámparas azules, encontró un sendero junto a la orilla del río y avanzó hacia el interior con tanto ímpetu que cuando el alba iluminó el cielo a su derecha he aquí que el mar y su sonido ya habían quedado muy atrás y el viento le daba de frente, de modo que su olor ya no impregnaba el aire. Poco después llegó a ese paraje conocido como Arlisgion, «la región de los juncos», que se encuentra en las tierras al Sur de Dor-lómin y separada de ese territorio por las Montañas de Hierro, cuyas estribaciones se extienden hasta el mar. El río nacía en esas montañas, e incluso en ese lugar sus aguas eran muy claras y prodigiosamente frías. Éste es un río que se nombra a menudo en las historias de los Eldar y los Noldoli, y en todas las lenguas se lo conoce como el Sirion. Allí reposó Tuor durante un tiempo hasta que su deseo lo impulsó a avanzar más y más lejos durante muchos días a lo largo del río. La primavera estaba en su apogeo y aún no había comenzado el verano cuando llegó a una región aún más hermosa. Allí el canto de los pájaros lo rodeaba de dul-

ces melodías, porque ningún ave canta como los pájaros cantores
de la Tierra de los Sauces; y ahora había llegado a esa región maravillosa. Allí el río avanzaba serpenteando entre amplias curvas
de bajas orillas a través de un extenso valle donde crecían las más
fragantes hierbas, muy altas y verdes; junto a sus orillas se alzaban sauces antiquísimos con anchos troncos salpicados de hojas
de nenúfares, que aún no habían florecido porque el año no estaba muy avanzado, pero bajo los sauces se habían desenfundado
las espadas de los lirios y se erguían juncias y juncos enmaraña-
dos. Esos misteriosos parajes estaban habitados por murmullos
que le susurraban a Tuor a la hora del crepúsculo y no deseaba
marcharse; y en la mañana, ante el esplendor de los innumerables ranúnculos, sentía aún menos deseos de marcharse y demo-
raba la partida.

Allí vio mariposas por primera vez y se alegró al verlas; y se
dice que todas las mariposas y otras especies similares nacieron en
el valle de la Tierra de los Sauces. Entonces llegó el verano, la
época de las mariposas nocturnas y las noches cálidas, y Tuor se
sentía maravillado ante el sinnúmero de insectos y sus zumbidos,
y por el bordoneo de los escarabajos y el canturreo de las abejas; y
a todas esas criaturas les dio nombres creados por él y con ellos
compuso nuevas canciones en su vieja arpa; y esas canciones eran
más melodiosas que sus cantos de otrora.

Entonces Ulmo comenzó a temer que Tuor quisiera quedarse
en ese lugar por siempre jamás y que sus importantes designios
no se cumplieran. Pero temía aún más pedir solamente a los Noldoli que lo guiaran, porque ellos le ayudaban en secreto pero el
temor que Melko les despertaba los hacía muy inconstantes.
Tampoco tenían fuerzas para enfrentarse a la magia del paraje de
los sauces, porque su fascinación era muy poderosa.

Entonces Ulmo se subió de un salto a su carruaje a la entrada del palacio que tenía bajo las aguas del Mar Exterior, y narvales y lobos marinos arrastraron el carruaje, cuya forma imitaba a una ballena; y, en medio del silbido de enormes conchas, se alejó de Ulmonan. Avanzaba tan velozmente que sólo tardó algunos días, no incontables años como podría suponerse, en llegar a la desembocadura del río. El carruaje no podía surcar sus aguas y avanzar por sus orillas sin sufrir daño; por tanto, Ulmo, que adoraba a todos los ríos y a éste más que a muchos de ellos, siguió su camino a pie, cubierto hasta la cintura con una cota de malla parecida a las escamas de los peces azules y plateados; pero sus cabellos eran de color plata azulada y la barba que le llegaba hasta los pies era del mismo color, y no llevaba casco ni corona. Bajo la cota de malla caía el faldón de su capa de tonos verdes deslumbrantes y no se sabe de qué material estaba hecha, pero quienes observaban detenidamente sus sutiles colores creían ver los tenues movimientos de las aguas profundas, en los que brillaban los furtivos destellos de los peces fosforescentes que habitan los abismos. Una ristra de perlas de gran pureza le ceñía la cintura e iba calzado con fuertes botas de piedra.

También llevaba con él su prodigioso instrumento musical; su forma era extraña, porque estaba hecho con muchas conchas largas retorcidas y perforadas. Al soplar y mover sus largos dedos, surgían graves melodías de encanto inigualado por las que cualquier otro músico ha tocado jamás en un arpa o un laúd, en una lira o una flauta o instrumentos de hueso. Tras avanzar por el río, se sentó entre los juncos a la hora del crepúsculo y comenzó a tocar ese objeto hecho con conchas; y no lejos de allí estaba Tuor resistiéndose a marcharse. Y, al oírlo, Tuor enmudeció. Allí se quedó, hundido hasta las rodillas en la hierba, y dejó de escuchar el zumbido de los insectos y el susurro del agua en la orilla del río, y dejó de oler el aroma de las flores; sólo oía el sonido de las olas y el gemido de las aves marinas, y su alma comenzó a añorar los parajes rocosos y los arrecifes impregnados del olor de los peces, el chasquido del cormorán al clavarse en las aguas y aquellos lugares donde el mar golpea contra los riscos negros y lanza un rugido penetrante.

Entonces Ulmo se puso en pie y le habló, y Tuor casi murió de temor al escucharlo, porque la voz de Ulmo es tan profunda como las más recónditas profundidades: tan profunda como sus ojos, que son lo más profundo que existe. Y Ulmo le dijo:

—Oh Tuor, el del corazón solitario, no permitiré que vivas por siempre jamás en hermosos parajes llenos de pájaros y flores, y tampoco deseo arrancarte de esta hermosa tierra, pero así debe ser. Emprende ahora el viaje que te está destinado y no demores, porque tu sino se encuentra lejos de aquí. Ahora debes recorrer las tierras en busca de la ciudad habitada por los Gondothlim, los que viven entre las piedras, y los Noldoli te escoltarán hasta allá en secreto por temor a los espías de Melko. Allá pondré palabras en tu boca y allá vivirás por un tiempo. Pero tal vez la vida te lleve nuevamente hasta las aguas poderosas; y, sin duda, tendrás un hijo que conocerá mejor que nadie las más recónditas profundidades, ya sea del mar o del firmamento.

A continuación, Ulmo también le habló a Tuor de algunos de sus designios y deseos, pero Tuor no comprendió mucho en ese momento y sentía un gran temor. Entonces, en medio de esas tierras del interior, una niebla de aire marino envolvió a Ulmo y, al escuchar esa melodía, Tuor sintió deseos de regresar a los parajes del Gran Mar; pero luego, recordando la orden que había recibido, dio media vuelta y comenzó a avanzar tierra adentro siguiendo el curso del río, y así siguió caminando hasta que se hizo de día. Pero quien ha escuchado el sonido de las conchas de Ulmo sigue escuchándolo hasta su muerte, como lo comprobó Tuor.

Cuando llegó el día se sintió fatigado y durmió hasta poco antes del crepúsculo, y los Noldoli se le acercaron y comenzaron a guiarlo. Así siguió caminando por muchos días a la hora del crepúsculo y por la noche y durmiendo de día y, por ese motivo, después no podía recordar claramente qué senderos había atravesado en esa época. Tuor y sus guías siguieron avanzando sin cesar y la tierra se cubrió de colinas y el río serpenteaba en torno a sus pies, y había muchos valles extraordinariamente apacibles; pero allí los Noldoli empezaron a mostrarse agitados.

—Éstos —dijeron— son los confines de los parajes que Melko ha plagado con sus trasgos, ese linaje que sólo conoce el odio. Lejos de aquí, hacia el Norte —pero, por desgracia, jamás sería demasiado lejos aunque estuviesen a diez mil leguas—, están las Montañas de Hierro, de donde manan el poder y el terror de Melko, de quien somos esclavos. En realidad, te guiamos sin que él lo supiese porque si conociera todas nuestras intenciones sufriríamos los tormentos de los Balrogs.

Fue tal el pavor que se apoderó de los Noldoli que no tardaron mucho en abandonarlo y siguió avanzando solo entre las colinas, y más adelante quedó demostrado que su partida había sido funesta, porque, como se dice, «Melko tiene muchos ojos» y, mientras los Gnomos acompañaban a Tuor, lo habían llevado por senderos ocultos y lo habían hecho atravesar las colinas por muchos túneles secretos. Pero luego perdió el rumbo y solía trepar a la cumbre de las lomas y de las colinas para escudriñar las tierras de los alrededores. Sin embargo, no veía indicios de lugares habitados y, en realidad, no era fácil encontrar la ciudad de los Gondothlim, porque ni siquiera Melko y sus espías la habían descubierto aún. Sin embargo, se dice que en ese entonces esos espías se dieron cuenta de que los extraños pies de un Hombre se habían posado en esas tierras, y, por ese motivo, Melko redobló su astucia y su vigilancia.

Cuando los Gnomos abandonaron aterrorizados a Tuor, un tal Voronwë o Bronweg lo siguió desde lejos a pesar de su temor, porque no habría servido de nada reprender a los demás para animarlos. Tuor había caído presa de un gran agotamiento y estaba sentado junto a las torrentosas aguas del río, y su corazón extrañaba el mar y una vez más pensaba en seguir el curso del río hasta las extensas aguas y las rugientes olas. Pero Voronwë el fiel se le acercó y le dijo al oído:

—Oh Tuor, no dejes de pensar que algún día conseguirás lo que deseas; levántate ahora y escucha esto: jamás te abandonaré. No soy un Noldoli que conozca todos los senderos, porque soy un artesano y con mis propias manos hago objetos de madera y de metal, y me uní tarde al grupo que te escoltaba. Sin embargo, hace mucho que en medio del fatigoso cautiverio oigo susurros y comentarios en secreto en los que se habla de una ciudad donde los Noldoli podrían vivir en libertad si encontraran el camino oculto que conduce a ella; y, sin duda, los dos podremos encontrar el camino que lleva a la Ciudad de Piedra, donde reina la libertad de los Gondothlim.

Habéis de saber que los Gondothlim fueron los únicos Noldoli que lograron escapar del dominio de Melko después de que dio muerte y convirtió en esclavos a los de ese linaje en la Batalla de las Lágrimas Innumerables, y los sometió a maleficios y los obligó a vivir en los Infiernos de Hierro y a ir solamente donde él les permitía y ordenaba.

Tuor y Voronwë anduvieron en busca del lugar donde habitaba ese pueblo por largo tiempo, hasta que después de muchos días llegaron a un profundo valle rodeado de colinas. El río avanzaba veloz y con gran estruendo sobre un lecho de piedras y oculto entre espesos bosquecillos de alisos; pero las laderas que rodeaban el valle eran escarpadas porque estaban cerca de unas montañas que Voronwë no conocía. Allí, en la verde ladera, ese Gnomo encontró una abertura que parecía una enorme puerta con un declive a cada lado y estaba rodeada de espesos arbustos y largas malezas enmarañadas; pero nada quedaba oculto a la mirada penetrante de Voronwë. Sin embargo, se dice que quienes la habían construido rodearon el lugar de tales sortilegios (con la ayuda de Ulmo, cuyo poder se extendía por el río aunque el terror de Melko cubriera sus orillas) que nadie que no tuviera sangre de Noldoli podía llegar allí por azar; y Tuor tampoco habría encontrado jamás la abertura de no haber sido por la tenacidad del Gnomo Voronwë. Los Gondothlim ocultaban de ese modo su ciudad por temor a Melko, pero no pocos de los más valerosos Noldoli se deslizaban por el río Sirion desde las montañas y, aunque muchos perdieron la vida por la crueldad de Melko, también muchos encontraron ese paso mágico y llegaron por fin a la Ciudad de Piedra y se unieron a sus habitantes.

Tuor y Voronwë sintieron un enorme júbilo al encontrar ese portal, pero al atravesarlo descubrieron un pasadizo oscuro, accidentado y sinuoso y por mucho tiempo avanzaron dificultosamente por el interior de sus túneles. El lugar estaba lleno de pavorosos ecos y a sus espaldas escuchaban innumerables pasos, de modo que Voronwë se aterrorizó y dijo:

—Han de ser los trasgos de Melko, los Orcos de las colinas.

Entonces echaron a correr, tropezando en las piedras en medio de la oscuridad, hasta darse cuenta de que sólo era una ilusión creada por ese lugar. Después de lo que les pareció una eternidad en la que avanzaban a tientas y aterrados, llegaron a un lugar en el que se veía a lo lejos un destello de luz y, acercándose a esa luz, encontraron una entrada similar a la que ya habían cruzado, pero que no estaba oculta. Entonces salieron a la luz del sol y por un instante no pudieron ver nada, pero de inmediato se oyó el sonido de un gong y de armaduras que se entrechocaban, y se vieron rodeados por guerreros cubiertos de acero. Entonces miraron hacia arriba y volvieron a ver, y he aquí que estaban a los pies de escarpadas colinas y esas colinas formaban un amplio círculo en cuyo centro había un extenso valle y allí, no exactamente en el centro sino más bien cerca del lugar donde se encontraban, había una alta colina con una cima plana y en esa cima se alzaba una ciudad a la luz de un nuevo día.

Entonces Voronwë comenzó a hablarles a los Guardias de los Gondothlim y ellos comprendían su idioma, porque era la dulce lengua de los Gnomos. Entonces Tuor también empezó a hablar y les preguntó dónde se encontraban y quiénes eran esos guerreros armados que los rodeaban, porque estaba un tanto asombrado y muy extrañado por las excelentes armas que llevaban. Entonces uno de ellos le dijo:

—Somos los guardias de la entrada al Paso de la Huida. Alegraos de haberla encontrado, porque ante vosotros se alza la Ciudad de los Siete Nombres, donde todos los que luchan contra Melko pueden encontrar consuelo.

Entonces Tuor dijo:

—¿Cuáles son esos nombres?

Y el jefe de los Guardias le respondió:

— Se dice y se canta: «Me llaman Gondobar y Gondothlimbar, la Ciudad de Piedra y la Ciudad de los que Habitan entre Piedras; Gondolin, la Piedra Cantante, y Gwarestrin me llaman, la Torre de la Vigilancia, Gar Thurion o el Lugar Secreto, porque estoy oculta a los ojos de Melko; pero los que más me aman me llaman Loth, porque soy como una flor, como Lothengriol, el lirio que florece en el valle». Pero —dijo— comúnmente la llamamos más que nada Gondolin.

Entonces dijo Voronwë:

— Condúcenos allí, porque estamos ansiosos por entrar a ella.

Y Tuor dijo que su corazón anhelaba recorrer los senderos de esa hermosa ciudad.

Entonces el jefe de los Guardias les dijo que ellos debían quedarse allí, porque aún faltaban muchos días de la luna en que debían montar guardia, pero que Voronwë y Tuor podían seguir rumbo a Gondolin; y, además, a partir de allí no necesitarían que nadie los guiara, porque:

—¡Mirad!, podéis verla fácilmente y con claridad y sus torres apuntan hacia el cielo sobre la Colina de la Defensa que hay en el centro del valle.

Entonces Tuor y su compañero atravesaron el valle, que era una planicie maravillosa, interrumpida aquí y allá por enormes piedras redondas y lisas en medio de la hierba o junto a pozas de fondo pedregoso. Muchos bellos senderos cruzan esa planicie y al cabo de un día de fácil marcha llegaron a los pies de la Colina de la Defensa (llamada Amon Gwareth en la lengua de los Noldoli). Entonces comenzaron a subir las sinuosas escaleras que conducían a la entrada de la ciudad; y nadie podía llegar a la ciudad sino a pie y observado desde las murallas. Cuando los últimos rayos del sol cubrían de reflejos dorados el portal del Oeste, llegaron a lo alto de la larga escalera y muchos ojos los observaban desde las almenas y las torres.

Pero Tuor contempló las murallas de piedra y las altas torres que se elevaban sobre los pináculos resplandecientes de la ciudad, y contempló las escaleras de piedra y mármol, orilladas por esbeltas balaustradas y que recibían el frescor de los hilos de agua de las cascadas que bajaban hacia el valle desde las fuentes del Amon Gwareth, y caminaba como en un sueño enviado por los Dioses, porque no creía que los hombres pudiesen contemplar cosas como ésas en las visiones de sus sueños, tal era su asombro ante la gloria de Gondolin.

Así llegaron ante las puertas, Tuor maravillado y Voronwë lleno de júbilo porque al actuar con tanta osadía había llevado a Tuor hasta allí, obedeciendo el mandato de Ulmo, y había logrado liberarse del yugo de Melko para siempre. Aunque de ninguna manera lo odiaba menos, ya no temía tanto al Malvado con un terror subyugador (y de verdad el hechizo que Melko había arrojado sobre los Noldoli despertaba un miedo insondable, de modo que siempre lo sentían cerca de ellos aunque estuviesen lejos de los Infiernos de Hierro, y sus corazones temblaban y no huían ni siquiera cuando podían hacerlo; y Melko solía confiar en eso).

De súbito un grupo atravesó las puertas de Gondolin y una multitud maravillada los rodeó, feliz de que otro Noldoli hubiese llegado hasta allí escapando de Melko, y todos se asombraron ante la estatura y las enjutas piernas de Tuor y ante su pesada lanza recubierta de espinas y ante su hermosa arpa. Su aspecto era tosco y llevaba los cabellos desgreñados e iba cubierto con pieles de oso. Se ha escrito que en ese entonces los padres de los padres de los Hombres no eran tan altos como los Hombres de hoy día y que los hijos de Elfinesse eran de mayor tamaño, pero aun así Tuor era más alto que todos los que allí había. En realidad los Gondothlim no tenían la espalda curvada como llegaron a tenerla muchos desdichados de su mismo linaje que cavaban y martillaban sin descanso para Melko, sino que eran pequeños y delgados y muy ágiles. Eran veloces y de aspecto muy agradable; tenían una boca hermosa y triste, y en el fondo de sus ojos alegres se agitaban las lágrimas, porque en esos tiempos los Gnomos llevaban el exilio en el corazón y vivían obsesionados por una constante añoranza por su hogar de antaño. Pero el destino y las insaciables ansias de saber los habían llevado a esos remotos parajes, y ahora estaban cercados por Melko y debían convertir el lugar en que vivían en el sitio más hermoso que pudiesen con esfuerzo y amor.

No sé cómo es posible que los Hombres hayan llegado a confundir a los Noldoli con los Orcos, que eran los trasgos de Melko, a menos que algunos Noldoli se hubieran doblegado ante la crueldad de Melko y se hubiesen unido a los Orcos, porque Melko criaba a todos los de esa raza con el calor y el lodo subterráneos. Sus corazones eran de granito y sus cuerpos eran deformes; tenían rostros repugnantes que jamás sonreían y su risa retumbaba como golpes de metal, y nada les agradaba más que ayudar a que se cumplieran los más bajos designios de Melko. Entre ellos y los Noldoli reinaba el más profundo de los odios y los Noldoli los llamaban *Glamhoth*, el pueblo abominable.

He aquí que los guardias armados de la entrada obligaron a apartarse a la multitud que se había reunido en torno a los viajeros y uno de ellos dijo:

—Ésta es una ciudad que está constantemente alerta y vigilante, Gondolin, la que se eleva en el Amon Gwareth, donde todos los que tienen un corazón leal pueden vivir en libertad, pero aquí no puede entrar nadie sin que se sepa quién es. Decidme vuestros nombres.

Pero Voronwë dijo que se llamaba Bronweg y era del linaje de los Gnomos, y que había llegado allí por orden de Ulmo, como guía de ese hijo de los Hombres; y Tuor dijo:

—Soy Tuor, hijo de Peleg, hijo de Indor, de la casa del Cisne de los hijos de los Hombres del Norte que viven lejos de este lugar, y he llegado hasta aquí por mandato de Ulmo, el de los Océanos Exteriores.

Entonces todos los que escuchaban se quedaron en silencio, y su voz profunda y vibrante los tenía cautivados, porque sus voces eran delicadas como el sonido de las fuentes. En ese momento todos empezaron a decir:

—Llevémoslo ante el rey.

Entonces la multitud volvió a cruzar las puertas junto con los viajeros, y Tuor vio que eran de hierro y muy altas y fuertes. Las calles de Gondolin eran anchas y empedradas y orladas de mármol, y a lo largo del camino había hermosas casas y plazoletas rodeadas de flores de colores brillantes y muchas torres de mármol blanco, delicadas y de graciosas formas y con hermosísimas figuras grabadas, que se elevaban hasta el cielo. Había plazas decoradas con fuentes y llenas de pájaros que cantaban en las ramas de sus vetustos árboles, pero el más extraordinario de todos esos lugares era aquel en que se encontraba el palacio del rey, y su torre era la más alta de la ciudad y el agua de las fuentes que jugueteaban ante las puertas se elevaba a veintisiete brazas en el aire y caía en una lluvia cantarina de cristal; allí el sol resplandecía esplendorosamente durante el día y la luna lanzaba mágicos destellos por la noche. Los pájaros que vivían allí eran blancos como la nieve y sus cantos eran más melodiosos que el arrullo de la música.

A cada lado de la puerta del palacio había un árbol, uno con flores de oro y el otro con flores de plata, que jamás se marchitaban porque eran antiguos vástagos de los magníficos Árboles de Valinor que alegraban esos lugares antes de que Melko y la Tejedora de Tinieblas los marchitaran; y los Gondothlim los llamaban Glingol y Bansil.

Entonces Turgon, el rey de Gondolin, que llevaba una túnica blanca con un cinturón de oro y una pequeña corona de granates, se irguió ante las puertas y habló desde lo alto de las blancas escaleras que conducían a ellas.

—Bienvenido, Hombre de la Tierra de las Sombras. En nuestros libros sabios se habla de tu llegada y está escrito que muchas cosas prodigiosas han de suceder en Gondolin cuando llegues aquí.

A continuación habló Tuor, y Ulmo dio fuerzas a su corazón y majestuosidad a su voz:

—Escuchad, oh padre de la Ciudad de Piedra, aquel que crea melodías de tonos profundos en los abismos y que sabe lo que piensan los Elfos y los Hombres me ha ordenado deciros que se acerca el día de la Liberación. Han llegado a oídos de Ulmo rumores sobre vuestra morada y vuestra colina de alerta contra las maldades de Melko y eso lo alegra; pero hay ira en su corazón, y los corazones de los Valar que están en las montañas de Valinor y observan el mundo desde la cima del Taniquetil se sienten airados ante el dolor del cautiverio de los Noldoli y el deambular de los Hombres; porque Melko los tiene cercados en la Tierra de las Sombras, allende las Colinas de Hierro. Por tanto, me han traído hasta aquí por senderos secretos para deciros que contéis vuestras huestes y os preparéis para la batalla, porque ha llegado el momento de luchar.

Entonces dijo Turgon:

—No lo haré, aunque me lo ordenen Ulmo y todos los Valar. No haré que mi pueblo se aventure contra el terror de los Orcos ni expondré mi ciudad al fuego de Melko.

Entonces dijo Tuor:

—Si no os mostráis temerario los Orcos vivirán eternamente y terminarán conquistando la mayoría de las montañas de la Tierra, y no dejarán de hostigar a los Elfos y a los Hombres, aunque los Valar procuren liberar por otro medios a los Noldoli; pero si confiáis en los Valar, aunque el enfrentamiento sea terrible los Orcos serán destruidos y el poder de Melko quedará reducido a muy poca cosa.

Pero Turgon le respondió que era el rey de Gondolin y que ningún mandato lo obligaría a poner en peligro contra su voluntad las valiosas conquistas logradas a lo largo de tanto tiempo; pero Tuor, obedeciendo el mandato de Ulmo, que temía que Turgon se resistiera, le dijo:

—Entonces me han ordenado deciros que algunos hombres de los Gondothlim se dirijan rápidamente y en secreto hacia el mar por el río Sirion, y que allí construyan embarcaciones y partan en busca de Valinor; ya se han olvidado los senderos que conducen allí y los caminos se han borrado de la faz de la Tierra y el lugar está rodeado de mares y montañas, pero aún viven allí los Elfos en la colina de Kôr y los Dioses moran en Valinor, aunque el dolor y el temor que despierta Melko opacan su alegría y mantienen oculta su tierra, y entretejen sortilegios impenetrables alrededor de ella para que el mal no llegue a sus costas. Pero aun así vuestros mensajeros pueden llegar allí y convencerlos de que se alcen iracundos y aniquilen a Melko y destruyan los Infiernos de Hierro que ha creado tras las Montañas de la Oscuridad.

Entonces dijo Turgon:

—Cada año al final del invierno algunos mensajeros se dirigen veloces y furtivamente por el río que llaman Sirion hacia las costas del Gran Mar, donde construyen embarcaciones que avanzan arrastradas por cisnes y gaviotas o empujadas por las poderosas alas del viento, y en ellas han ido en busca de Valinor, más allá del sol y de la luna; pero los senderos que conducen allí han sido olvidados y los caminos se han borrado de la faz de la Tierra y el lugar está rodeado de mares y montañas, y poco les importa a quienes viven felices allí el terror que inspira Melko o las penurias del mundo, y mantienen oculta su tierra y entretejen sortilegios impenetrables alrededor de ella, de modo que ninguna nueva de los males que ocurren llegue jamás a sus oídos. No, muchos de los míos se han marchado por innumerables años rumbo a las extensas aguas para no regresar jamás, porque han perecido en las profundidades o vagan extraviados entre sombras sin senderos; y cuando llegue el próximo año ninguno volverá a marcharse rumbo al mar, sino que confiaremos en nosotros y en nuestra ciudad para protegernos de Melko; y en esta empresa escasa ayuda nos dieron antaño los Valar.

Entonces el corazón de Tuor se sintió abrumado y Voronwë se echó a llorar; y Tuor se sentó junto a la gran fuente del rey y el sonido de sus aguas le recordó la melodía de las olas, y las conchas de Ulmo turbaron su corazón y sintió deseos de regresar al mar bajando por las aguas del Sirion. Pero Turgon sabía que, pese a ser un mortal, Tuor contaba con la estima de los Valar y, advirtiendo su enérgica mirada y su potente voz, lo mandó llamar y le pidió que se quedara en Gondolin gozando de su favor e incluso que viviera en el palacio si así lo deseaba.

Entonces Tuor aceptó, porque estaba agotado y ése era un bello lugar; y así comenzó la estancia de Tuor en Gondolin. Los cuentos no narran todas sus hazañas entre los Gondothlim, pero se dice que muchas veces, cuando lo agobiaba la cercanía de las gentes y soñaba con bosques solitarios y páramos u oía a lo lejos las melodías marinas de Ulmo, se habría marchado de allí si el amor que sentía por una mujer de los Gondothlim no hubiese colmado su corazón, y ella era hija del rey.

Y en ese reino Tuor aprendió muchas cosas que le enseñó Voronwë, al que quería y que también sentía un gran amor por él; y también aprendió lo que le enseñaron los hábiles hombres de la ciudad y los sabios que estaban al servicio del rey. Así se convirtió en un hombre mucho más fuerte que antes y sus palabras encerraban sabiduría; y comprendió muchas cosas que antaño no comprendía y llegó a conocer muchas cosas que aún desconocen los Hombres mortales. Allí le contaron lo que se decía sobre esa ciudad, la ciudad de Gondolin, y llegó a saber cómo muchísimos años de incansable esfuerzo no habían bastado para construirla y embellecerla y que su pueblo seguía dedicado a esa tarea; también se enteró de cómo habían cavado el túnel oculto, que ese pueblo llamaba el Paso de la Huida, y de que había habido distintos pareceres al respecto, pero que finalmente había prevalecido la compasión por los Noldoli que vivían en cautiverio y habían decidido construirlo; le hablaron de la constante vigilancia armada de ese lugar y también de algunos parajes a los pies de las montañas circundantes y de los vigías que observaban sin cesar desde las cimas más altas de esa cadena de montañas junto a faros que habían construido, siempre dispuestos a luchar; porque ese pueblo se mantenía constantemente alerta ante un posible ataque de los Orcos en caso de que descubrieran su fortaleza.

No obstante, la vigilancia de las colinas ya se mantenía más por costumbre que por necesidad, porque mucho tiempo atrás, con un esfuerzo inimaginable, los Gondothlim habían allanado y desbrozado y excavado todo el valle en torno a Amon Gwareth para que ningún Gnomo o pájaro o animal o serpiente pudiera acercarse sin ser visto desde muchas leguas de distancia, porque muchos Gondothlim tenían una mirada más penetrante aún que los halcones de Manwë Súlimo, el Señor de los Dioses y los Elfos, que mora en el Taniquetil; y, por ese motivo, llamaban a ese valle Tumladin, el valle llano. Entonces consideraron que esa enorme tarea estaba terminada, y el pueblo se dedicaba con gran afán a la extracción de metales o a la forja de todo tipo de espadas y de hachas, lanzas y alabardas y a la fabricación de cotas de malla, camisotes y plaquines, grebas y avambrazos, yelmos y escudos. Y le dijeron a Tuor que, incluso si todo el pueblo de Gondolin hubiese comenzado a disparar con sus arcos sin cesar, día y noche, no habría agotado en muchos años todas las flechas que había acumulado, y que, por tanto, su temor ante los Orcos disminuía año a año.

Allí le enseñaron a Tuor mampostería y albañilería y a trabajar la piedra y el mármol; dominaba el arte del tejido y de la hilanza, del bordado y la pintura, y era muy diestro con los metales. Allí escuchó melodías de una delicadeza incomparable; y los que vivían en esa ciudad del Sur eran los músicos más virtuosos, porque en ella se escuchaba el murmullo de una profusión de fuentes. Tuor llegó a dominar muchas de esas sutiles melodías y aprendió a entretejerlas con sus canciones para asombro y alegría de todos los que lo escuchaban. Le contaron curiosas historias sobre el Sol y la Luna y las Estrellas, y sobre la naturaleza de la Tierra y sus elementos, y sobre los cielos recónditos; aprendió los caracteres secretos de los Elfos y sus idiomas y sus antiguas lenguas y oyó hablar de Ilúvatar, el Señor para Siempre, que vivía más allá del mundo, de la prodigiosa música de los Ainur que rodeaba a Ilúvatar en los abismos del tiempo, del origen del mundo y de sus cualidades, y de todo lo que había en él y de su gobierno.

Gracias a su destreza y su extraordinario dominio de todas las ciencias y las artes y al gran valor de su corazón y su cuerpo, Tuor se convirtió en un consuelo y un sostén para el rey, que no tenía hijos varones; y todo el pueblo de Gondolin lo amaba. Después de un tiempo, el rey les ordenó a sus artesanos más hábiles que

hicieran una armadura para dársela a Tuor como un gran obse-
quio, y la hicieron de acero forjado por los Gnomos y recubierto
de plata; y adornaron su yelmo con un emblema de metales y joyas con la figura de dos alas de cisne, una a cada lado, y en su escudo labraron un ala de cisne; pero Tuor no llevaba una espada
sino un hacha, a la que dio el nombre de Dramborleg en el idioma de los Gondothlim, porque su golpe era capaz de aturdir y su
filo atravesaba cualquier armadura.

Le construyeron una casa en las murallas del Sur, porque amaba el aire libre y no le gustaba la cercanía de otras viviendas. Allí le
agradaba pararse a menudo en las almenas a la hora del alba y todos se alegraban al ver los destellos del nuevo día sobre las alas de
su yelmo; y muchos murmuraban y habrían deseado que volviese
a luchar contra los Orcos, puesto que muchos sabían lo que habían dicho esos dos, Tuor y Turgon, ante el palacio; pero no hicieron nada por respeto a Turgon y porque en ese entonces el recuerdo de las palabras de Ulmo parecía haberse desvanecido y
alejado del corazón de Tuor.

Llegó entonces una época en que Tuor ya había vivido por largo
tiempo entre los Gondothlim. Ya hacía mucho que conocía y
amaba a la hija del rey, y ahora ese amor colmaba su corazón.
Idril también sentía un gran amor por Tuor y las hebras de su
destino se habían entretejido con el destino de él ya desde ese primer día en que lo había visto desde una alta ventana, fatigado por
el viaje y suplicante, ante el palacio del rey. Turgon tenía pocos
motivos para oponerse a su amor, porque veía a Tuor como uno
de los suyos, que daba consuelo y despertaba grandes esperanzas.
Así fue como por primera vez un hijo de los Hombres desposó a
una hija de Elfinesse, pero Tuor no fue el último. Muchos han
conocido menos alegrías que ellos y al final grandes fueron sus

pesares. Pero en aquellos días hubo gran regocijo cuando Idril y Tuor se casaron ante el pueblo en Gar Ainion, el Lugar de los Dioses, cercano al palacio del rey. El día de la boda fue un día de júbilo en la ciudad de Gondolin y de intensa felicidad para Tuor e Idril. A partir de entonces vivieron felices en la casa construida en lo alto de las murallas que miraban al Tumladin hacia el Sur y eso alegró los corazones de todos en la ciudad, con la excepción de Meglin. Ese Gnomo provenía de un antiguo linaje que ahora era menos numeroso que otros, pero era sobrino del rey por parte de su madre, Isfin, la hermana del rey; pero no es éste el momento para contar la historia de Isfin y Eöl.

Ahora bien, el emblema de Meglin era un topo negro, y era un notable picapedrero y el jefe de los mineros y muchos de ellos eran de su mismo linaje. Pero era menos afable que la mayoría de sus bondadosos parientes: era maligno y su carácter no era en absoluto agradable, de modo que el amor no lo acompañaba y se decía que por sus venas corría sangre de Orco, pero no sé cómo podría haber sido cierto. Muchas veces le había pedido al rey la mano de Idril, pero Turgon se daba cuenta de la repulsión que despertaba en ella y también muchas veces se la había negado, porque le parecía que Meglin la cortejaba tanto por su deseo de convertirse en un personaje poderoso de la casa real como por el amor que sentía por la bellísima doncella. Idril era en verdad muy hermosa y se enorgullecía de su belleza; y el pueblo la llamaba Idril, la de los Pies de Plata, porque andaba siempre descalza y con la cabeza descubierta aunque era hija del rey, excepto en las celebraciones de los Ainur; y Meglin se consumía de ira al ver que Tuor lo desplazaba.

En ese entonces se hicieron realidad los deseos de los Valar y las esperanzas de [los] Eldalië, porque con inmenso amor Idril dio un hijo a Tuor y lo llamaron Eärendel. Tanto los Hombres como los

Elfos dan muchas interpretaciones a ese nombre, pero probablemente haya sido un nombre que provenía de una lengua secreta de los Gondothlim y que desapareció de la Tierra junto con ellos.

El recién nacido era extraordinariamente hermoso; tenía la piel blanca y reluciente y los ojos de un azul más intenso que el de los cielos de las tierras de más al Sur, más azul aún que los zafiros del atuendo de Manwë; y Meglin sintió una profunda envidia cuando nació, pero Turgon y todo el pueblo se regocijaron.

Ya habían transcurrido muchos años desde que Tuor se había extraviado a los pies de las colinas y los Noldoli lo habían abandonado; pero también habían pasado muchos años desde que Melko había oído hablar por primera vez de las curiosas proezas —vagas y variadas— de un Hombre que deambulaba por los claros del río Sirion. Melko era muy poderoso en ese entonces y no sentía mucho temor ante la raza de los Hombres, y, por esa razón, Ulmo había recurrido a uno de ellos para engañarlo más fácilmente al ver que ningún Valar y casi ningún Eldar y muy pocos Noldoli podían hacer algo sin que Melko lo supiera. Sin embargo, al escuchar las nuevas ese malvado corazón tuvo un presentimiento y organizó una legión de espías con hijos de los Orcos de ojos amarillos y verdes como los gatos, capaces de atravesar todas las sombras y de ver a través de la niebla o la bruma o la oscuridad; serpientes que podían ir a cualquier parte y escudriñar todas las grietas o los abismos más profundos o las cimas más elevadas, escuchar cualquier susurro que recorriera las hierbas o retumbara en las colinas; lobos y perros voraces y enormes comadrejas sedientas de sangre cuyas narices podían olfatear a través de las corrientes rastros de olores que se remontaban a muchas lunas y cuyos ojos podían rastrear entre los guijarros huellas dejadas toda una vida atrás; y había búhos y halcones cuyas miradas penetrantes divisaban de noche o de día el aleteo de pájaros pequeños en todos los bosques del mundo y el movimiento de todo ratón o ratón de agua o rata que se arrastrara o viviera en la faz de la Tierra. Melko los mandó llamar a todos a su Morada de Hierro y una multitud se congregó allí. Desde allí los lanzó a la Tierra en busca de ese Hombre que había escapado de la Tierra de las Sombras y, aún con más curiosidad y afán, del lugar donde vivían los Noldoli que habían escapado de su cautiverio; porque su corazón ardía en deseos de destruirlos o esclavizarlos.

Mientras Tuor vivía feliz y convirtiéndose en un Hombre cada vez más sabio y poderoso en Gondolin, esas criaturas escudriñaban sin cesar, por años de años, entre las piedras y las rocas y asolaban las florestas y los páramos, husmeaban el aire y las alturas, rastreaban todos los senderos de los valles y las planicies, y no desistían de su propósito ni se quedaban quietas. De esa persecución regresaron junto a Melko con un cúmulo de nuevas; muchas cosas sacaron a la luz y entre ellas descubrieron el Paso de la Huida que Tuor y Voronwë habían atravesado mucho tiempo atrás. Pero no habrían podido descubrirlo si no hubiesen obligado a algunos de los Noldoli menos valientes a participar en la exploración con horrorosas amenazas de tormentos; porque, gracias a la magia que rodeaba la entrada, ningún vasallo de Melko podría haber llegado hasta allí sin la ayuda de los Gnomos. Sin embargo, ahora se habían internado hasta el fondo de los túneles, donde habían capturado a muchos Noldoli que se escondían allí huyendo de la esclavitud. También habían escalado las Colinas Circundantes en algunos puntos y contemplado desde lejos la bella ciudad de Gondolin y la fortaleza de Amon Gwareth; pero no podían aventurarse hasta el valle porque estaba vigilado por los guardianes y las montañas eran escarpadas. En verdad, los Gondothlim eran hábiles arqueros y fabricaban arcos extraordinariamente potentes. Podían disparar una flecha al cielo siete veces más lejos que el mejor arquero de los Hombres podía hacerlo a un blanco en la Tierra; y no permitían que ningún halcón revoloteara por mucho tiempo sobre su valle ni que una serpiente se arrastrase por allí; porque detestaban a las criaturas sanguinarias de la ralea de Melko.

Eärendel tenía un año cuando llegaron a la ciudad las nefastas nuevas sobre los espías de Melko que habían rodeado el valle de Tumladin. Entonces el corazón de Turgon se entristeció al recordar lo que Tuor le había dicho hacía años ante las puertas del palacio; y ordenó que se triplicara la vigilancia y la defensa en todos los puntos, y que sus artífices inventaran nuevas armas y las emplazaran en las colinas. Estaba dispuesto a arrojar fuegos venenosos y líquidos ardientes, flechas y rocas enormes contra cualquiera que atacara esas murallas deslumbrantes; y luego se quedó muy satisfecho, pero el corazón de Tuor estaba más abrumado que el del rey, porque recordaba constantemente las palabras de Ulmo y ahora comprendía mejor que antes su sentido y su gravedad; tampoco encontraba un gran consuelo en Idril, porque su corazón estaba aún más acongojado que el suyo.

Debéis saber entonces que Idril tenía el don de atravesar con su pensamiento la sombra de los corazones de los Elfos y los Hombres y de saber la triste suerte que correrían... y en eso superaba el don que tenían todos los del linaje de los Eldalië; por tanto, un día le dijo a Tuor:

—Esposo mío, has de saber que mi corazón desconfía de Meglin y temo que haga caer una desgracia sobre este hermoso reino, aunque no logro saber cómo o cuándo, pero temo que todo lo que sabe sobre nuestros quehaceres y nuestros preparativos llegue de alguna manera a oídos del Enemigo, y que conciba nuevos medios para atacarnos contra los cuales no estamos preparados para defendernos. ¡Escucha!, una noche soñé que Meglin fabricaba una caldera y que, sin que nadie lo advirtiera, llegaba hasta aquí y arrojaba a ella a nuestro hijo Eärendel y que a continuación nos arrojaba también a ti y a mí, pero que yo no me resistía, por el dolor que me causaba la muerte de nuestro bello hijo.

Y Tuor le respondió:

—Tienes razón para temer, porque mi corazón también recela de Meglin; pero es sobrino del rey y primo tuyo y no se le reprocha nada, y no se me ocurre qué hacer salvo esperar y mantenernos alertas.

Pero Idril le dijo:

—Esto es lo que he ideado: congrega en secreto a todos los mineros que demuestren sin lugar a dudas sentir menos aprecio por Meglin por el orgullo y la arrogancia con que los trata. Entre ellos elige a hombres de confianza que lo vigilen siempre que se dirija a las colinas remotas, pero te aconsejo que agrupes en una oquedad secreta a la mayoría de aquellos en cuya discreción confíes y que con su ayuda, aunque trabajen con gran cautela y muy lentamente, abran en las rocas de esta colina un túnel subterráneo que vaya desde tu casa hasta el valle. Ese túnel no debe conducir al Paso de la Huida, porque mi corazón me dice que no se debe confiar en él, sino hacia ese paso remoto, la Grieta de las Águilas, en las montañas del Sur; y mientras más profunda sea esa oquedad que atraviese el valle mejor me parecerá, pero hay que mantener oculta toda esa tarea y sólo unos pocos deben saber de ella.

Pero nadie es capaz de excavar la tierra o las rocas mejor que los Noldoli (y Melko lo sabe) y en esos parajes la tierra es muy dura; y Tuor dijo:

—Las rocas de la colina de Amon Gwareth son como el hierro

y sólo con gran esfuerzo es posible abrir un sendero a través de ellas; sin embargo, si eso se hace en secreto tardaremos mucho y tendremos que ser muy pacientes; pero las piedras del fondo del Valle de Tumladin son como acero forjado, y sin el conocimiento de los Gondothlim tardaríamos lunas y años en cavarlas.

Entonces Idril le dijo:

—Tal vez tengas razón, pero eso es lo que he ideado y aún disponemos de tiempo.

Entonces Tuor dijo que no comprendía bien el sentido de hacerlo:

—Pero cualquier plan es mejor que la falta de ideas y haré lo que tú digas.

Lo que sucedió es que, poco después de que Meglin se marchó a las colinas en busca de metales, mientras vagaba solo por las montañas se le acercaron algunos Orcos que merodeaban por allí y que le habrían hecho mucho mal y mucho daño si hubiesen sabido que era un hombre de los Gondothlim. Pero los vigías de Melko no lo sabían. Sin embargo, la maldad se apoderó del corazón de Meglin y les dijo a quienes lo habían capturado:

—Debéis saber que soy Meglin, hijo de Eöl, que hubo de casarse con Isfin, la hermana de Turgon, rey de los Gondothlim.

Pero ellos le respondieron:

—¿Por qué nos ha de importar eso?

Y Meglin respondió:

—Debe importarte mucho, porque si me dais muerte, ya sea rápida o lentamente, no os enteraréis de muchas cosas relacionadas con la ciudad de Gondolin que a vuestro amo le complacería saber. —Entonces los Orcos se quedaron quietos y le dijeron que le perdonarían la vida si les hacía revelaciones dignas de ello; y Meglin les informó de todas las características del valle y de la ciudad, de sus murallas y su altura y su grosor y de la resistencia de sus puertas; y habló de las huestes armadas que obedecían a Turgon y de las innumerables armas que guardaban como pertrechos y de los instrumentos de guerra y de los fuegos venenosos.

Entonces los Orcos se enfurecieron y, después de escuchar todo eso, se dispusieron a darle muerte de inmediato por haber exagerado imprudentemente el poderío de su miserable pueblo para burlarse de la fuerza y el poder de Melko; pero Meglin, agarrándose de un pelo, les dijo:

—¿No creéis que vuestro amo se alegraría si condujerais ante sus pies a un cautivo tan noble, para que así pudiera recibir esa información de mis labios y juzgar si digo la verdad?

Eso les pareció bien a los Orcos y se alejaron de las montañas que rodeaban a Gondolin rumbo a las Colinas de Hierro y la sombría morada de Melko; hasta allá arrastraron a Meglin, que ahora sentía un inmenso pavor. Pero cuando se arrodilló ante el trono negro de Melko, aterrorizado por el aspecto siniestro de las formas que lo rodeaban, por los lobos que estaban sentados bajo su silla y las víboras que se retorcían en sus patas, Melko le ordenó hablar. Entonces le informó de todo y, luego de escucharlo, Melko le habló con tal amabilidad que su corazón recuperó gran parte de su insolencia.

Lo que ocurrió entonces es que Melko, con la ayuda de la astucia de Meglin, fraguó un plan para la destrucción de Gondolin. Como recompensa, Meglin habría de convertirse en un importante capitán de los Orcos —aunque en el fondo de su corazón Melko se proponía no cumplir lo prometido—, pero Melko debía quemar a Tuor y a Eärendel y arrojar a Idril a los brazos de Meglin... y el malvado sí estaba dispuesto a cumplir esas promesas. Sin embargo, como recompensa por su traición, Melko amenazó a Meglin con los tormentos de los Balrogs. Éstos eran demonios que tenían látigos de llamas y tenazas de acero con que atormentaban a los Noldoli que osaban oponerse a él de alguna manera; y los Eldar los llamaban Malkarauki. Pero Meglin le dijo a Melko que ni todas las huestes de Orcos y de Balrogs con toda su crueldad podrían apoderarse de las murallas y las puertas de Gondolin, ya fuese atacándolas o sitiándolas, aunque lograran llegar al valle que se extendía fuera de ellas. Por tanto, le aconsejó a Melko que, con sus poderes de brujería, creara algo que sirviera de ayuda a sus guerreros en esa empresa. Le dijo que recurriera a su plétora de metales y a su dominio sobre el fuego para crear bestias parecidas a las serpientes y los dragones cuyo poder fuese irresistible y pudieran atravesar las Colinas Circundantes y sumir a la planicie y la hermosa ciudad en el fuego y la destrucción.

Entonces se le ordenó a Meglin que regresara a su hogar para que su ausencia no despertara sospechas entre los hombres; pero Melko arrojó sobre él el Hechizo del Miedo Insondable y, a partir de entonces, no volvió a sentir alegría ni paz en el corazón. Sin embargo, lucía una bella máscara de agrado y jovialidad que hacía decir a los hombres: «Meglin se ha vuelto compasivo», y no despertaba tanta aversión, pero Idril le temía aún más.

Entonces Meglin dijo:

—He trabajado mucho y deseo descansar y sumarme a los bailes y los cantos y al júbilo del pueblo. —Y dejó de extraer piedras y metales en las colinas; pero en realidad con ello pretendía ahogar su temor y su inquietud. Vivía aterrorizado porque creía que Melko estaba siempre cerca de él y eso se debía al hechizo; y nunca más se atrevió a recorrer las minas por temor a encontrarse con los Orcos y a que lo sometieran nuevamente a los terrores de la morada de las sombras.

Pasaron los años y, a instancias de Idril, Tuor seguía entregado a su túnel secreto pero, al ver que el número de espías se había reducido, Turgon vivía más en paz y con menos temor. Sin embargo, mientras transcurrían esos años, Melko no abandonaba su agitado afán y todos los Noldoli cautivos se veían obligados a cavar constantemente en busca de metales mientras Melko se quedaba quieto concibiendo fuegos e incitando a las llamas y a los humos a salir de las calderas abismales, sin permitir que ninguno de los Noldoli se alejara siquiera un palmo de su lugar de cautiverio. Entonces llegó el momento en que Melko congregó a sus mejores herreros y brujos, y con hierro y llamas forjaron una hueste de monstruos jamás vista hasta entonces y que nunca se volverá a ver hasta el Gran Final. Algunos de ellos eran de hierro y sus piezas estaban unidas con tal maestría que podían deslizarse como lentos ríos de metal o enroscarse en los obstáculos que les salían al paso o serpentear por encima de ellos, y en lo más profundo de sus cuerpos llevaban un sinnúmero de los Orcos más siniestros armados de cimitarras y lanzas; otros eran de bronce o de cobre y tenían corazones y espíritus de fuego abrasador, y quemaban todo lo que encontraban con sus horribles bufidos o aplastaban a quienes lograban escapar con su resuello ardiente; y también había otros hechos sólo de fuego y que se retorcían como sogas de metal fundido y destruían cualquier objeto que estuviese cerca, y el hierro y la piedra se derretían a su paso hasta licuarse, y en ellos cabalgaban cientos de Balrogs; y éstos eran los monstruos más espantosos que Melko creó para atacar a Gondolin.

Cuando hubieron pasado siete años desde la traición de Meglin y Eärendel, a pesar de sus cortos años, ya era un niño muy valiente, Melko mandó llamar a todos sus espías, porque ya conocía todos los senderos y los rincones de las montañas; sin embargo, los Gondothlim creían en su imprudencia que Melko no volvería a tratar de atacarlos debido a su poderío y a su fortaleza inexpugnable.

Pero Idril se sumió en la pesadumbre y su rostro se ensombreció, y muchos se preguntaban qué le sucedía; pero Turgon redujo sus huestes de guardianes y guerreros al número que antes tenían e incluso a un poco menos y, cuando llegó el otoño y hubo pasado la temporada de la cosecha de frutos, el pueblo se dispuso jubiloso a celebrar las fiestas del invierno; pero Tuor se irguió sobre las almenas y contempló las Colinas Circundantes.

Y he aquí que Idril estaba a su lado y el viento le agitaba los cabellos, y Tuor pensó que era extraordinariamente hermosa y se inclinó a besarla; pero la tristeza se reflejaba en su rostro y le dijo:

—Ahora vendrán los días en que tendrás que tomar una decisión. —Y Tuor no comprendió sus palabras. Entonces ella lo condujo al interior de su hogar, y le dijo que su corazón temía por su hijo Eärendel y porque presentía que se aproximaban grandes males, y que Melko era su causa. Entonces Tuor trató en vano de consolarla, y ella le preguntó por el túnel secreto y él le dijo que ya se internaba por una legua en el valle, y eso aligeró un tanto su corazón. Pero aun así le aconsejó que siguiera cavando el túnel y que a partir de entonces sería más importante hacerlo a toda prisa que guardar el secreto, porque ahora falta poco... Y también le dio otro consejo y también en eso él le obedeció; le dijo que habría que elegir con gran cuidado a algunos de los señores y los guerreros más valientes y fieles de los Gondothlim para informarles del pasadizo secreto y de su salida. Le aconsejó que organizara con ellos un intrépido grupo de guardianes y que les diera su emblema para que se convirtieran en sus súbditos, y que hiciera eso bajo pretexto de ser un gran señor y pariente del rey.

—Además —le dijo—, lograré que mi padre te dé su apoyo en esto. —También les dijo en secreto a los del pueblo que si la ciudad se enfrentaba a su última posibilidad de sobrevivir o si Turgon era asesinado debían agruparse en torno a Tuor y a su hijo, y, al escuchar esto, asentían entre risas diciendo que Gondolin perduraría por tanto tiempo como el Taniquetil o las Montañas de Valinor.

Pero Idril no le habló abiertamente a Turgon ni dejó que Tuor lo hiciera, como era su deseo, pese al amor y al respeto que sentía por él —gran rey, noble y majestuoso—, porque advertía que confiaba en Meglin y seguía creyendo con ciega obstinación que la ciudad era una fortaleza inexpugnable y que Melko ya no pretendía atacarla por creer que era en vano intentarlo. Y las arteras palabras de Meglin reforzaban constantemente esa convicción de Turgon. Pero ese Gnomo era muy astuto, porque fraguaba muchos planes en secreto, de modo que las gentes decían:

—Hace bien en llevar el emblema del topo negro. —Y, debido a la insensatez de algunos mineros y, más aún, a la imprudencia con que hablaban algunos de ese linaje, a los que Tuor había informado un tanto incautamente, se enteró de lo que hacían en secreto y fraguó un plan propio para impedirlo.

El invierno siguió avanzando y hacía un frío poco común en esas regiones, de modo que la helada se internó en el valle de Tumladin y las pozas estaban cubiertas de hielo; pero las fuentes seguían danzando en Amon Gwareth y los dos árboles florecían, y el pueblo siguió viviendo feliz hasta el día en que se desencadenó el terror oculto en el corazón de Melko.

Así transcurrió ese crudo invierno y gruesas capas de nieve cubrieron las Colinas Circundantes como nunca antes; sin embargo, llegó la época en que una primavera de prodigioso esplendor derritió las capas de esos mantos blancos, y el valle bebió las aguas y se cubrió de flores. Así llegó y se celebró entre la algazara de los niños el festival de Nost-na-Lothion o del Nacimiento de las Flores y los corazones de los Gondothlim se exaltaron ante las benignas promesas del año; y entonces llegó por fin el preludio de la gran fiesta de Tarnin Austa, las Puertas del Verano. Porque habéis de saber que tenían la costumbre de iniciar una solemne ceremonia al llegar una medianoche y que ésta continuaba incluso hasta el alba de Tarnin Austa, y desde la medianoche hasta el comienzo del día no se escuchaba una sola voz en toda la ciudad, pero la llegada del alba era celebrada con antiguos cantos. Por incontables años habían recibido así el comienzo del verano, con melodías de coros, sobre la resplandeciente muralla oriental; y ahora llega entonces la noche de la vigilia y la ciudad se cubre de lámparas de plata, mientras en los bosquecillos luces de colores brillantes se balancean en los árboles cubiertos de retoños y sutiles melodías recorren los caminos, pero nadie canta hasta el amanecer.

El sol se oculta tras las colinas y todos se preparan con gran alegría y ansiedad para el festival, observando expectantes hacia el Oriente. He aquí que cuando la luz acababa de desaparecer y todo estaba a oscuras, una nueva luz comenzó a brillar y se vio un resplandor que venía de allende las cimas del Norte, y los hombres se maravillaron y las gentes se apiñaron en las murallas y las almenas. Entonces el asombro se transformó en duda cuando la luz se volvió más intensa y rojiza, y la duda dio paso al temor cuando los hombres vieron que la nieve de las montañas se cubría de manchas que parecían ser de sangre. Y así llegaron a Gondolin las serpientes de fuego de Melko.

Entonces atravesaron el valle jinetes jadeantes con nuevas enviadas por los centinelas de las cimas; y hablaron de las huestes flameantes y de las siluetas parecidas a dragones y dijeron: «Melko se aproxima». Un enorme temor y una inmensa angustia se apoderaron de esa hermosa ciudad, y las calles y los caminos apartados se inundaron de llantos de mujeres y lamentos de niños y las plazas de soldados que se congregaban y tintineo de armas. Se desplegaron todas las banderas brillantes de todas las grandes casas y todos los linajes de los Gondothlim. Las tropas de la casa del rey formaban una hueste poderosa cuyos colores eran el blanco y el dorado y el rojo, y sus emblemas eran la luna y el sol y el corazón escarlata. En el centro se encontraba Tuor, más alto que todos los demás, y su cota de malla plateada lanzaba destellos y en torno a él se apiñaban los más valientes. Y he aquí que todos ellos lucían en los yelmos figuras que parecían alas de cisnes o de gaviotas y el emblema del Ala Blanca en los escudos. Pero en ese mismo sitio se congregaron los de la hueste de Meglin, que llevaban arreos negros y no lucían ningún distintivo ni emblema sino cascos redondos de acero cubiertos con piel de topo y que iban armados con hachas de dos filos como azadones. Meglin, príncipe de Gondobar, reunió allí a muchos guerreros de talantes sombríos y miradas amenazadoras, y un destello infame se reflejaba en sus rostros y en las superficies bruñidas de sus atavíos. Hacia el Norte se veía arder las colinas y parecía que ríos de fuego bajaban por las laderas que se prolongaban en el valle de Tumladin, y ya se sentía el calor que surgía de allí.

Y se reunieron también muchos otros linajes, el de la Golondrina y el del Arco Celestial, de los que provenía la mayoría de los arqueros y los mejores, y se apostaron en las amplias terrazas de las murallas. Los del linaje de la Golondrina lucían un abanico de plumas en los yelmos y llevaban arreos blancos y azul oscuro y púrpura y negro, y lucían una punta de flecha en los escudos. Su jefe era Duilin, el hombre más veloz para correr y saltar y el arquero más certero. Pero los del linaje del Arco Celestial, una estirpe que poseía incontables riquezas, lucían una gama esplendorosa de colores y llevaban los brazos cubiertos de joyas que fulguraban con la luz que ahora cubría el cielo. Todos los escudos del batallón eran de color azul cielo y su tachón de adorno estaba hecho con siete gemas; rubíes y amatistas y zafiros, esmeraldas, crisoprasa, topacio y ámbar, y en los yelmos lucían un ópalo de gran tamaño. Su jefe era Egalmoth, que llevaba una capa azul bordada con estrellas de cristal y su espada era curva —aunque ningún otro Noldoli llevaba una espada curva—, pero la prefería al arco y con ella podía llegar más lejos que cualquier otro de esa hueste.

También estaban allí los del linaje del Pilar y de la Torre de Nieve, que obedecían a Penlod, el más alto de todos los Gnomos. Y estaban los de la casa del Árbol, una casa muy importante, que llevaban atavíos verdes. Luchaban con porras tachonadas de hierro o con hondas y se decía que su jefe, Galdor, era el más valeroso de todos los Gondothlim con la excepción de Turgon. Allí estaban los de la casa de la Flor Dorada, que lucían un sol de rayos abiertos en los escudos, y su jefe, Glorfindel, llevaba una capa bordada con hilos de oro de tal manera que estaba cubierta de celidonias como una campiña en primavera, y sus armas lucían damasquinados de oro trabajado con gran habilidad.

Entonces llegaron desde el Sur de la ciudad los de la casa de la Fuente, cuyo señor era Ecthelion y a quienes fascinaban la plata y los diamantes; y empuñaban espadas muy largas y brillantes y blandían bastones, y marchaban a la batalla acompañados por la música de flautas. Detrás de ellos venía la hueste del Arpa, un batallón de valerosos guerreros cuyo jefe, Salgant, era un cobarde que adulaba a Meglin. Iban adornados con borlas de plata y oro, y en su blasón brillaba un arpa de plata sobre un fondo negro; pero Salgant lucía un arpa de oro y era el único hijo de los

Gondothlim que marchaba cabalgando a la batalla, y era pesado y rechoncho.

El último batallón era el de la casa del Martillo Iracundo, de la que procedían los mejores herreros y artesanos y todos ellos veneraban a Aulë el Herrero más que a cualquier otro Ainur. Iban armados con mazos parecidos a martillos y llevaban pesados escudos, porque tenían brazos muy fuertes. En otros tiempos, los Noldoli fugitivos de las minas de Melko habían reclutado a muchos de ellos, y los miembros de esa casa sentían un odio inmenso por los actos que cometía el malvado y por sus demonios, los Balrogs. Su jefe era Rog, el más fuerte de los Gnomos, cuyo valor casi igualaba al de Galdor, de la casa del Árbol. El emblema de esas gentes era el yunque y en los escudos lucían un martillo que lanzaba chispas al golpear, y sus colores favoritos eran el dorado y el negro. Era un batallón numeroso y ningún cobarde formaba parte de él, y en esa lucha contra el mal fue el que conquistó mayor gloria entre todas las nobles casas; sin embargo, la suerte no los acompañaba y ninguno de ellos salió con vida de la batalla, porque todos cayeron en torno a Rog y desaparecieron de la faz de la Tierra; y con ellos también desaparecieron para siempre muchos oficios y artes.

Así eran y así iban ataviadas las once casas de los Gondothlim con sus símbolos y emblemas, y la escolta de Tuor, la hueste del Ala, era considerada como la duodécima casa. Su jefe tiene una expresión sombría y no espera vivir por largo tiempo; y en la casa construida sobre las murallas Idril se cubre con una cota de malla y va en busca de Eärendel. El niño estaba sumido en llanto por las extrañas luces rojas que se reflejaban en las paredes del cuarto donde dormía; y recordaba los cuentos sobre el iracundo Melko que le relataba su nodriza Meleth cuando desobedecía, y esos relatos lo inquietaban. Pero su madre se le acercó y le colocó una diminuta cota de malla que había hecho fabricar en secreto, y eso lo hizo sentir feliz y extraordinariamente orgulloso y dio gritos de alegría. Pero Idril rompió a llorar, porque su corazón siempre se había conmovido ante la bella ciudad y su hermoso hogar y el amor que Tuor y ella habían conocido en ese lugar; y ahora sentía que su destrucción era inminente y temía que sus maquinaciones no fuesen suficientes para resistir el poder abrumador de las pavorosas serpientes.

Ya habían pasado cuatro horas desde la medianoche y el cielo estaba cubierto de rojo hacia el Norte, el Este y el Oeste; y las serpientes de hierro ya habían llegado al valle de Tumladin y las criaturas ardientes estaban al pie de las colinas, de modo que habían capturado a los guardianes y les hacían sufrir los atroces tormentos de los Balrogs, que quemaban cuanto había a su alrededor, salvo los parajes más remotos del Sur donde se encontraba Cristhorn, la Grieta de las Águilas.

Entonces el rey Turgon convocó un consejo y a él llegaron Tuor y Meglin como príncipes reales; y llegaron Duilin y Egalmoth y Penlod, el de alta talla, y se presentaron Rog y Galdor, el de la casa del Árbol, y el dorado Glorfindel y Ecthelion, el de la voz melodiosa. También acudieron Salgant, trémulo ante el llamado, y otros nobles de menor alcurnia pero de corazón más noble.

Entonces Tuor comenzó a hablar y les expuso su plan: debían lanzar de inmediato una violenta embestida, antes de que la luz y el calor cobraran gran fuerza en el valle; y muchos lo apoyaban aunque tenían distintas opiniones con respecto a la embestida: algunos decían que todas las huestes debían salir a la vez junto con las doncellas y las mujeres y los niños, y otros decían que debían salir en grupos y desbandarse en distintas direcciones; y Tuor prefería esto último.

Pero sólo Meglin y Salgant estaban en desacuerdo, y se mostraban partidarios de quedarse en la ciudad y de tratar de proteger los tesoros que había en su interior. Pero las palabras de Meglin ocultaban un ardid, porque temía que algún Noldoli lograra escapar de la fatalidad en la que los había sumido para sobrevivir, y tenía pavor de que su traición quedara al descubierto y que alguien le hiciera pagar por ello más adelante. Pero Salgant dijo eso para mostrarse de acuerdo con Meglin y también porque sentía terror de abandonar la ciudad, ya que prefería luchar desde una fortaleza inexpugnable que arriesgarse a sufrir graves heridas fuera de ella.

Entonces el señor de la casa del Topo intentó aprovecharse de la única debilidad de Turgon diciendo:

—¡Oh, Rey!, la ciudad de Gondolin encierra un caudal de joyas y metales y bienes y objetos de incomparable belleza forjados por los Gnomos, y todos vuestros señores, que a mi juicio son más valientes que sensatos, están dispuestos a dejarla en manos del Enemigo. Aunque salgas victorioso en el valle, la ciudad será saqueada y los Balrogs se marcharán de aquí con un botín inconmensurable. —Y Turgon dejó escapar un gemido, porque Meglin sabía que adoraba las riquezas y la hermosura de esa ciudadela construida sobre Amon Gwareth.

Y Meglin volvió a hablar con gran ardor:

—¡Escuchad! ¿Habéis trabajado en vano por incontables años levantando murallas de un grosor inexpugnable y construyendo puertas tan fuertes que es imposible derribarlas? ¿Acaso la grandeza de la colina Amon Gwareth se ha vuelto tan insignificante como el profundo valle, o el cúmulo de armas que hay en ella y sus inconmensurables flechas tienen tan poco valor que en la hora de peligro dejáis todo a un lado y os marcháis desnudos a campo abierto contra enemigos de hierro y de llamas cuyo avance hace temblar la tierra mientras las Colinas Circundantes retumban con el estruendo de sus pasos?

Y Salgant se estremeció al pensar en ello y dijo estridentemente:
—Meglin tiene razón, oh Rey, escuchadlo.

Entonces el rey aceptó el consejo de esos dos aunque todos los señores estaban en desacuerdo y la mayoría de ellos decía que no debían hacerlo; por tanto, les ordenó a todos resistir el ataque desde las murallas. Pero Tuor se echó a llorar y se marchó de la sala del rey y, tras reunir a los hombres del Ala, atravesó las calles rumbo a su hogar; y ya entonces la luz se había extendido y era espeluznante y hacía un calor asfixiante, y los senderos que conducían a la ciudad estaban cubiertos de humo negro y hedores.

Y entonces los Monstruos atravesaron el valle y las blancas torres de Gondolin se tiñeron de rojo ante su cercanía; pero los más valientes se aterrorizaron al ver a los dragones de fuego y las serpientes de bronce y de hierro que ya rodeaban la colina de la ciudad; y en vano les dispararon flechas. Entonces se oyó un clamor esperanzado, porque he aquí que las serpientes de fuego no podían trepar la colina puesto que era empinada y resbaladiza, y también por las aguas refrescantes que bajaban por sus laderas; pero se quedaron a los pies de la colina y una extensa nube de vapor se elevó allí donde las aguas de los arroyos del Amon Gwareth se unieron con las llamas de las serpientes. Entonces se apoderó del lugar un calor tan intenso que las mujeres se desmayaban y los hombres transpiraban hasta agotarse bajo las cotas de malla, y todas las fuentes de la ciudad, excepto la del rey, se volvieron hirvientes y humeantes.

Pero entonces Gothmog, el señor de los Balrogs, capitán de las huestes de Melko, llamó a consejo y reunió todos los objetos de hierro que podían enroscarse en torno y por encima de todos los obstáculos que les salieran al paso. Y les ordenó que se apiñaran ante la puerta del Norte; y he aquí que con sus enormes espirales llegaron hasta su umbral, y arremetieron contra las torres y los bastiones que la rodeaban, y el enorme peso de sus cuerpos derrumbó las puertas con gran estruendo; sin embargo, gran parte de las murallas aún estaba en pie. Entonces los mecanismos y las catapultas del rey arrojaron una lluvia de dardos y piedras y metal derretido contra esas bestias despiadadas, y el embate hizo retumbar sus cuerpos huecos, pero no sirvió de nada porque eran indestructibles y desde su interior salían llamas ondulantes. Entonces las más grandes se abrieron por la mitad y por las aberturas salieron innumerables Orcos, los trasgos aborrecibles; y nadie puede describir el brillo de sus cimitarras ni el destello de las lanzas de hojas anchas con las que daban estocadas.

Entonces Rog lanzó un fuerte grito y todos los guerreros del Martillo Iracundo y los del linaje del Árbol con el valeroso Galdor se arrojaron contra el enemigo. Los golpes de sus enormes martillos y de sus garrotes retumbaban en las Colinas Circundantes y los Orcos caían como hojas; y los de la Golondrina y del Arco les arrojaban un diluvio de flechas como las oscuras lluvias del otoño, y el humo y la confusión derribaban por igual a los Orcos y a los Gondothlim. Ésa fue una batalla portentosa pero, a pesar de su valor y debido a la fuerza de las huestes cada vez más numerosas, poco a poco los Gondothlim se vieron obligados a retroceder hasta que los trasgos se apoderaron del Norte de la ciudad.

Mientras, Tuor lucha a la cabeza de la casa del Ala en medio de la confusión que reina en las calles, y cuando logra llegar a su hogar, se encuentra frente a Meglin. Confiando en la batalla que ya se libraba ante la puerta del Norte y en la conmoción que reinaba en la ciudad, Meglin había esperado ese momento para consumar sus planes. Se había enterado de muchos detalles sobre el túnel secreto de Tuor (aunque sólo en el último momento, cuando ya no podía enterarse de todo), pero no le había dicho nada al rey ni a ningún otro, porque estaba seguro de que el túnel conducía al Paso de la Huida, por ser el más cercano a la ciudad, y planeaba aprovechar eso en su favor y para hacer daño a los Noldoli. Había enviado a veloces mensajeros a pedirle a Melko que apostara guardianes en el otro extremo del Paso cuando se iniciara el ataque; pero lo que pensaba hacer ahora era coger a Eärendel y arrojarlo a las llamas a los pies de las murallas, y obligar a Idril a revelarle los secretos del pasadizo, para escapar de ese fuego aterrador y de la matanza y llevarla con él a las tierras de Melko. Pero Meglin temía que ni siquiera la contraseña secreta que le había dado Melko sirviera en ese espantoso saqueo y estaba dispuesto a ayudar al Ainu para que cumpliera su promesa de protegerlo. Sin embargo, no dudaba de que Tuor moriría en medio de ese gigantesco incendio, porque había confiado a Salgant la tarea de retenerlo en la morada del rey y de incitarlo a salir de allí en lo más peligroso de la lucha; pero he aquí que un pavor mortal se había apoderado de Salgant, que se marchó cabalgando a su casa y allí estaba ahora temblando en su cama; pero Tuor se dirigió a su hogar con la hueste del Ala.

Ahora bien, Tuor hizo eso pese a que su valor lo impulsaba a regresar a la batalla, porque deseaba despedirse de Idril y de Eärendel y enviarlos de prisa con una escolta por el pasadizo secreto antes de unirse nuevamente al tropel de guerreros, dispuesto a morir si era preciso; pero encontró que ante su puerta se apiñaba una multitud del linaje del Topo, y éstos eran los seres más repulsivos y malvados que Meglin había podido reunir en la ciudad. Sin embargo, eran Noldoli libres que no habían caído víctimas de ningún maleficio de Melko como su señor, y por ello, aunque Meglin era su jefe, no dieron ayuda a Idril pero tampoco le ayudaron a él a lograr su propósito, a pesar de todas sus maldiciones.

Entonces Meglin cogió a Idril por los cabellos y trató de arrastrarla hasta las almenas impulsado por la crueldad de su corazón, para que viera cómo se precipitaba Eärendel entre las llamas; pero el niño se resistía y así, sola como estaba, Idril luchó como una tigresa a pesar de su hermosura y su esbeltez. Ahora el niño lucha y se resiste entre juramentos mientras se acerca la hueste del Ala y, ¡por fin!, Tuor lanza un grito tan fuerte que los Orcos lo escuchan desde lejos y se quedan perplejos al oírlo. Los guardianes del Ala se arrojaron como el estallido de una tormenta sobre los hombres del Topo, que quedaron divididos. Al ver eso, Meglin intentó enterrarle su daga a Eärendel, pero el niño le mordió la mano izquierda hasta que sus dientes se enterraron en ella, y Meglin se tambaleó y hundió débilmente el cuchillo y la hoja resbaló en la pequeña cota de malla; y entonces Tuor se le abalanzó encima con una ira pavorosa. Cogió la mano de Meglin que blandía el cuchillo y le retorció el brazo hasta quebrárselo y, tomándolo por la cintura, saltó con él sobre las murallas y lo arrojó lejos. El cuerpo cayó lentamente y golpeó tres veces en Amon Gwareth antes de precipitarse en medio de las llamas; y el nombre de Meglin quedó cubierto de ignominia en el recuerdo de los Eldar y los Noldoli.

Entonces los guerreros del Topo, que superaban en número a los pocos que allí había de la casa del Ala, fieles a su señor, atacaron a Tuor y se inició una encarnizada lucha, pero ningún hombre escapó a la ira de Tuor y huyeron derrotados a ocultarse en cualquier agujero negro o fueron arrojados desde las murallas. Entonces Tuor y sus hombres deben acudir a la batalla que se libra ante la Puerta, porque su fragor se ha vuelto estridente y Tuor sigue creyendo que la ciudad puede resistir; pero deja a Voronwë contra su voluntad y a unos cuantos soldados para que protejan a Idril hasta que él regrese o envíe nuevas desde el campo de batalla.

En torno al portal se libraba una cruel batalla y mientras Duilin, el de la casa de la Golondrina, disparaba desde las murallas los Balrogs saltaron desde las faldas de Amon Gwareth y le enterraron una flecha ardiente; y Duilin cayó desde las almenas y allí murió. Entonces los Balrogs siguieron lanzando al cielo dardos ardientes y flechas envueltas en llamas que parecían pequeñas serpientes y que caían en los techos y los jardines de Gondolin hasta quemar todos los árboles y prender fuego a las flores, y la hierba y las murallas y las columnas blancas quedaron ennegrecidas y chamuscadas; pero lo peor fue que algunos demonios treparon a las espirales de las serpientes de hierro y, desde allí, comenzaron a disparar sin cesar con los arcos y las hondas hasta que estalló un incendio dentro de la ciudad, a espaldas del principal batallón de defensores.

Entonces Rog gritó:

—¿Quién temerá ahora a los Balrogs por todos sus horrores? Ante vosotros están los malditos que por años de años han atormentado a los hijos de los Noldoli y que ahora han hecho estallar un incendio a nuestras espaldas con el fuego que han arrojado. Venid vosotros, los de la casa del Martillo Iracundo; los aniquilaremos por su crueldad. —Y levantó el mazo, que tenía una larga empuñadura, y con la furia de su embestida se abrió paso hasta llegar a la puerta capturada; pero toda la hueste del Yunque se abalanzó detrás de él en una cuña, con chispas en los ojos por la violencia de su cólera. Esa embestida fue muy valerosa, como aún se dice en los cantos de los Noldoli, y en ella obligaron a retroceder a muchos Orcos hasta arrojarlos entre las llamas; pero los hombres de Rog treparon de un salto a las espirales de las serpientes y atacaron a los Balrogs y los destruyeron sin piedad, porque todos llevaban látigos de llamas y tenían tenazas de acero y eran de gran estatura. Los atacaron hasta destruirlos o se apoderaron de sus látigos y los blandieron contra ellos, despedazándolos como ellos mismos habían despedazado antes a los Gnomos; fueron tantos los Balrogs que cayeron que el pavor y el asombro se apoderaron de las huestes de Melko, porque hasta entonces ningún Elfo ni Hombre había dado muerte a un Balrog.

Entonces Gothmog, el Señor de los Balrogs, congregó a todos los demonios que había en la ciudad y les ordenó lo siguiente: algunos de ellos debían dirigirse adonde estaban los del Martillo sin presentar resistencia, pero la mayoría debía precipitarse a lo largo del flanco hasta sus espaldas sobre las colas de los dragones y más cerca de la puerta, para que Rog no pudiera llegar hasta allí sin perder a muchos de los suyos. Pero, al ver esto, Rog no intentó retroceder como se esperaba, sino que se dejó caer con todos sus guerreros sobre los que no debían resistir; y entonces huyeron de él, no porque eso obedeciera a una maniobra sino simplemente para escapar con vida. Los persiguieron hasta el valle y sus chillidos desgarraron los cielos de Tumladin. Entonces los de la casa del Martillo se abalanzaron contra las perplejas bandas de Melko, golpeando e hiriendo, hasta que finalmente quedaron rodeados por un batallón de Orcos y Balrogs que los superaba en número y que arrojó contra ellos a un dragón de fuego. Allí perecieron en torno a Rog blandiendo sus martillos sin cesar hasta que el hierro y el fuego los dominaron, y aún se dice en los cantos que cada hombre del Martillo Iracundo dio muerte a siete enemigos como precio de su propia vida. Después de la muerte de Rog y la pérdida de su batallón, el terror se desencadenó aún con más fuerza contra los Gondothlim, que tuvieron que seguir retrocediendo hacia el interior de la ciudad, y Penlod perdió la vida en una callejuela, de espaldas a la muralla, y alrededor de él cayeron muchos hombres del Pilar y la Torre de Nieve.

Entonces los trasgos de Melko se apoderaron de la puerta y de gran parte de las murallas a ambos lados, desde donde arrojaron a la muerte a muchos guerreros de la Golondrina y del Arco Iris; y dentro de la ciudad habían conquistado mucho terreno hasta llegar casi al centro, incluso hasta el lugar del Pozo, contigua a la Plaza del Palacio. Sin embargo, en torno a esos lugares y a la puerta los cadáveres de los trasgos se apilaban en incontables cúmulos y se detuvieron a deliberar, al ver que debido al valor de los Gondothlim habían perdido a muchos más de los que esperaban perder y muchos más que los defensores. También sentían temor porque Rog había dado muerte a muchos Balrogs, puesto que esos demonios eran muy valientes y seguros.

Entonces decidieron conservar lo que ya habían conquistado mientras las serpientes de bronce, capaces de aplastar con sus enormes patas, trepaban lentamente sobre las serpientes de hierro y llegaban a las murallas para abrir una brecha que pudieran atravesar los Balrogs montados en los dragones de fuego; pero sabían que debían darse prisa para hacerlo, porque el calor que despedían los dragones no era eterno y sólo podían llenarlos nuevamente de fuego en los pozos que había construido Melko en el bastión de sus propias tierras.

Pero, tan pronto como enviaron a sus mensajeros, comenzaron a oír una melodía encantadora que tocaban los Gondothlim y el miedo se apoderó de ellos porque no sabían qué se proponían; y he aquí que aparecieron Ecthelion y la hueste de la Fuente que Turgon había mantenido en reserva hasta entonces, porque observaba gran parte de la contienda desde lo alto de su torre. Los de esa casa marchaban acompañados por la sonora música de sus flautas, y el cristal y la plata de sus atavíos adquirían una hermosura inigualable entre las luces rojas del fuego y la negrura de las ruinas.

La música cesó de pronto y Ecthelion, el de la voz melodiosa, ordenó que desenvainaran las espadas y, antes de que los Orcos alcanzaran a prever su embestida, se vieron rodeados por los destellos de sus hojas deslumbrantes. Y se dice que la hueste de Ecthelion dio muerte allí a más trasgos que todos los caídos en las batallas entre los Eldaliё y esa raza, y que su nombre aún los aterroriza y es un grito de guerra para los Eldar.

Y entonces Tuor y los hombres del Ala se lanzan a la lucha, alineados junto a Ecthelion y a los de la Fuente, y los dos atacan con gran ardor desviando muchos golpes que les están destinados a uno o al otro y hostilizan a los Orcos hasta llegar casi a la puerta. Pero allí todo es temblor y estruendo de pisadas, porque los dragones se esfuerzan por abrirse camino hacia lo alto de Amon Gwareth y por derribar las murallas de la ciudad; y ya han abierto una brecha y allí donde antes se elevaban las torres de los vigías ahora sólo hay escombros. Las huestes de la Golondrina y del Arco Celestial luchan encarnizadamente entre los restos o disputan las murallas hacia el Este y el Oeste con el enemigo; pero, precisamente cuando Tuor llega casi hasta allí haciendo retroceder a los Orcos, una de las serpientes de bronce se arroja contra la muralla del Oeste y gran parte de ella tiembla y se derrumba, y por detrás aparece una criatura de fuego con Balrogs sobre su lomo. De las fauces del dragón salen llamaradas que abrasan a los guerreros y ennegrecen las alas del yelmo de Tuor, pero sigue en pie y congrega en torno a él a sus guardianes y a todos los de la casa del Arco y de la Golondrina que logra encontrar, mientras a su derecha Ecthelion reúne a los hombres de la Fuente del Sur.

Los Orcos recuperan su valor al ver que los dragones se acercan y se unen a los Balrogs, que se precipitan a través de la brecha y atacan con furia a los Gondothlim. Allí Tuor dio muerte a

Othrod, un capitán de los Orcos, partiéndole el yelmo en dos, y despedazó a Balcmeg y destruyó a Lug con su hacha cortándole las piernas desde las rodillas, mientras Ecthelion traspasaba a dos capitanes de los trasgos de un solo golpe y le abría la cabeza hasta los dientes a Orcobal, su principal paladín; y, gracias a la extraordinaria valentía de esos dos señores, llegaron incluso hasta donde estaban los Balrogs. Ecthelion dio muerte a tres de esos demonios poderosos, porque el brillo de su espada atravesaba sus hierros y aplacaba su fuego y ellos se retorcían, pero temían aún más al hacha Dramborleg que Tuor blandía en sus manos, porque silbaba como el rápido batir de las alas de las águilas en el aire y daba muerte a cada golpe, y cinco de ellos cayeron aniquilados por ella.

Pero unos pocos no pueden luchar incesantemente contra muchos, y un látigo de los Balrogs hirió a Ecthelion en el brazo izquierdo y así perdió el escudo precisamente cuando el dragón de fuego se acercaba entre los escombros de las murallas. Entonces Ecthelion tuvo que apoyarse en Tuor, que no podía abandonarlo aunque ya casi los aplastaban las pisadas de la bestia y corrían peligro de que los aniquilara; pero Tuor le enterró el hacha a la criatura en una de las patas, de modo que le comenzaron a salir llamaradas por la herida y el dragón lanzó un chillido mientras daba latigazos con la cola; y así perecieron muchos Orcos y Noldoli. Entonces Tuor hizo acopio de sus fuerzas y levantó a Ecthelion, y con el resto de las huestes lograron pasar por debajo del dragón y escapar; pero la bestia había dado muerte a muchos hombres y los Gondothlim habían perdido a gran parte de sus fuerzas.

Así fue como Tuor, hijo de Peleg, se rindió ante el enemigo y, luchando mientras retrocedía, sacó del campo de batalla a Ecthelion, el de la Fuente, pero los dragones y los enemigos se habían

apoderado de la mitad de la ciudad y de todo el Norte de ella. Allí
bandas de merodeadores recorrían las calles, saqueando por doquier o asesinando en la oscuridad a hombres y mujeres y niños y,
cuando podían, capturaban a muchos de ellos, los empujaban y
los arrojaban a las cámaras de hierro dentro de los dragones de
hierro, para llevárselos después y convertirlos en esclavos de
Melko.

Tuor llegó entonces a la Plaza del Pozo del Pueblo desde el
Norte y allí encontró a Galdor, que junto al Arco de Inwë trataba
de impedir la entrada desde el Oeste a una horda de trasgos, pero
sólo lo rodeaban unos pocos hombres de la casa del Árbol. Allí
Galdor se convirtió en la salvación de Tuor, que había quedado a
la zaga de sus hombres al tropezar con un cuerpo en medio de la
oscuridad mientras cargaba a Ecthelion, y los Orcos los habrían
capturado a los dos de no haber sido por ese paladín, que se arrojó de pronto contra ellos, y por la fuerza de su garrote.

Entonces un puñado disperso de guardianes del Ala y de las
casas del Árbol y de la Fuente y de la Golondrina y del Arco se
agruparon en un batallón numeroso y, siguiendo el consejo de
Tuor, abandonaron el lugar del Pozo, al darse cuenta de que era
más fácil defender la Plaza del Rey, que estaba junto a él. En ese
lugar había habido antes muchos árboles de gran belleza, robles y
álamos, que rodeaban un ancho y profundo pozo de aguas muy
puras; pero ahora estaba asolado por el desenfreno y la fealdad de
las repugnantes huestes de Melko y sus cadáveres cubrían las
aguas.

En la plaza del Palacio de Turgon se congregan los últimos
defensores valerosos. Muchos están heridos y desfallecientes, y
Tuor está agotado por todo el esfuerzo de la noche y el peso de
Ecthelion, sumido en un letargo mortal. Mientras conducía a
ese batallón por el Camino de los Arcos desde el Noroeste (y se

habían visto en aprietos para evitar que los enemigos entraran detrás de ellos), se oyó un ruido al Este de la plaza y hasta allí llegó retrocediendo Glorfindel con los últimos hombres de la Flor Dorada.

Éstos habían librado una cruenta batalla en el Gran Mercado, al Este de la ciudad, donde una hueste de los Orcos encabezada por Balrogs los sorprendió cuando se dirigían dando un rodeo a luchar ante la puerta. Lo habían hecho con la intención de sorprender al enemigo en el flanco izquierdo, pero ellos mismos cayeron en una emboscada; allí lucharon encarnizadamente por horas de horas hasta que un dragón de fuego que acababa de atravesar la brecha los aplastó y Glorfindel se abrió camino con gran dificultad y con unos pocos hombres; pero ese lugar, con todas sus tiendas y sus valiosos objetos confeccionados con tanto esmero, estaba ahora asolado por las llamas.

Según cuenta la historia, Turgon había enviado a los hombres del Arpa a ayudarlos ante el apremio de los mensajeros de Glorfindel, pero Salgant impidió que recibieran la orden diciéndoles que debían defender la plaza del Mercado Menor en el Sur, donde él vivía, y los hombres habían recibido esa orden con irritación. Sin embargo, se alejaron de Salgant para dirigirse a la morada del rey; y llegaron muy oportunamente, porque una multitud triunfante de enemigos le pisaba los talones a Glorfindel. Por su propia decisión, los hombres del Arpa se arrojaron con gran ímpetu sobre ellos y compensaron con creces la cobardía de su señor al hacer retroceder nuevamente al enemigo hasta el mercado, y, por no tener jefe, siguieron avanzando embravecidos, de modo que muchos quedaron atrapados entre las llamas o cayeron víctimas del aliento de la serpiente que se refocilaba allí.

Tuor bebió entonces de la gran fuente y se sintió reanimado y, luego de soltarle el yelmo, le dio de beber a Ecthelion y le echó agua en el rostro, de modo que salió de su letargo. Entonces esos dos señores, Tuor y Glorfindel, despejaron la plazoleta y retiraron a todos los hombres que pudieron de las entradas, para luego cerrar todos los pasos con vallas, aunque no pudieron hacerlo en el Sur. Desde esa dirección apareció entonces Egalmoth. Había estado ocupado con los mecanismos de las murallas, pero ya se había dado cuenta hacía mucho de que la situación exigía un ataque en las calles en lugar de disparos desde las almenas, y había congregado a algunos guerreros del Arco y de la Golondrina a su alrededor y arrojado su arco. Entonces había atravesado la ciudad atacando con ímpetu cada vez que una banda de enemigos le salía al paso. Así había logrado liberar a muchos cautivos y reunir a no pocos hombres extraviados y forzados a retroceder, y así había llegado a la Plaza del Rey luchando encarnizadamente; y los hombres se alegraron al verlo aparecer, porque temían que estuviese muerto. Todas las mujeres y los niños que se habían congregado allí o que Egalmoth había llevado hasta ese lugar atestaron el palacio real, y los batallones de las distintas casas se prepararon para la embestida final. Entre esos sobrevivientes hay unos pocos de todos los linajes, con la única excepción de la hueste del Martillo Iracundo; y la casa del rey aún no ha perdido a ninguno de los suyos. Pero éste no es un motivo de deshonra, porque se había dispuesto que debía acopiar fuerzas hasta el final y defender al rey.

Pero los hombres de Melko ya habían congregado a sus guerreros, y desde el Norte, el Este y el Oeste se acercaban siete dragones de fuego rodeados de Orcos y con Balrogs montados sobre ellos que se dirigían hacia la Plaza del Rey. Así empezó la matanza alrededor de las vallas, y Egalmoth y Tuor iban de un lado a otro entre los defensores, pero Ecthelion se apostó junto a la fuente; y su resistencia fue la más obstinada y valerosa que se recuerde en todas las canciones o en cualquier relato. Sin embargo, finalmente un dragón destruyó la valla del Norte, donde antes había estado al extremo de la Callejuela de las Rosas, un hermoso lugar para mirar y recorrer, pero que ahora no era más que una senda ennegrecida y cubierta de estruendo.

Tuor no se apartó del camino de la bestia, pero quedó muy lejos de Egalmoth y se vio obligado a retroceder hasta el mismo centro de la plaza, cerca de la fuente. Agobiado por el calor sofocante, cayó derribado por un enorme demonio, el mismísimo Gothmog, señor de los Balrogs, hijo de Melko. Pero he aquí que Ecthelion, cuyo rostro lucía tan pálido como el acero verdoso y cuyo escudo colgaba fláccido a su costado, se le acercó veloz al verlo caer; y el Gnomo atacó al demonio, pero no logró darle muerte, porque fue herido en el brazo en el que blandía la espada y ésta se soltó de su puño. Entonces, Ecthelion, señor de la Fuente, el más noble de los Noldoli, se abalanzó sobre Gothmog cuando éste levantaba el látigo, y enterró la púa de su yelmo en el malévolo pecho y enroscó las piernas en los muslos del enemigo; y el Balrog se desplomó hacia delante con un chillido, pero los dos cayeron en la profunda fuente del rey. Allí encontró la muerte esa criatura; y Ecthelion, abrumado por el peso del acero, se hundió hasta el fondo y así murió el señor de la Fuente después de una fogosa lucha en esas aguas frías.

Tuor se había puesto de pie gracias a la embestida de Ecthelion y, al ver esa notable hazaña, el amor que sentía por ese noble Gnomo de la Fuente lo hizo romper en llanto, pero, por encontrarse en medio de la batalla, apenas logró abrirse camino hasta llegar junto a los guerreros que rodeaban el palacio. Allí, al ver que el enemigo flaqueaba espantado por la caída de Gothmog, el jefe de las huestes, los de la casa real atacaron y el rey bajó con gran magnificencia entre ellos y comenzó a dar golpes junto con ellos, de modo que nuevamente lograron despejar gran parte de la plaza y los Balrogs dieron muerte a cuarenta, lo que en realidad es una gran proeza; pero ellos lograron aún más, porque rodearon a un dragón de fuego pese a todas las llamaradas que arrojaba y lo empujaron hasta las mismas aguas de la fuente para que pereciera en ellas. Pero ése fue el fin de esas hermosas aguas, porque se evaporaron y su manantial se secó y dejaron de elevarse hacia lo alto, porque una columna de vapor se alzó hasta el cielo y la nube que de allí surgió se extendió por toda esa tierra.

Ante la destrucción de la fuente el horror se apoderó de todos y la plaza se cubrió de brumas ardientes y nieblas enceguecedoras, y el calor y el enemigo y las serpientes diezmaron allí a los de la casa real, que también se dieron muerte unos a otros; pero un grupo logró salvar al rey y algunos hombres se reagruparon en torno a Glingol y Bansil.

Entonces el rey dijo:

—Magna ha sido la caída de Gondolin. —Y los hombres se estremecieron, porque ésas eran las palabras del antiguo profeta Amnon; pero el dolor y el amor que sentía por el rey hicieron gritar a Tuor con vehemencia:

—¡Gondolin aún no ha caído y Ulmo no permitirá que desaparezca! —En ese momento estaban de pie, Tuor junto a los árboles y el rey en las escaleras, donde habían estado otrora cuando Tuor le transmitió el mensaje de Ulmo. Pero Turgon dijo:

—He dejado que el mal cayera sobre la Flor del Valle a despecho de Ulmo y ahora él deja que el fuego la destruya. ¡No!, ya mi corazón no abriga esperanza alguna para mi hermosa ciudad, pero los hijos de los Noldoli no se sumirán por siempre jamás en la derrota.

Entonces los Gondothlim aprestaron sus armas, porque muchos de ellos estaban cerca, y Turgon dijo:

—Oh, hijos míos, no luchéis contra el destino. Aquellos que podáis, huid para salvaros, si aún hay tiempo para hacerlo; pero sed fieles a Tuor.

Pero Tuor dijo:

—Vos sois el rey. Y Turgon respondió:

—Sin embargo, no seguiré luchando. —Y arrojó la corona a los pies de Glingol. Entonces Galdor, que estaba allí, la recogió, pero Turgon no la aceptó y, con la cabeza descubierta, subió hasta lo alto de la torre blanca que se elevaba cerca del palacio. Y desde allí gritó con una voz que parecía el toque de un cuerno entre las montañas, y todos los que estaban congregados bajo los árboles y los enemigos rodeados por las brumas en la plaza lo escucharon:

—¡Magna es la victoria de los Noldoli! —Y se dice que eso ocurrió a medianoche y que los Orcos lanzaron gritos de burla.

Entonces los hombres propusieron lanzar una embestida, pero había dos pareceres. Muchos decían que era imposible abrirse paso violentamente y que, incluso si podían hacerlo, tal vez no pudiesen llegar al valle ni atravesar las colinas y que, por tanto, era preferible morir en torno al rey. Pero Tuor no podía soportar la idea de que tantas bellas mujeres y tantos niños hermosos murieran, ya fuera a manos de los suyos como último recurso o aniquilados por las armas del enemigo, y les habló de la oquedad y del sendero secreto. Por tanto, les dijo que le suplicaran a Turgon que cambiara de parecer y, uniéndose a ellos, condujo a los sobrevivientes en dirección al Sur, hacia las murallas, donde estaba la entrada al túnel; pero Tuor ardía de deseos de entrar allí para saber cómo estaban Idril y Eärendel o para enviarles un mensaje y pedirles que se alejaran velozmente, porque Gondolin había sido conquistada. Pero, al ver que el túnel era tan estrecho y que eran tantos los que debían atravesarlo, los señores juzgaron demasiado arriesgado el plan de Tuor, aunque en su desesperación estaban dispuestos a seguir sus consejos. Pero Turgon no prestó oído a lo que le decían y les pidió que se marcharan antes de que fuese demasiado tarde y les dijo:

—Dejad que Tuor sea vuestro guía y vuestro jefe. Pero yo, Turgon, no abandonaré mi ciudad y arderé con ella.

Entonces enviaron nuevamente mensajeros a la torre para que le dijeran:

—Señor, ¿qué será de los Gondothlim si vos perecéis? ¡Guiadnos!

Pero él dijo: —¡No! Aquí me quedaré. —Y lo repitió tres veces, y luego dijo: —Si soy vuestro rey, obedeced mi mandato y no sigáis argumentando contra mis órdenes.

Después de eso no mandaron más mensajeros y se dispusieron a intentar la desesperada empresa. Pero los de la casa real que aún quedaban vivos no dieron un solo paso, sino que se congregaron en gran número a los pies de la torre del rey.

—Aquí nos quedaremos —dijeron— si Turgon no se marcha.

Y su decisión era inquebrantable.

Entonces Tuor se sintió desgarrado entre el respeto al rey y el amor por Idril y su hijo, y, ante eso, su corazón se acongojó; pero la plaza ya estaba rodeada de serpientes que pisoteaban a los muertos y los moribundos, y el enemigo se aprestaba para el último ataque en medio de las brumas; y había que tomar una decisión. Entonces, ante los lamentos de las mujeres en las estancias del palacio y la profunda compasión que sentía por esos tristes habitantes de Gondolin que aún quedaban vivos, reunió al lastimoso grupo —doncellas, niños y madres— y, colocándolo en el centro, lo rodeó con sus hombres lo mejor que pudo. Congregó a muchos hombres en los flancos y a la zaga del grupo, porque se proponía retirarse hacia el Sur luchando lo mejor que pudiese

con los de la retaguardia a medida que avanzaran; y así, si era posible, atravesarían el Camino de las Pompas hasta llegar al Lugar
de los Dioses, antes de que enviaran a una hueste numerosa a rodearlo. Después de eso pretendía atravesar el Camino de las Aguas
Ligeras, pasando por las Fuentes del Sur hasta llegar a las murallas
y a su hogar; pero el cruce del túnel secreto le despertaba muchas
dudas. El enemigo, que espiaba sus movimientos, lanzó entonces
un violento ataque contra el flanco izquierdo y la retaguardia,
desde el Este y el Norte, tan pronto como comenzó a retirarse;
pero a la derecha lo protegía el palacio y la cabeza de la columna
ya estaba cerca del Camino de las Pompas.

Entonces aparecieron algunos de los dragones más gigantescos, que fulguraban entre la niebla, y Tuor se vio obligado a ordenar al grupo que echara a correr, mientras luchaban sin organizarse en el flanco izquierdo; pero Glorfindel resistió valientemente
en la retaguardia y muchos más de la Flor Dorada cayeron allí.
Así cruzaron el Camino de las Pompas y llegaron a Gar Ainion, el
Lugar de los Dioses; éste era un lugar abierto y su centro era el
punto más alto de la ciudad. Allí Tuor busca un lugar donde pueda resistir violentamente, aunque tiene pocas esperanzas de avanzar mucho más; pero he aquí que al parecer el enemigo flaquea y
sólo unos cuantos los siguen, y esto es prodigioso. Con Tuor a la
cabeza llegan entonces al Lugar de las Bodas, donde he aquí que
Idril se yergue delante de él, con los cabellos sueltos como el día
de su boda; y el asombro de Tuor no tiene límites. Sólo Voronwë
se encontraba a su lado, pero Idril no veía a Tuor porque tenía los
ojos clavados en el Palacio del Rey, que ahora estaba un tanto más
abajo que ellos. Entonces todos se detuvieron y miraron hacia
atrás, hacia donde ella miraba, y el corazón se les paralizó; porque
ahora se daban cuenta de por qué el ataque del enemigo había sido
tan débil y comprendían el motivo de su salvación. He aquí que un

dragón se había enroscado en la misma escalinata del palacio, profanando su blancura; y un enjambre de Orcos se entregaba al saqueo en su interior, y de allí sacaban arrastrando a las mujeres y a los niños que habían quedado atrás o daban muerte a los hombres que luchaban solos. Glingol se había marchitado hasta las raíces y Bansil estaba totalmente ennegrecido, y la torre del rey estaba sitiada. En lo alto alcanzaban a divisar la silueta del rey, pero en la base una serpiente de hierro que arrojaba llamaradas agitaba y fustigaba la cola, rodeada de Balrogs; y los de la casa del rey sufrían horribles tormentos, y gritos de terror llegaban a los oídos de los que observaban. Al enemigo sólo le preocupaba el saqueo de las estancias de Turgon y la valerosa resistencia de la casa real, y así Tuor había podido llegar hasta allí con el grupo, pero ahora el llanto lo dominaba en el Lugar de los Dioses.

Entonces dijo Idril:

—Desgraciada de mí, porque mi padre se enfrenta a su perdición en la más alta de sus torres; pero siete veces más desgraciada porque mi señor ha caído ante el embate de Melko y jamás regresará a su hogar. —Porque los sufrimientos de esa noche la enloquecían.

Entonces dijo Tuor:

—¡Idril, mira!, soy yo, y estoy vivo; y ahora traeré aquí a tu padre, aunque sea desde el mismo Infierno de Melko. —Y, con esas palabras, se dispuso a descender solo la colina, enloquecido ante el dolor de su esposa; pero ella, recuperando la cordura, se abrazó a sus rodillas en un frenesí de llanto, diciendo:

—¡Señor mío! ¡Señor mío! —Y trató de retenerlo. Pero mientras hablaban se escuchó un estruendo y un grito se escapó desde el funesto lugar. La torre quedó envuelta en una llamarada y se derrumbó con un estallido, porque los dragones habían aplastado la base y a todos los que allí estaban. El estruendo de la terrible

caída fue espantoso y así pereció Turgon, el rey de los Gondothlim, y entonces la victoria quedó en manos de Melko.

Entonces dijo Idril con tono grave:

—¡Qué triste es la ceguera de los sabios!

Pero Tuor dijo: —Triste es también la obstinación de los que
amamos, pero fue un error valeroso, —y se agachó para alzarla y la
besó, porque ella era más valiosa para él que todos los Gondothlim;
e Idril se echó a llorar inconsolablemente por su padre. Entonces
Tuor se volvió hacia los capitanes y les dijo:

—¡Escuchad!, debemos marcharnos a toda prisa para que no
nos rodeen; —y de inmediato comenzaron a avanzar lo más rápidamente que podían y lograron llegar muy lejos de allí antes de
que los Orcos se cansaran de saquear el palacio y de celebrar la
caída de la torre de Turgon.

Llegan entonces al Sur de la ciudad, donde sólo se cruzan con
bandas dispersas de saqueadores que huyen al verlos; sin embargo, encuentran por doquier las llamas y el incendio que ha dejado
el enemigo despiadado. También encuentran mujeres, algunas
con criaturas y otras cargadas de objetos, pero Tuor no las deja llevar nada excepto algunos alimentos. Después de mucho andar
llegaron a un extenso paraje tranquilo y Tuor le pidió nuevas a
Voronwë, porque Idril no hablaba y estaba sumida en un semile-
targo; y Voronwë le contó cómo habían esperado los dos ante las
puertas de la casa mientras crecía el estruendo de la batalla y les es-
tremecía el corazón; e Idril lloraba porque no tenía nuevas de Tuor.
Finalmente Idril había ordenado a la mayoría de los guardianes que
bajaran al túnel secreto con Eärendel, obligándolos a marcharse
con palabras imperiosas, aunque esa separación le provocaba un
inmenso dolor. Pero su intención era esperar y había dicho que no
deseaba vivir si su señor moría; y, entonces, había comenzado a
congregar a las mujeres y a los que deambulaban por allí, a quie-

nes ordenaba entrar rápidamente al túnel, y también había aniquilado a algunos saqueadores con sus escasos hombres; pero no lograban convencerla de que cogiera una espada.

Al final se habían enfrentado a una banda muy numerosa y Voronwë la había arrastrado lejos de allí, pero sólo porque así lo habían querido los Dioses, porque todos los demás habían perecido y el enemigo había prendido fuego a la casa de Tuor pero no había encontrado el túnel secreto.

—Entonces —dijo Voronwë—, tu dama, enloquecida de fatiga y dolor, se marchó impetuosamente rumbo a la ciudad ante mi inmenso temor. —Pero no podía lograr que se apartara del fuego.

Junto con esas palabras llegaron a las murallas del Sur, cerca de la casa de Tuor, y he aquí que estaba destruida y salía humo de sus escombros; y, al ver eso, Tuor se enfureció. Pero se oían ruidos que anunciaban la cercanía de los Orcos y Tuor ordenó a todo el grupo bajar lo más velozmente que pudiesen al túnel secreto.

Un gran dolor se adueña de esa escalera cuando los exiliados dicen adiós a Gondolin; pero no tienen muchas esperanzas de llegar vivos allende las colinas, porque ¿cómo puede escapar nadie de las manos de Melko?

Tuor se alegra mucho cuando todos han cruzado la entrada y su temor se disipa un tanto; en realidad, sólo porque así lo quisieron los Valar pudieron bajar todos sin que los Orcos lo advirtieran. Atrás quedan unos pocos que dejan las armas a un lado y bloquean la entrada al túnel desde dentro a golpes de pico, y luego se suman al grupo como pueden; pero cuando hubieron bajado la escalera hasta llegar al nivel del valle, el calor se volvió insoportable por el fuego de los dragones que cubría toda la ciudad; y en realidad estaban cerca, porque el túnel no era muy profundo. El temblor de la tierra soltaba grandes piedras que aplastaban a muchos al caer, y el aire estaba impregnado de un humo que apagaba las antorchas y las lámparas. Allí se tropezaban en los cuerpos de los que habían caído antes y perecían, y Tuor temía por Eärendel; y se apresuraban en medio de la profunda oscuridad y la angustia. En ese túnel cavado en la tierra estuvieron cerca de dos horas, y hacia el final apenas estaba abierto y sus flancos eran ásperos y estrechos.

Así llegó por fin el grupo, diezmado casi en una décima parte, al extremo del túnel que, astutamente, habían hecho desembocar en un gran pozo que otrora había estado lleno de agua pero que ahora estaba cubierto de arbustos. En ese lugar se habían congregado en gran número los miembros de distintos linajes que Idril y Voronwë habían obligado a entrar al túnel secreto delante de ellos, y todos lloraban quedamente de cansancio y dolor, pero Eärendel no se encontraba allí. Ante eso, Tuor e Idril sintieron una gran congoja en el corazón. Todos los demás se lamentaban también, porque en medio del valle que los rodeaba se distinguía a lo lejos la colina de Amon Gwareth coronada de llamas, donde antes se elevaba la deslumbrante ciudad que había sido su hogar. La rodean dragones de fuego y monstruos de hierro que salen y entran por sus puertas, y los Balrogs y los Orcos se entregan a un cruel saqueo. Sin embargo, los jefes encuentran en esto algún consuelo, porque piensan que en el valle ya casi no quedan guerreros de Melko y que éstos sólo están cerca de la ciudad, porque todos los malvados se han precipitado allá para deleitarse ante su destrucción.

—Ahora —dijo por tanto Galdor—, tenemos que alejarnos cuanto podamos en dirección a las Colinas Circundantes antes de que llegue el alba, y no tenemos mucho tiempo, porque falta poco para el verano.

Pero no todos estaban de acuerdo, porque algunos decían que era insensato dirigirse a Cristhorn como proponía Tuor.

—El sol —decían— saldrá mucho antes de que lleguemos al pie de las colinas, y los dragones y los demonios nos aplastarán en el valle. Debemos dirigirnos a Bad Uthwen, el Paso de la Huida, porque la distancia es menos de la mitad, y aquellos que están agotados y heridos podrán tener la esperanza de llegar al menos hasta allí.

Pero Idril se opuso a esa idea y convenció a los señores de que no confiaran en la magia del paso que antaño había impedido que los descubrieran:

—Porque ¿qué magia puede sobrevivir a la caída de Gondolin? —Sin embargo, muchos hombres y mujeres se alejaron de Tuor y partieron rumbo a Bad Uthwen, y allí cayeron en las fauces de un monstruo que Melko, siguiendo los consejos de Meglin, había apostado con astucia en la entrada para que nadie pudiese salir. Pero los demás, guiados por un tal Legolas Hoja Verde, de la casa del Árbol, que conocía todo el valle de día y de noche y era capaz de ver en la oscuridad, atravesaron velozmente el valle pese a su cansancio y sólo se detuvieron al cabo de una larga marcha. Entonces toda la Tierra se cubrió con la luz grisácea de ese triste amanecer que ya no contempló la belleza de Gondolin; pero el valle estaba cubierto de bruma y eso era extraordinario, porque nunca había niebla o bruma en ese lugar y tal vez eso se debía a la destrucción de la fuente del rey. Volvieron a ponerse en camino, y siguieron caminando entre aquellos vapores hasta mucho después del alba sin correr peligro y se alejaron tanto que ya nadie podía divisarlos, así, envueltos en la niebla, desde la colina o desde los escombros de las murallas.

Las montañas, o más bien sus colinas más bajas, estaban a siete leguas menos una milla de Gondolin, y Cristhorn, la Grieta de las Águilas, estaba a dos leguas del pie de la montaña, porque se encontraba a gran altura; por tanto, aún debían recorrer dos millas y parte de una tercera de estribaciones y laderas, y estaban extenuados. El sol ya brillaba en lo alto de una garganta de las colinas del Este, y lucía rojo y majestuoso; y la niebla que los envolvía se disipó casi por completo, pero las ruinas de Gondolin estaban ocultas como si una nube las envolviese. Entonces, cuando el aire se despejó, vieron a unas pocas yardas de distancia a un grupo de hombres que huían a pie, perseguidos por una extraña carga de caballería, porque unas criaturas que parecían Orcos cabalgaban en enormes lobos, blandiendo lanzas. Entonces Tuor dijo:

—¡Mirad!, allí está Eärendel, mi hijo; ¡mirad!, su rostro brilla como una estrella en el páramo, y mis hombres del Ala lo rodean y corren mucho peligro. —De inmediato seleccionó a cincuenta hombres que estaban menos fatigados y, dejando que el grupo principal siguiera su camino, se lanzó hacia el valle acompañado por esa tropa tan velozmente como sus fuerzas les permitían. Cuando llegó a donde podían escucharlo, Tuor les gritó a los hombres que rodeaban a Eärendel que se detuvieran y no siguieran huyendo, porque los que montaban en lobos los dispersaban y les daban muerte uno a uno, y un tal Hendor, criado de Idril, llevaba al niño en los hombros y parecía que iba a quedar atrás con su carga. Entonces quedaron espalda contra espalda y en medio de ellos estaban Hendor y Eärendel; pero Tuor llegó rápidamente a su lado, aunque todos los de su tropa estaban jadeantes.

Los que montaban en lobos eran una veintena y alrededor de Eärendel sólo quedaban seis hombres vivos; por tanto, Tuor desplegó a sus hombres en un semicírculo sin ninguna brecha con la esperanza de rodear a los jinetes, para que ninguno de ellos escapase e informara al gran enemigo y provocara así la ruina de los exiliados. Tuor logró su propósito y sólo dos lograron huir, pero heridos y sin los animales, de modo que llegaron muy tarde a la ciudad para comunicar las nuevas.

Eärendel estaba feliz de reunirse con Tuor, y éste sintió una alegría inmensa al encontrarlo; pero Eärendel dijo:

—Tengo sed, padre, porque he corrido desde lejos y no era necesario que Hendor me cargara. —Pero su padre no dijo nada, porque no tenía agua y pensaba en la miseria de todo el grupo que lo había seguido; pero Eärendel dijo entonces—: Fue bueno ver morir a Meglin, porque rodeó a mi madre con los brazos y no me gustaba; pero yo no atravieso ningún túnel a pesar de todos los guerreros de Melko que montan en lobos. —Entonces Tuor sonrió y se lo puso en los hombros. Poco después llegó todo el grupo y Tuor entregó a Eärendel a su madre, que sentía una inmensa alegría; pero Eärendel no permitió que lo cargara en brazos, porque le dijo—: Idril, madre, estás agotada y entre los Gondothlim nadie lleva en brazos a un guerrero con cota de malla, salvo el viejo Salgant. —Y su madre rio en medio de su dolor; pero Eärendel le dijo—: Dime, ¿dónde está Salgant? —Porque a veces Salgant le contaba curiosas historias o lo divertía con bufonadas y Eärendel reía mucho con el viejo Gnomo cuando solía ir a la casa de Tuor, porque le gustaban el buen vino y las comidas sabrosas que allí le daban. Pero nadie sabía dónde estaba Salgant ni podía saberlo. Tal vez el fuego lo había sorprendido en su lecho, aunque algunos creían que lo habían llevado como prisionero a la morada de Melko y lo habían convertido en su bufón... y ése es un triste destino para un noble de la ilustre raza de los Gnomos. Entonces Eärendel se entristeció y echó a andar en silencio al lado de su madre.

Así llegaron a las laderas y, a pesar de que ya era media mañana, aún estaba gris y allí, cerca de la subida, se tendieron a descansar en un pequeño claro rodeado de árboles y avellanos, y muchos durmieron pese al peligro, porque estaban terriblemente agotados. Pero Tuor organizó una estricta vigilancia y se quedó despierto. Allí comieron unos pocos alimentos que tenían y pedazos de carne, y Eärendel sació su sed y se puso a jugar junto a un pequeño arroyo. Entonces le dijo a su madre:

—Idril, madre, sería bueno que estuviese aquí Ecthelion, el de la Fuente, para tocarme algo en la flauta o hacerme silbatos de sauce. ¿Se ha adelantado a nosotros? —Pero Idril le respondió que no y le dijo que había oído hablar de su fin. Entonces Eärendel dijo que temía no volver a ver las calles de Gondolin y lloró amargamente; pero Tuor le dijo que no volvería a verlas:

—Porque Gondolin ya no existe.

Más tarde, poco antes de que el sol se ocultara tras las colinas, Tuor les ordenó a todos ponerse en pie y echaron a andar por senderos escarpados. Poco después la hierba desapareció y en su lugar aparecieron piedras cubiertas de musgo y los árboles se alejaron y hasta los pinos y los abetos empezaron a ralear. Cuando se puso el sol, el camino se desvió de tal manera detrás de una saliente de las colinas que ya no pudieron seguir mirando hacia Gondolin. Allí todo el grupo miró hacia atrás y he aquí que el valle estaba despejado y relucía bajo los últimos rayos como antaño; pero, mientras miraban, a lo lejos se elevó una inmensa llamarada en el sombrío Norte... y así cayó la última torre de Gondolin, la misma que se erguía enhiesta junto a la puerta del Sur y cuya sombra solía caer sobre las murallas de la casa de Tuor. Entonces el sol se ocultó y no volvieron a ver Gondolin.

Ahora bien, el cruce del paso de Cristhorn, la Grieta de las Águilas, es un sendero peligroso y no se habrían arriesgado a atravesarlo de noche, sin lámparas ni antorchas, agotados y con el lastre de mujeres y niños y enfermos y heridos, de no haber sido por el pavor que les inspiraban los vigías de Melko, porque eran muchos, y no podían avanzar sin ser vistos. Mientras se acercaban a esas alturas, comenzó a caer rápidamente la noche y tuvieron que dispersarse para formar una larga fila. A la cabeza iban Galdor y algunos hombres armados con lanzas, acompañados por Legolas, cuyos ojos eran como los de un gato en la oscuridad aunque alcanzaban a distinguir aún más lejos. A continuación iban las mujeres que estaban menos fatigadas, ayudando a los enfermos y a los heridos que podían caminar. Con ellos iban Idril y Eärendel, que mostraba gran resistencia, pero Tuor iba en el centro, detrás de ellos, con todos los hombres del Ala, cargando a algunos de los que habían quedado malheridos, y Egalmoth lo acompañaba, aunque había sido herido en el combate de la plaza. Más atrás iban muchas mujeres con criaturas, niñas y hombres que cojeaban, pero podían seguir a los demás porque avanzaban lentamente. Al final iba el grupo más numeroso de hombres que aún podían luchar y, entre ellos, Glorfindel, el de los cabellos dorados.

Así llegaron a Cristhorn, un lugar funesto por su gran altura, porque está tan alto que no conoce ni la primavera ni el verano y es muy frío. De hecho, mientras el valle juguetea bajo la luz del sol, la nieve cubre esos páramos todo el año, y, cuando llegaron allí, el viento bramaba desde el Norte, a sus espaldas, y golpeaba sin piedad. La nieve que caía giraba en remolinos y les entraba en los ojos, y eso era malo porque allí el sendero es estrecho y a la derecha, hacia el Oeste, se eleva un abrupto muro hasta unas veintiocho varas del camino, antes de quebrarse en lo alto en pináculos dentados donde hay muchos nidos de águilas. Allí vive Thorndor, el Rey de las Águilas, Señor de Thornhoth, a quien los Eldar llaman Sorontur. Pero al otro lado hay una pendiente que no alcanza a ser abrupta pero que es espantosamente empinada y tiene largos dientes rocosos que sobresalen, por los que se puede bajar —o caer tal vez—, pero que es imposible escalar. Y no se puede salir de ese abismo por ninguno de sus extremos ni por los lados, y el Thorn Sir corre al fondo. Allí cae desde el Sur sobre un alto precipicio, pero sus aguas son escasas porque en esas cumbres es un arroyo angosto y, después de atravesar sobre la tierra casi una milla cubierta de rocas, se dirige hacia el Norte adentrándose en un estrecho túnel que se interna en la montaña, y pocos peces pueden entrar allí junto con las aguas.

Galdor y sus hombres habían llegado al final, cerca del lugar donde el Thorn Sir se precipita al abismo, pero, pese a todos los esfuerzos de Tuor, los demás avanzaban dispersos casi a todo lo largo de la peligrosa milla entre el precipicio y el muro, de modo que los hombres de Glorfindel recién habían comenzado a atravesarla cuando en medio de la noche se oyó un chillido que retumbó en el siniestro paraje. En la oscuridad, los hombres de Galdor se vieron rodeados de pronto por figuras que saltaban desde atrás de las rocas, donde se habían ocultado para que ni siquiera Legolas pudiese verlos. Tuor supuso que se habían encontrado con una de las huestes de vigías de Melko y sólo temía una violenta escaramuza en la oscuridad, pero ordenó a las mujeres y a los enfermos que lo rodearan y se dirigieran a la retaguardia, y se unió con sus hombres a los de Galdor y allí se inició un combate en el peligroso sendero. Pero entonces comenzaron a caer piedras y la situación se volvió difícil porque dejaron a muchos malheridos; pero más grave le pareció aún a Tuor cuando escuchó un entrechoque de armas en la retaguardia, y un hombre de la casa de la Golondrina le anunció que un grupo de enemigos acosaba a Glorfindel desde atrás y que entre ellos había un Balrog.

Entonces sintió mucho temor de que les hubieran tendido una trampa, y en realidad eso es lo que había sucedido; porque Melko había emplazado a vigías en todas las colinas circundantes. Sin embargo, el valor de los Gondothlim había atraído a tantos de ellos a la lucha antes de que pudiesen apoderarse de la ciudad que sólo había unos cuantos dispersos y muchos menos aún en el Sur. Pero uno de ellos los había divisado cuando iniciaban el ascenso desde el claro de los avellanos y congregaron a todas las bandas que pudieron para atacarlos, con la intención de dejarse caer sobre los exiliados por atrás y por delante en el peligroso sendero de Cristhorn. Galdor y Glorfindel lograron resistir pese a la sorpresa del asalto y muchos Orcos fueron arrojados al abismo; pero las piedras que caían amenazaban con diezmar todo su valor y hacer fracasar la huida de Gondolin. Entonces la luna se elevó en lo alto del paso y disipó un tanto las sombras, porque su débil luz iluminaba los lugares oscuros, pero no así el sendero, por lo alto del muro. Entonces levantó vuelo Thorndor, el Rey de las Águilas, que odiaba a Melko porque había apresado a muchos de los suyos y los había encadenado a rocas afiladas para obligarlos a revelar las palabras mágicas que tal vez le permitieran aprender a volar (porque soñaba con enfrentarse incluso con Manwë en los aires); y, cuando se negaron a revelarlas, Melko les había cortado las alas para tratar de fabricarse un fabuloso par de ellas, pero su intento había sido en vano.

Cuando el vocerío se elevó hasta su morada desde el paso, Thorndor dijo:

—¿Cómo es posible que estos seres detestables, los Orcos de las colinas, hayan llegado cerca de mi trono? Y ¿por qué el temor ante las criaturas del maldito Melko hace gritar a los hijos de los Noldoli allá abajo? ¡Alzaos, oh Thornhoth, con vuestros picos de acero y espadas en las garras!

Entonces se produjo una gran agitación entre las rocas, como si fuese un viento furioso, y los Thornhoth, los del pueblo de las Águilas, se dejaron caer sobre los Orcos que habían trepado en lo alto del sendero, y les desgarraron el rostro y las manos y los arrojaron a las rocas del Thorn Sir al fondo del abismo. Enton-

ces los Gondothlim se alegraron y, tiempo después, adoptaron
el Águila como emblema de su linaje para expresar su júbilo, e
Idril lo lucía, pero Eärendel prefería las alas de Cisne de su padre. Entonces, sin que nadie se lo impidiera, los hombres de
Galdor hicieron retroceder a sus contendientes, porque no eran
muchos y el ataque de los Thornhoth los había aterrorizado; y el
grupo emprendió nuevamente la marcha, aunque Glorfindel
seguía luchando encarnizadamente en la retaguardia. Ya la mitad había atravesado el peligroso sendero y la cascada del Thorn
Sir cuando el Balrog que estaba con los enemigos en la retaguardia saltó con gran ímpetu a unas rocas altas que bordeaban el
lado izquierdo del camino, sobre el borde del precipicio, y desde
allí, con un salto furioso, cruzó sobre los hombres de Glorfindel
hasta llegar adelante, donde estaban las mujeres y los enfermos,
agitando su látigo de llamas. Entonces Glorfindel se abalanzó
sobre él mientras su armadura dorada lanzaba extraños destellos
a la luz de la luna y golpeó de tal manera al demonio que éste
volvió a saltar sobre una piedra enorme, seguido de Glorfindel.
Entonces se trabaron en una lucha a muerte en esa roca elevada
encima de los del grupo, que, empujados desde atrás y sin poder
avanzar, se acercaron tanto unos a otros que casi nadie alcanzaba a ver, y los hombres de Glorfindel sólo lograron llegar a su
lado después de terminado el combate. El furor de Glorfindel
hizo saltar al Balrog de un lugar a otro, y la cota de malla lo protegía de su látigo y sus garras. Le hundió su porra en el yelmo de
hierro y le dislocó el hombro del brazo con el que blandía el látigo. Atormentado de dolor y de miedo, el Balrog se abalanzó
sobre Glorfindel, que lanzaba dentelladas como una serpiente;
pero sólo alcanzó a cogerlo por un hombro y entonces se en-
frentaron cuerpo a cuerpo, acercándose peligrosamente al filo
del risco. Entonces Glorfindel comenzó a manotear con la mano

izquierda en busca de una daga y se la hundió en el vientre al Balrog cerca de su propia cara (porque ese demonio tenía el doble de su estatura); con un chillido, cayó de espaldas desde la roca, pero, al caer, alcanzó a agarrarse de los cabellos dorados de Glorfindel que se le escapaban del yelmo y así se precipitaron los dos al abismo.

Éste fue un hecho funesto, porque todos sentían un gran amor por Glorfindel, y he aquí que el estruendo de su caída retumbó en las colinas y el abismo del Thorn Sir se estremeció. Entonces, al oír el grito de agonía del Balrog, los Orcos que luchaban adelante y en la retaguardia vacilaron y así les dieron muerte o los arrojaron lejos y el mismo Thorndor, que era un ave muy noble, se hundió en el abismo para regresar con el cuerpo de Glorfindel; pero el cadáver del Balrog quedó allí y por muchos días las aguas del Thorn Sir corrieron teñidas de negro a lo lejos, en Tumladin.

Cuando presencian un combate en el que el bien se enfrenta a una furia maligna que lo supera, los Eldar aún dicen:

—¡Ay! Es como Glorfindel y el Balrog. —Y sus corazones aún sufren por la suerte de ese noble Noldoli.

Por el amor que le tenía, a pesar de la prisa y del temor de que llegaran más enemigos, Tuor ordenó que cubrieran el cuerpo de Glorfindel con un gran montículo de piedras en ese mismo lugar, más allá del peligroso sendero, junto al precipicio del río de las Águilas, y Thorndor no ha permitido que nadie lo destruya y se ha cubierto de flores amarillas que ahora adornan sin cesar el montículo en esos parajes inhóspitos; pero los de la casa de la Flor Dorada rompieron a llorar mientras lo construían y no podían enjugar las lágrimas.

¿Quién podría contar cómo Tuor y los exiliados de Gondolin deambularon por los páramos que hay allende las montañas del

Sur del valle de Tumladin? Sufrieron dolores y muertes y frío y hambre, y vivían constantemente vigilados. Sólo pudieron atravesar esas regiones asoladas por la crueldad de Melko gracias a la cruenta matanza y al duro golpe que había sufrido su poder en ese ataque, y a la rapidez y la cautela con que los condujo Tuor; porque sin duda Melko llegó a saber que se habían salvado y eso lo enfurecía. En los profundos océanos, Ulmo había recibido nuevas de todas las hazañas, pero aún no los podía ayudar porque estaban muy lejos de las aguas y los ríos, e incluso sufrían de sed y no conocían el camino.

Pero, al cabo de un año o más de andar errantes, extraviándose a menudo por largo tiempo en medio de la magia de esos páramos sólo para volver luego sobre sus pasos, el verano llegó una vez más y, poco antes de su culminación, llegaron por fin a orillas de un río que comenzaron a seguir hasta tierras más hospitalarias donde encontraron un poco de consuelo. Allí Voronwë se convirtió en su guía, porque una noche de fines del verano había escuchado un susurro de Ulmo en el río y el sonido de las aguas siempre le traía grandes enseñanzas. Entonces los condujo hasta llegar al Sirion, porque ese río era su afluente, y allí Tuor y Voronwë vieron que no estaban a gran distancia de la antigua entrada al Paso de la Huida y llegaron una vez más al umbrío claro de alisos. Todos los arbustos estaban aplastados y todos los árboles quemados, y las paredes del claro tenían rastros de llamas, y todos lloraron porque les pareció adivinar la suerte que habían corrido en la entrada del túnel los que se habían separado de ellos tiempo atrás.

Siguieron avanzando hacia la desembocadura del río, pero una vez más Melko los aterrorizó, y lucharon con bandas de Orcos y sufrieron el acoso de los que montaban en lobos, pero sus dragones de fuego no se les acercaron, porque la conquista de Gondolin había agotado sus llamas y también porque el poder de Ulmo iba aumentando a medida que el río se hacía más caudaloso. Así llegaron, después de muchos días —porque avanzaban lentamente y les era muy difícil conseguir alimentos—, a los extensos páramos y ciénagas que había antes de llegar a la Tierra de los Sauces, y Voronwë no conocía esos parajes. Allí el Sirion corre bajo tierra por largo trecho, internándose en la enorme caverna de los Vientos Agitados, pero vuelve a correr diáfano poco antes de los Marjales del Crepúsculo, allí donde Tulkas luchó tiempo después con Melko. Tuor había recorrido esas regiones por la noche y al anochecer después de que Ulmo se le apareció entre los juncos, y no reconocía los senderos. En algunos parajes esa tierra es muy traicionera y pantanosa; y allí se demoraron mucho y los insectos los atacaban implacablemente, porque aún era otoño, y sufrían escalofríos y fiebres y maldecían a Melko.

Aun así, por fin lograron llegar a los grandes marjales y a los confines de la hermosísima Tierra de los Sauces; y el solo soplo de los vientos les trajo alivio y paz, y el consuelo que encontraron en ese paraje mitigó el dolor de los que lloraban por los que habían muerto en esa espantosa derrota. Allí las mujeres y las doncellas recuperaron su belleza y los enfermos sanaron, y las viejas heridas dejaron de doler; pero aquellos que, con razón, temían que los suyos aún vivieran sometidos a un amargo cautiverio en los Infiernos de Hierro no cantaban ni sonreían.

Allí se quedaron por mucho tiempo, y Eärendel ya se había convertido en un muchacho cuando el sonido de las conchas de Ulmo desgarró el corazón de Tuor y su añoranza por el mar renació con mucho más ardor por todos los años en que la había refrenado; y todo el grupo se puso en movimiento cuando él lo ordenó y los condujo por el Sirion en dirección al mar.

Ahora bien, los que habían atravesado la Grieta de las Águilas y habían presenciado la muerte de Glorfindel eran cerca de ochocientos, un numeroso grupo de caminantes, aunque nada más que un triste vestigio de una ciudad tan habitada y hermosa. Sin embargo, cuando la primavera hubo cubierto de celidonias las praderas y después de celebrar una triste ceremonia en recuerdo de Glorfindel, los que años más tarde emprendieron la marcha rumbo al mar desde los prados de la Tierra de los Sauces no eran más que unos trescientos veinte hombres y jóvenes, y doscientas sesenta mujeres y doncellas. Ahora bien, las mujeres eran menos numerosas porque algunas se habían escondido o los suyos las habían ocultado en rincones secretos de la ciudad. Allí perecieron en el incendio o les dieron muerte o se las llevaron para convertirlas en esclavas, y las partidas de salvamento sólo encontraron a unas pocas; y esto es muy doloroso, porque las doncellas y las mujeres de los Gondothlim eran tan hermosas como el sol y tan encantadoras como la luna y más deslumbrantes que las estrellas. Gondolin, la ciudad de los Siete Nombres, había conocido la gloria y su destrucción fue el más pavoroso de todos los saqueos de ciudades que ha habido en la faz de la Tierra. Ni Bablon ni Ninwi, ni tampoco las torres de Trui, ni todas las conquistas de Rûm, que es la ciudad más maravillosa de los Hombres, fueron testigos de un horror como el que cayó aquel día sobre el linaje de los Gnomos en Amon Gwareth; y se dice que ésa es la mayor maldad que Melko ha cometido en el mundo.

Los exiliados de Gondolin se establecieron entonces en la desembocadura del Sirion, junto a las olas del Gran Mar. Allí se dan el nombre de Lothlim, el pueblo de la flor, porque el nombre Gondothlim es muy triste para ellos; y entre los Lothlim, Eärendel se convierte en un hermoso joven en la casa de su padre, y así llega a su fin el extraordinario cuento de Tuor.

Entonces Corazoncito, hijo de Bronweg, dijo:

—¡Qué triste suerte la de Gondolin!

EL PRIMER TEXTO

Unas anotaciones apresuradas de mi padre constituyen unos importantes elementos de la primera fase de la evolución de la historia de los Días Antiguos. Tal y como las he descrito en otro lugar, estas notas fueron en su mayoría tomadas a lápiz apresuradamente; el texto, en su estado actual, está borrado y apenas visible, e incluso tras un escrutinio meticuloso apenas descifrable en determinados pasajes. Aparece sobre trozos de papel desordenados y sin fecha, o en un pequeño cuaderno; durante los años en que compuso los *Cuentos Perdidos* fue así cómo anotó sus ideas y sugerencias —muchas de las cuales no eran más que simples frases, o nombres aislados que servían de recordatorios acerca de trabajo que quedaba pendiente, relatos por contar o cambios por realizar.

Entre estas notas se encuentra algo que debe de ser la primera referencia a la historia de la caída de Gondolin:

Isfin, hija de Fingolma, amada desde la distancia por Eöl (Arval) del linaje del Topo de los Gnomos. Él es fuerte y cuenta con la estima de Fingolma y de los hijos de Fëanor (con quienes está emparentado), porque es el jefe de los mineros y siempre anda en busca de joyas ocultas, pero es desafortunado e Isfin lo odia.

Para una explicación de la elección de la palabra «gnomos», véase p. 25 (nota de pie). *Fingolma* fue una versión temprana del nombre posterior *Finwë* (el líder del segundo grupo de Elfos, los Noldor, en el Gran Viaje desde Palisor, la tierra donde se despertaron). Isfin aparece en el *Cuento de la caída de Gondolin* como la hermana de Turgon, Rey de Gondolin, y madre de Meglin, hijo de Eöl.

Resulta evidente que esta nota es una versión de la historia contada en los Cuentos perdidos, a pesar de la considerable diferencia entre ellas. En la nota, Eöl, el minero de la «Casa del Topo», es el pretendiente de la hija de Fingolma, Isfin, quien lo rechaza debido a su fealdad. En el «Cuento perdido», por su lado, el pretendiente rechazado —y feo— es Meglin, el hijo de Eöl, y su madre es Isfin —la hermana de Turgon, el Rey de Gondolin; y se dice expresamente (p. 67) que el cuento de Isfin y Eöl «pero no es éste el momento para contar la historia» —presumiblemente porque mi padre pensaba que supondría una digresión demasiado remota.

En mi opinión, lo más probable es que la nota breve de arriba fue escrita antes del *Cuento de la caída de Gondolin* y antes del adviento de Maeglin, y que la historia en su origen no tenía relación alguna con Gondolin.

[A partir de ahora me referiré al «Cuento perdido» de *La Caída de Gondolin* (pp. 43-118) simplemente como a «el *Cuento*».]

*

TURLIN Y LOS EXILIADOS DE GONDOLIN

Existe una hoja que contiene un breve texto en prosa, indudablemente preservado en estado completo, que lleva por título *Turlin y los Exiliados de Gondolin*. Podemos situarlo cronológicamente después del *Cuento de la caída de Gondolin*, y fue claramente el inicio abandonado de una nueva versión del *Cuento*.

Mi padre tuvo muchas dudas acerca del nombre del héroe de Gondolin, y en este texto le dio el nombre de *Turlin*, pero después lo cambió allá donde apareciese por *Turgon*. Para que este cambio (no poco común) de nombres de diferentes personajes no resulte innecesariamente confuso, lo llamaré *Tuor* en el texto que ahora sigue.

La ira de los Dioses (los Valar) hacia los Gnomos, y el cierre de las fronteras de Valinor que impedía la entrada a cualquiera que viniese de fuera, con lo que comienza este texto, surgió por su rebelión y los infames hechos en el Puerto de los Cisnes. Este acontecimiento se conoce como la Matanza de los Hermanos de Alqualondë y tiene su relevancia para la historia de la Caída de Gondolin, y también, desde luego, para la historia posterior de los Días Antiguos.

Turlin [Tuor] y los exiliados de Gondolin

«Entonces —dijo Ilfiniol, hijo de Bronweg—, sabed que Ulmo, señor de las Aguas, jamás olvidó los pesares de los linajes élficos bajo el poder de Melko, mas poco podía hacer debido a la cólera de los otros Dioses que cerraron sus corazones a la raza de los Gnomos, y moraban detrás de las colinas veladas de Valinor, ajenos al Mundo Exterior, tan profundo era su dolor y pesadumbre por la muerte de los Dos Árboles. Y que ninguno a excepción de Ulmo temía el poder de Melko que provocó la ruina y el dolor sobre toda la Tierra; pero Ulmo deseaba que Valinor agrupara todas sus fuerzas para apagar su mal antes de que fuera demasiado tarde, y creía que los dos objetivos quizá se pudieran alcanzar si mensajeros de los Gnomos fueran a Valinor y suplicaran el perdón y la piedad para la Tierra, pues el amor de Palúrien y Oromë, su hijo, por esos amplios reinos dormitaba inmóvil. Sin embargo, duro y maligno era el camino desde la Tierra Exterior a Valinor, y los propios Dioses habían enredado las rutas con magia y velado las colinas circundantes. Por tanto, Ulmo buscó incesantemente despertar a los Gnomos para que enviaran mensajeros a Valinor, pero Melko era astuto y de muy profunda sabiduría, e inagotable su cautela en todas las cosas concernientes a los linajes de los Elfos, y los mensajeros no superaron los peligros y tentaciones de aquel más largo y maligno de todos los caminos, y muchos de los que se atrevieron a partir se perdieron para siempre.»

Ahora bien, la historia cuenta cómo Ulmo desesperó de que alguno de la raza élfica superara los peligros del camino, y el más profundo y último plan que entonces trazó, y de aquello que resultó de él.

En aquellos días, la mayor parte de los linajes de los Hombres moraba, después de la Batalla de las Lágrimas Innumerables, en esa tierra del Norte que tiene muchos nombres, pero que los Elfos de Kôr han bautizado como Hisilómë, que es la Niebla del Crepúsculo, y los Gnomos, que del linaje de los Elfos es el que mejor la conoce, Dor-lómin, la Tierra de las Sombras. Un pueblo poderoso en número que había allí, morando alrededor de las anchas y pálidas aguas del Mithrim, el gran lago que hay en aquellas regiones, y otros pueblos los llamaban Tunglin o pueblo del Arpa, pues su alegría estaba en la música salvaje y en cantar a los páramos y tierras boscosas, mas no conocían el mar y no cantaban sobre él. Ahora bien, aquel pueblo llegó demasiado tarde al lugar de la terrible batalla, pues habían sido llamados desde lejos, y no albergaban ningún sentimiento de traición contra los pueblos de los Elfos; pero en verdad muchos de ellos mantenían la amistad con los Gnomos ocultos de las montañas y los Elfos Oscuros que aún pudiera existir a pesar del dolor y la desconfianza debidos a los ruinosos actos en el Valle de Niniach.

Turgon era un hombre de aquel pueblo, hijo de Peleg, hijo de Indor, hijo de Fengel, que era su jefe, y al escuchar las llamadas, había salido de las profundidades del Este con todo su pueblo. Pero Turgon no moraba mucho con su linaje y amaba más bien la soledad y la amistad de los Elfos, cuyas lenguas conocía, y vagaba solo por las extensas costas de Mithrim, ora cazando en los bosques, ora creando música entre las rocas con su tosca arpa encordada con tendones de osos. Mas él no cantaba para los oídos de los Hombres, y muchos al oír el poder de sus rudas canciones venían desde lejos para escuchar el sonido de su arpa; pero Turgon dejó de cantar y partió a lugares solitarios en las montañas.

Muchas cosas extrañas aprendió allí, noticias incompletas de cosas lejanas, y en él creció el anhelo de un saber más profundo, mas su corazón aún no se apartaba de las extensas costas y de las pálidas aguas de Mithrim entre la niebla. Sin embargo, no era su destino morar para siempre en aquellos lugares, pues se dice que la magia y el destino le condujeron un día a una abertura cavernosa entre las rocas bajo las cuales un río oculto fluía del Mithrim. Y Turgon entró en aquella cueva buscando aprender su secreto, mas al haber entrado en las aguas del Mithrim éstas lo arrastraron hacia el corazón de la roca y él no pudo retornar a la luz. Estos hombres han dicho que ello era voluntad de Ulmo, ante cuya sugerencia los Gnomos habían abierto ese camino profundo y oculto. Luego los Gnomos fueron a ver a Turgon y lo guiaron por los oscuros pasajes entre las montañas hasta que una vez más salió a la luz.

Se apreciará que mi padre tenía el texto del *Cuento* ante él cuando compuso este texto (que llamaré «la versión de Turlin»), porque determinadas frases de uno vuelven a aparecer en el otro (como por ejemplo «la magia y el destino le condujeron un día a una abertura cavernosa», p. 44); sin embargo, en lo referente a varias características, la nueva versión supone una evolución con respecto a la anterior. Se mantiene la genealogía original de Tuor (hijo de Peleg, hijo de Indor), pero contiene más información sobre su pueblo: eran Hombres del Este que acudieron en ayuda de los Elfos en la gran batalla devastadora contra las fuerzas de Melko que llegó a ser conocida como *La Batalla de las Lágrimas Innumerables*. Llegaron demasiado tarde, y se asentaron en grandes números en Hisilómë «Niebla crepuscular» (Hithlum), también llamada Dor-lómin, o «Tierra de sombras». Un elemento importante y decisivo de la primera concepción de la historia de los Días Antiguos era la aplastante victoria de Melko en aquella batalla, tan arrasadora que muchas personas del pueblo llamado Noldoli fueron tomadas como prisioneras y convertidas en sus esclavos; se dice en el *Cuento* (p. 54): «Habéis de saber que los Gondothlim fueron los únicos Noldoli que lograron escapar del dominio de Melko después de que dio muerte y convirtió en esclavos a los de ese linaje en la Batalla de las Lágrimas Innumerables, y los sometió a maleficios y los obligó a vivir en los Infiernos de Hierro y a ir solamente donde él les permitía y ordenaba».

Notable es también la información que aparece en este texto acerca de los «designios y deseos» de Ulmo, tal y como se describe su propósito en el *Cuento* (p. 52). Sin embargo, en el *Cuento* se dice que «Tuor entendió poco» —y no se habla más acerca del tema—. Sin embargo, en este breve texto posterior, la versión de Turlin, Ulmo habla de su incapacidad de prevalecer ante el resto de los Valar, ya que sólo él teme el poder de Melko, y de su deseo de que Valinor se levante en armas contra aquel poder; también habla de sus intentos de convencer a los Noldoli de enviar mensajeros a Valinor para pedir compasión y ayuda, mientras los Valar «moraban detrás de las colinas veladas de Valinor, ajenos al Mundo Exterior». Este momento se conoce como *El ocultamiento de Valinor*, cuando, tal y como se dice en la versión de Turlin (p. 120), «los propios Dioses habían enredado las rutas [a Valinor] con magia y velado las colinas

circundantes» (acerca de este elemento crucial de la historia, véase *La evolución de la historia*, pp. 222 y ss.).

El siguiente pasaje resulta muy significativo (p. 120): «Ahora bien, la historia cuenta cómo Ulmo desesperó de que alguno de la raza élfica superara los peligros del camino, y el más profundo y último plan que entonces trazó, y de aquello que resultó de él».

La historia narrada en el *Esbozo de la mitología*

Ahora presentaré la forma de la historia de *La Caída de Gondolin* que mi padre escribió en 1926, en una obra titulada *Esbozo de la mitología*, que más tarde identificó como *El Silmarillion Original*. Una parte de esta obra fue incluida, y su naturaleza explicada, en *Beren y Lúthien* (p. 92), y he usado otra más para el prólogo del presente libro. Más tarde, mi padre realizó un número de correcciones (casi todas en forma de adiciones); incluyo la mayoría de ellas entre corchetes.

Ylmir es la forma en gnómico de *Ulmo*.

El gran río Sirion fluía a través de las tierras del Sudoeste; en su desembocadura había un gran delta, y su curso más bajo atravesaba anchas y verdes tierras fértiles, poco habitadas excepto por aves y bestias debido a las incursiones de los Orcos; mas los Orcos no las habitaban, ya que preferían los bosques del Norte y temían el poder de Ylmir: la desembocadura del Sirion se hallaba en los Mares del Oeste.

Turgon, hijo de Fingolfin, tenía una hermana, Isfin, que se perdió en Taur-na-Fuin después de la Batalla de las Lágrimas Innumerables. Allí la atrapó el Elfo Oscuro Eöl. Su hijo fue Meglin. El pueblo de Turgon, que escapó gracias a la hazaña de Húrin, se perdió para Morgoth, y en verdad para todo el mundo salvo Ylmir. En un lugar secreto en las colinas sus exploradores, trepando las cimas, descubrieron un ancho valle totalmente rodeado por las colinas en círculos cuya altura disminuía a medida que se acercaban al centro. Dentro del círculo había una tierra ancha sin colinas, a excepción de una colina rocosa que se erguía en la llanura, no justo en el centro, sino próxima a la parte del muro exterior junto a la orilla del Sirion [La colina más próxima a Angband era guardada por el montículo de Fingolfin.]

Los mensajes de Ylmir subieron por el Sirion para pedirles que se refugiaran en ese valle, y con hechizos para encantar todas las colinas de alrededor con el fin de mantener lejos a enemigos y espías. Predice que su fortaleza será la que más perdurará a todos los refugios de los Elfos contra Morgoth, y al igual que Doriath que jamás será tomada, salvo por traición desde dentro. Cerca del Sirion los hechizos son más poderosos; las montañas circundantes, en cambio, son más bajas. Ahí los Gnomos excavan un gran túnel sinuoso bajo las raíces de las montañas, que al fin sale a la Planicie Guardada. Los hechizos de Ylmir guardan la entrada exterior; los Gnomos vigilan sin cesar la interior. Se halla ubicada allí por si los de dentro alguna vez necesitan escapar, y como un camino para que los exploradores, peregrinos y mensajeros puedan salir más rápidamente, y también como una entrada para fugitivos que huyan de Morgoth.

Thorndor, Rey de las Águilas, traslada a sus águilas a las cumbres Septentrionales de las montañas circundantes y las protege de los espías Orcos [posándose sobre el montículo de Fingolfin]. Sobre la colina rocosa, Amon Gwareth, la colina alerta, cuyas laderas pulen hasta que adquieren la suavidad del cristal y cuya cima nivelan, construyen la gran ciudad de Gondolin, con puertas de acero. Nivelan la llanura de alrededor hasta que queda tan plana y lisa como un jardín de hierba recortada hasta los mismos pies de las colinas, de modo que nada pueda acercarse furtivamente si ser visto. El pueblo de Gondolin se hace poderoso y sus armas son abundantes. Pero Turgon no marcha en ayuda de Nargothrond, o de Doriath, y después de la muerte de Dior, no tiene nada que ver con el hijo de Fëanor (Maglor). Por último, cierra el valle a todos los fugitivos y prohíbe al pueblo de Gondolin abandonar el valle. Gondolin es la única fortaleza élfica que sigue en pie. Morgoth no ha olvidado a Turgon, mas su búsqueda es en vano. Nargothrond es destruida; Doriath, devastada; los hijos de Húrin, muertos; y sólo quedan Elfos, Gnomos e Ilkorins dispersos, a excepción de los muchos que trabajan en las herrerías y minas. El triunfo de Morgoth es casi absoluto.

Meglin, hijo de Eöl e Isfin, hermana de Turgon, fue enviado por su madre a Gondolin y allí lo recibieron, aunque sólo tenía mitad de sangre Ilkorin, y lo trataron como a un príncipe [último de los fugados de fuera].

Húrin de Hithlum tenía un hermano, Huor. El hijo de Huor era Tuor, más joven que [> primo de] Túrin, hijo de Húrin, Rían, esposa de Huor, buscó el cuerpo de su esposo entre los muertos en el campo de las Lágrimas Innumerables, y allí murió. Su hijo, que se había quedado en Hithlum, cayó en manos de los hombres desleales que Morgoth hizo entrar en Hithlum después de la batalla, y fue esclavizado. Se hizo salvaje y duro, huyó a los bosques y se convirtió en un proscrito solitario que vivía solo y no se comunicaba con nadie, salvo raramente con Elfos errantes y ocultos. Una vez, Ylmir se las ingenió para que lo condujeran al curso subterráneo de un río que salía del Mithrim y que desembocaba en un río abismal que acababa en el Mar del Oeste. De esta manera su partida fue inadvertida por Hombre, Orco o espía, y desconocida para Morgoth. Después de mucho errar por las cosas occidentales llegó hasta las desembocaduras del Sirion, y allí se unió al Gnomo Bronweg, que en una ocasión había estado en Gondolin. Juntos viajaban en secreto Sirion arriba. Tuor se demora mucho en la dulce tierra Nan Tathrin, «Valle de los Sauces»; pero allí mismo Ylmir sube por el río para visitarlo y le habla de su misión. Ha de pedirle a Turgon que se prepare para luchar contra Morgoth, pues Ylmir conseguirá que los corazones de los Valar perdonen a los Gnomos y les envíen ayuda. Si Turgon acepta, la batalla será terrible, pero los Orcos perecerán y en edades posteriores no hostigarán a los Elfos ni a los Hombres. Si no lo hace, el pueblo de Gondolin tendrá que prepararse para huir de la desembocadura del Sirion, donde Ylmir lo ayudará a construir una flota y lo guiará de vuelta a Valinor. Si Turgon cumple con el deseo de Ylmir, Tuor deberá permanecer un tiempo en Gondolin y, luego, regresar a Hithlum con una fuerza de Gnomos y aliar una vez más Hombres y Elfos, pues «sin los Hombres los Elfos no derrotarán a los Orcos y los Balrogs». Ylmir hace esto porque sabe que antes de que hayan pasado siete años enteros la ruina de Gondolin llegará a través de Meglin [si permanecen quietos en sus salas].

Tuor y Bronweg llegan al mismo camino secreto [que encuentran mediante la gracia de Ylmir] y salen a la planicie guardada. Tomados prisioneros por la guardia, son conducidos ante Turgon. Éste se ha hecho viejo y muy poderoso y orgulloso, y Gondolin tan hermosa y bella y su pueblo tan orgulloso de ella y confiado en su secreta e inexpugnable fuerza, que el rey y la mayoría de la gente no desean molestarse por los Gnomos y Elfos del exterior, o preocuparse por los Hombres, y han dejado de anhelar Valinor. Con la aprobación de Meglin, el rey rechaza el mensaje de Tuor a pesar de las palabras de Idril la prudente (también llamada Idril Pies de Plata, pues le encantaba caminar descalza), su hija, y de los más sabios de sus consejeros. Tuor se queda a vivir en Gondolin y se convierte en un gran jefe. Pasados tres años, se casa con Idril; Tuor y Beren son los únicos mortales que jamás se casaron con Elfas, y como Elwing, hija de Dior, hijo de Beren, se casó con Eärendel, hijo de Tuor a Idril, sólo por ellos ha llegado la raza Elfinesse a la sangre mortal.

No mucho después, Meglin, alejándose más allá de las montañas, es tomado prisionero por los Orcos y compra su vida cuando lo llevan a Angband descubriendo a Gondolin y sus secretos. Morgoth le promete el mando de Gondolin y la posesión de Idril. El deseo de Idril lo ayudó a cometer la traición y se sumó al odio que sentía por Tuor.

Morgoth lo envía de vuelta a Gondolin. Nace Eärendel, que tiene la belleza, la luz y la sabiduría de Elfinesse, la osadía y la fuerza de los Hombres, y la añoranza por el mar que cautivó a Tuor para siempre cuando Ylmir le habló en la Tierra de los Sauces.

Por fin Morgoth está listo, e inicia el ataque a Gondolin con dragones, Balrogs y Orcos. Después de una terrible batalla alrededor de los muros, la ciudad es asaltada y Turgon perece con muchos de los más nobles en la última batalla en la gran plaza. Tuor rescata a Idril y a Eärendel de Meglin y arroja a éste por las almenas. Luego, conduce a los supervivientes del pueblo de Gondolin por un túnel secreto que se había construido por el consejo de Idril y que sale lejos, al Norte de la llanura. Aquellos que no fueron con él sino que siguieron el viejo paso de la huida son atrapados por el dragón enviado por Morgoth para vigilar esa salida.

Entre el humo del incendio, Tuor conduce a su compañía a las montañas, hacia el frío paso de Cristhorn (la Grieta de las Águilas). Allí les tienden una emboscada, pero se salvan gracias al valor de Glorfindel (jefe de la casa de la Flor Dorada de Gondolin, quien muere en un duelo con un Balrog sobre una cumbre) y a la intervención de Thorndor. Los supervivientes alcanzan Sirion y pasan a la tierra de su desembocadura: las Aguas del Sirion. El triunfo de Morgoth es ahora absoluto.

La historia narrada en esta forma comprimida no había cambiado mucho con respecto a su estado en el *Cuento de la Caída de Gondolin*; no obstante, contiene nuevos elementos importantes. Es aquí donde el Tuor del *Cuento* queda incluido en la genealogía de los Edain, los Amigos de los Elfos: se ha convertio en el hijo de Huor, hermano de Húrin —quien era el padre del héroe trágico Túrin Turambar—. De esta manera, Tuor se convierte en primo de Túrin. Aquí también es donde emerge la historia acerca de la muerte de Huor en la Batalla de las Lágrimas Innumerables (véase p. 127), y de su esposa Rían, que fue en busca de su cuerpo en el campo de batalla y murió allí. Su hijo Tuor se quedó en Hithlum donde fue esclavizado por «los hombres desleales que Morgoth hizo entrar en Hithlum después de la batalla» (p. 127), pero se escapó de ellos y llevó después una vida solitaria en los bosques.

Una importante diferencia de las primeras versiones de la historia, con respecto a la historia global de los Días Antiguos, reside en lo que mi padre contó acerca del descubrimiento del valle de Tumladen, escondido tras las Montañas Circundantes. En el *Esbozo de la mitología* (p. 126) se dice que Morgoth perdió la pista del pueblo de Turgon cuando escapó de la gran batalla (*Nirnaeth Arnoediad*, Lágrimas Innumerables), porque «En un lugar secreto en las colinas sus exploradores, trepando las cimas, descubrieron un ancho valle totalmente rodeado por las colinas en círculos cuya altura disminuía a medida que se acercaban al centro». Sin embargo, cuando el *Cuen-*

to de la Caída de Gondolin fue compuesto, la historia era que <u>pasó</u> <u>un largo tiempo entre la terrible batalla y la destrucción de Gondo-</u> <u>lin</u>. Se decía (p. 64) que Tuor oyó, cuando llegó allí, «cómo muchísimos años de incansable esfuerzo no habían bastado para construirla y embellecerla y que su pueblo seguía dedicado a esa tarea». Más tarde, las dificultades cronológicas llevaron a mi padre a colocar el descubrimiento —de Turgon— del lugar de Gondolin y su construcción a un tiempo muchos siglos *antes* de la Batalla de las Lágrimas Innumerables: Turgon guió a su pueblo en la huida hacia el Sur, siguiendo el curso del Sirion desde el campo de batalla <u>hasta la</u> <u>ciudad escondida que había fundado allí muchos años antes</u>. Tuor llegó a una ciudad muy antigua.

Un cambio diferenciador en la historia del ataque a Gondolin ocurre, en mi opinión, en el *Esbozo de la mitología*. En el *Cuento de la Caída de Gondolin* se dice que Morgoth había descubierto el lugar de Gondolin *antes* de que Meglin fuera capturado por los Orcos (pp. 70 ss.). Le llamó mucho la atención la extraña noticia de que un hombre había sido avistado, «deambulaba por los claros del río Sirion»; por esta razón reunió «una legión de espías», de animales y pájaros y reptiles, que «sin cesar, por años de años» le trajo una gran cantidad de información. Desde las Montañas Circundantes, sus espías habían avistado la llanura de Tumladen; incluso el «Paso de la Huida» había sido revelado. Cuando Eärendel tenía un año de edad llegaron noticias a Gondolin de cómo los agentes de Morgoth habían «rodeado el valle de Tumladin»; y Turgon reforzó las defensas de la ciudad. En el *Cuento de la Caída de Gondolin*, la traición posterior de Meglin consistía en su detallada descripción del plano de Gondolin y todos los preparativos realizados para su defensa (p. 73); con Melko «fraguó un plan para la destrucción de Gondolin».

Sin embargo, en el sucinto resumen que aparece en el *Esbozo* (p. 129) se dice que cuando Meglin fue capturado por los Orcos en las montañas «compra su vida cuando lo llevan a Angband descubriendo a Gondolin y sus secretos». Desde mi punto de vista, las palabras «descubriendo Gondolin» parecen una señal evidente de que el cambio ya se había producido, y que la historia posterior ya estaba presente: Morgoth no sabía dónde estaba el Reino Escondido, y no podía saberlo antes de la captura de Meglin por parte de los Orcos. Pero todavía se produciría otro cambio más: véase pp. 294.

*

La historia narrada en el *Quenta Noldorinwa*

Llegamos ahora a uno de los textos más importantes del «Silmarillion», del que saqué pasajes de *Beren y Lúthien*. Repetiré aquí una parte de la nota explicativa de aquel libro.

Después del *Esbozo de la Mitología*, este texto, al que me referiré como «el Quenta», era la única versión completa y terminada de «El Silmarillion» que mi padre consiguió elaborar: un texto mecanografiado que compuso en 1930 (todo parece apuntar a que lo hizo en ese año). No han sobrevivido ni borradores preliminares ni esquemas, si es que existiesen, pero es evidente que tenía el *Esbozo* delante de sí durante buena parte de la composición. Es más largo que el *Esbozo*, y el «estilo Silmarillion» está claramente presente, pero sigue siendo una versión comprimida, con una narración compendiosa.

Al calificar este texto de versión comprimida, no quiero dar a entender que sea una obra escrita apresuradamente, a la espera de un tratamiento más concienzudo en algún momento posterior. Una comparación entre las dos versiones, Q I y Q II (véase la explicación más abajo), muestra el esfuerzo de mi padre por escuchar y medir el ritmo de las frases. Sin embargo, está claro que se trata de una compresión: no hace falta más que ver las alrededor de veinte líneas dedicadas a la batalla en el *Quenta*, en comparación con las doce páginas del *Cuento*.

Hacia el final del *Quenta* mi padre amplió y reescribió a máquina algunas partes del texto (preservando las páginas descartadas); llamaré «Q I» al texto tal y como quedó antes de esta nueva versión. Hacia el final de la narración termina Q I, y solamente la versión reescrita («Q II») continúa hasta el final. Parece evidente que la nueva versión (que versa sobre Gondolin y su destrucción) se escribió en el mismo momento, y aquí reproduciré el texto Q II desde el momento en que comienza el relato sobre Gondolin. El nombre del Rey de las Águilas, *Thorndor*, fue cambiado por *Thorondor* en todo el texto.

Como tendremos ocasión de ver, en el manuscrito del *Quenta*, tal y como fue plasmado por escrito, la historia narrada en el *Esbozo* (véase p. 130) todavía estaba presente: el valle de Gondolin fue descubierto por exploradores del pueblo de Turgon, que estaba huyendo de la Batalla de las Lágrimas Innumerables. En algún momento posterior, cuya fecha no queda reseñada, mi padre reescribió todos los pasajes relevantes, y he incluido dichas revisiones en el texto que ahora presento.

Ahora hay que hablar de Gondolin. El gran río Sirion, el más grande de las canciones élficas, corría a través de toda la tierra de Beleriand hacia el Sudoeste; y en su desembocadura había un gran delta y su curso más bajo atravesaba tierras verdes y fértiles, poco habitadas excepto por aves y bestias. Sin embargo, los Orcos iban poco por allí, pues se hallaban lejos de los bosques y colinas septentrionales, y el poder de Ulmo aumentaba progresivamente en aquellas aguas a medida que se acercaban al mar; porque las desembocaduras de aquel río se encontraban en el mar occidental, que acaba en las costas de Valinor.

Turgon, hijo de Fingolfin, tenía una hermana, Isfin, la de las manos blancas. Se perdió en Taur-na-Fuin, después de la Batalla de las Lágrimas Innumerables. Allí la capturó el Elfo Oscuro Eöl, y se dice de él que era de temperamento sombrío, y que había desertado de las huestes antes de la batalla; no obstante, no luchó al lado de Morgoth. Pero tomó por esposa a Isfin, y su hijo fue Meglin.

Ahora bien, el pueblo de Turgon, que escapó de la batalla gracias a la hazaña de Húrin, como se ha contado, se perdió para Morgoth y desapareció para los ojos de todos los hombres; y sólo Ulmo sabía dónde había ido. [Sus exploradores, ascendiendo las alturas, habían encontrado un lugar secreto en las montañas: un valle ancho >.] Por él volvieron a la ciudad oculta de Gondolin que Turgon construyó. Ésta se erguía oscura en la llanura, no justo en el centro, sino próxima a la parte del muro exterior junto a las orillas del Sirion. Las Colinas Circundantes eran más altas en el Norte y la amenaza de Angband, y en sus laderas exteriores al Este y Norte comenzaba la sombra del terrible Taur-na-Fuin; pero estaban coronadas por el montículo de Fingolfin, y de momento, ningún mal llegaba por ese camino.

En ese valle [se refugiaron los Gnomos >]. Turgon obtuvo la ayuda de los mensajes de Ulmo, que subían por el Sirion; pues su voz oye en muchas aguas, y algunos de los Gnomos aún sabían escuchar. En aquellos días, Ulmo estaba lleno de compasión por las necesidades de los Elfos exiliados y por la ruina que casi los había vencido. Predijo que la fortaleza de Gondolin sería la que más resistiría de todos los refugiados de los Elfos contra el poder de Morgoth y al igual que Doriath jamás sería vencida salvo por la traición desde dentro. Debido a su poder de protección, los hechizos de ocultamiento eran más fuertes en los lugares más próximos al Sirion, donde, en cambio, las Montañas Circundantes eran más bajas. En esa región los Gnomos excavaron un gran túnel sinuoso bajo las raíces de las colinas, y su salida, oculta por los árboles y oscura, se hallaba en el lado escarpado, de una garganta por la que corría el feliz río. En ese punto todavía era un río joven, pero fuerte, que bajaba por el estrecho valle que se extiende entre los bordes de las Montañas Circundantes y las Montañas de la Sombra, Eryd-Lómin [Eredwethion], las murallas de Hithlum [*tachado*: en cuyas alturas septentrionales se encontraban sus fuentes].

En un principio construyeron el pasaje como paso para que los fugitivos regresaran y para aquellos que escapaban de la esclavitud de Morgoth; y principalmente como una salida para sus exploradores y mensajeros. Pues Turgon consideró, cuando llegaron por primera vez a aquel valle después de la terrible batalla,[4] que Morgoth Bauglir se había hecho demasiado poderoso para Elfos y Hombres, y que era mejor solicitar perdón y la ayuda de los Valar, si es que podían conseguir alguno, antes de que todo se perdiera. Por lo tanto, algunos de su pueblo de tiempo en tiempo bajaban por el Sirion, antes de que la sombra de Morgoth se hubiera extendido a las partes más alejadas de Beleriand, y en su desembocadura construyeron un pequeño y secreto puerto; desde allí de vez en cuando los navíos partían rumbo al Oeste, llevando la embajada del rey Gnomo. Hubo algunos que regresaron empujados por vientros contrarios; pero la mayoría jamás volvió, y ninguno alcanzó Valinor.

La salida de ese Paso de la Huida estaba guardada y oculta por los hechizos más poderosos que pudieron crear, y por el poder

---

4. Esta frase estaba marcada con una X para ser sustituida, pero no consta ningún cambio.

que moraba en el Sirion amado de Ulmo, y nada maligno lo localizó; en cambio, la puerta interior, que daba al valle de Gondolin, estaba incesantemente vigilada por los Gnomos.

En aquellos días, Thorndor, Rey de las Águilas, trasladó sus nidos desde Thangorodrim, debido al poder de Morgoth y al hedor y los vahos y a la maldad de las nubes oscuras que yacían permanentemente sobre las torres de las montañas encima de sus recintos cavernosos. Pero Thorndor moraba sobre las cumbres septentrionales de las Montañas Circundantes, y mantuvo la vigilancia y vio muchas cosas encaramado sobre un montículo del Rey Fingolfin. Y en el valle de abajo moraba Turgon, hijo de Fingolfin. Sobre Amon Gwareth, la Colina de la Defensa, la cumbre rocosa del centro de la llanura, se construyó Gondolin la grande, cuya fama y gloria supera en las canciones a todas las moradas de los Elfos de las Tierras Exteriores. De acero eran las puertas y de mármol las estancias. Los Gnomos pulieron las laderas de la colina hasta que adquirieron la suavidad del cristal oscuro, y allanaron la cima para construir la ciudad, salvo el punto central, donde se erguía la torre y el palacio del rey. Muchas fuentes había en la ciudad, y aguas blancas caían resplandeciendo débilmente por las laderas centelleantes de Amon Gwareth. Nivelaron la llanura hasta que fue como un jardín de hierba recortada, desde las escaleras que había ante las puertas hasta el pie de la pared montañosa, y nada podía caminar o reptar furtivamente sin ser visto.

En aquella ciudad, el pueblo creció y se hizo poderoso, y sus armerías se llenaron de armas y escudos, pues al principio tenía el propósito de ir a la guerra cuando llegara el momento. Pero a medida que transcurrieron los años, llegaron a amar el lugar, el trabajo de sus manos, tal como lo hacen los Gnomos, con un gran amor, y no desearon nada mejor. Entonces rara vez salieron de nuevo de Gondolin en misión de guerra o paz. No enviaron más mensajeros al Oeste, y el puerto del Sirion quedó abandonado. Se encerraron detrás de sus colinas impenetrables y encantadas, y no permitieron la entrada a nadie, aunque huyera perseguido por el odio de Morgoth; las noticias de las tierras exteriores sólo llegaban débiles y lejanas y poca atención le prestaban, y su morada se convirtió en una especie de rumor y en un secreto que ningún hombre pudo descubrir. No ayudaron a Nargothrond ni a Doriath, y los Elfos errantes los buscaron en vano; y sólo Ulmo sabía dónde se podía encontrar el reino de Turgon. Turgon recibió noticias de Thorndor concernientes a la muerte de Dior, el heredero de Thingol, y desde entonces cerró sus oídos al mundo de los pesares exteriores; y juró no marchar nunca al lado de ningún hijo de Fëanor; y prohibió a su pueblo cruzar el cerco de las colinas.

Ahora Gondolin era la única fortaleza que quedaba de los Elfos. Morgoth no olvidó a Turgon, y supo que sin saber el paradero del rey no podía conseguir el triunfo; sin embargo, su incesante búsqueda fue en vano. Nargothrond estaba vacía, Doriath devastada, los hijos de Fëanor fueron obligados a una vida salvaje en los bosques del Sur y del Este, Hithlum estaba llena de hombres malvados, y Taur-na-Fuin era un lugar de terror innominado; la raza de Hador y la casa de Finrod se hallaban muertas; Beren dejó de participar en la guerra, y a Huan lo mataron; y todos los Elfos y Hombres se inclinaban ante su voluntad, o trabajaban como esclavos en las minas y herrerías de Angband, a excepción única de los salvajes y errabundos, y pocos quedaban en éstos salvo en el lejano Este de la otrora hermosa Beleriand. Su triunfo era casi absoluto, mas todavía no era pleno.

En una ocasión, Eöl se perdió en Taur-na-Fuin, e Isfin atravesó grandes peligros y terrores para llegar a Gondolin, y después de su llegada nadie más entró hasta el último mensajero de Ulmo, del que hablaban más los cuentos antes del final. Con ella fue su hijo Meglin, y allí lo recibió Turgon, el hermano de su madre, y aunque tenía la mitad de sangre de Elfo Oscuro, fue tratado como un príncipe del linaje de Fingolfin. Era moreno pero atractivo, sabio y elocuente, y astuto para ganarse los corazones y mentes de los hombres.

Ahora bien, Húrin de Hithlum tenía un hermano mayor, Huor. El hijo de Huor era Tuor. Rían, esposa de Huor, buscó a su esposo entre los muertos en el campo de las Lágrimas Innumerables, y allí lo lloró antes de morir. Su hijo no era más que un niño, y permaneciendo en Hithlum cayó en manos de los Hombres desleales que Morgoth condujo a aquella tierra después de la batalla; y se convirtió en un esclavo. Al crecer se hizo hermoso de cara y alto de estatura, y, a pesar de su terrible vida, valiente y sabio, escapó a los bosques y se convirtió en un proscrito solitario, que vivía solo y sin comunicarse con nadie, salvo rara vez con Elfos errantes y ocultos.[5]

Una vez, Ulmo se las ingenió, tal como narra el *Cuento de la Caída de Gondolin*, para que fuera conducido al curso de un río que corría bajo la tierra desde el Lago Mithrim en el corazón de Hithlum y desembocaba a un gran abismo, Cris-Ilfing, la Grieta del Arco Iris, a través del cual unas aguas turbulentas afluían al final al mar occidental. Y ese abismo recibió su nombres por el

5. Aquí el texto resulta algo confuso debido a algunos cambios apresurados. En esta nueva versión se dice que Rían «se adentró en el bosque», donde nació Tuor; y que «lo habían criado los Elfos Oscuros, y que Rían se echó y murió en la Colina de los Muertos. Pero Tuor creció en los bosques de Hithlum, y era hermoso de cara y alto de estatura...». Por lo tanto, en esta nueva versión no hay mención alguna de la esclavitud de Tuor.

arco iris que rielaba siempre al sol en aquel lugar debido a la gran cantidad de espuma de los rápidos y las cascadas.

De esta manera la huida de Tuor pasó inadvertida para Hombre o Elfo; tampoco supieron de ella los Orcos o espías de Morgoth, de los que la tierra de Hithlum estaba llena.

Tuor vagabundeó largo tiempo por las costas occidentales viajando siempre hacia el Sur; y al fin llegó a las desembocaduras del Sirion y a los arenosos deltas habitados por muchas aves marinas. Allí se unió a un Gnomo, Bronweg, que había escapado de Angband y que antaño había pertenecido al pueblo de Turgon y buscaba sin cesar camino hasta la ciudad oculta de su señor, cuya existencia se rumoreaba entre todos los cautivos y fugitivos. Ahora bien, Bronweg había llegado hasta allí por lejanos y errantes senderos hacia el Este, y aunque cualquier paso que le acercara a la esclavitud de la que provenía no podía gustarle, ahora se proponía subir el Sirion y buscar a Turgon en Beleriand. Era temeroso y muy prudente, y ayudó a Tuor en su marcha secreta, durante la noche y el crepúsculo, de modo que los Orcos no los descubrieron.

Primero llegaron hasta la hermosa Tierra de los Sauces, Nan-Thatrin, que está bañada por el Narog y por el Sirion; y allí todo estaba todavía verde, y los prados eran fértiles y estaban llenos de flores, y se oía el canto de muchas aves; de modo que Tuor se demoró allí como encantado, y le pareció dulce morar en aquel sitio después de las lóbregas tierras del Norte y sus agotadoras andanzas.

Allí fue Ulmo y apareció ante él cuando se hallaba de pie en la alta hierba una noche; y del poder y la majestad de esa visión se habla en la canción que Tuor compuso para su hijo Eärendel. A partir de entonces el anhelo del mar nunca abandonó el corazón y el oído de Tuor; y de vez en cuando le invadía un desasosiego que al final le llevaría a las profundidades del reino de Ulmo.

Pero ahora Ulmo le ordenó que partiera rápidamente hacia Gondolin, y le indicó cómo encontrar la puerta oculta; y le dio un mensaje para Turgon de parte de Ulmo, amigo de los Elfos, mandándole que se preparara para la guerra, y luchar contra Morgoth antes de que todo estuviera perdido; y que enviara de nuevo a sus mensajeros al Oeste. También debía enviar convocatorias al Este y agrupar, si podía, a los Hombres (que ahora se estaban multiplicando y extendiendo por la tierra) bajo sus estandartes; y para esa tarea Tuor era el más adecuado. «Olvida —aconsejó Ulmo—, la traición de Uldor el maldecido, y recuerda a Húrin; pues sin los Hombres mortales los Elfos no derrotarán a los Balrogs y los Orcos.» También la enemistad con los hijos de Fëanor se remediaría; pues probablemente fuese el último agrupamiento de la esperanza de los Gnomos, cuando todas las espadas contasen. Predijo una lucha terrible y mortal, pero victoriosa si Turgon se atrevía a librarla, el quebrantamiento del poder de Morgoth y la curación de las enemistades, y la amistad entre Hombres y Elfos, que beneficiarían mucho al mundo, y los servidores de Morgoth no lo perturbarán más. Pero si Turgon no partiera a esa guerra, entonces debería abandonar Gondolin y conducir a su pueblo Sirion abajo y allí construir sus flotas y tratar de regresar a Valinor en busca del perdón de los Dioses. Pero esa opción era mucho más peligrosa que la anterior, aunque no lo pareciera; y luego sería doloroso el destino de las Tierras Exteriores.

Ulmo hizo esta diligencia por amor a los Elfos, y porque sabía que antes de que pasaran muchos años llegaría la ruina de Gondolin, si su pueblo seguía aposentado detrás de las murallas; de esta manera el gozo y la belleza del mundo no se salvarían de la maldad de Morgoth.

Obedeciendo a Ulmo, Tuor y Bronweg viajaron al Norte, y al fin arribaron a la puerta oculta; y pasando por el túnel llegaron a la puerta interior, y la guardia los tomó prisioneros. Allí vieron el hermoso valle de Tumladin, engarzado como una joya verde entre las colinas; y en el centro de Tumladin estaba Gondolin la grande, la ciudad de los siete nombres, blanca, brillando desde lejos, encendida con el tinte rosado del amanecer sobre la llanura. Allí los condujeron y cruzaron las puertas de acero, y los llevaron ante los escalones del palacio del rey. Tuor expuso la embajada a Ulmo, y en la voz tenía algo del poder y la majestad del Señor de las Aguas, de modo que todo el pueblo lo miró maravillado, y dudó que éste fuera un Hombre de raza mortal tal como declaraba. Pero Turgon se había vuelto orgulloso, y Gondolin tan hermosa como un recuerdo de Tûn, y él confiaba en su secreto e inexpugnable fuerza; de manera que él y la mayor parte de su pueblo no desearon ponerla en peligro o abandonarla, y tampoco deseaban mezclarse en las aflicciones de los Elfos y Hombres del exterior; ni anhelaban ya regresar a través del miedo y peligro al Oeste.

Meglin se opuso a Tuor en los consejos del rey, y sus palabras parecían tener más peso porque eran afines al corazón de Turgon. Por ello Turgon rechazó el mandato de Ulmo; aunque hubo algunos de sus más sabios consejeros que quedaron llenos de inquietud. De corazón incluso más sabio de lo habitual en las hijas de Elfinesse era la hija del rey, y ella habló siempre a favor de Tuor, aunque de nada sirvió, y su corazón quedó atribulado. Muy hermosa y alta era, casi de la estatura de un guerrero, y su cabello era una fuente de oro. Su nombre era Idril, y la llamaban Celebrindal, Pies de Plata, por la blancura de sus pies; y caminaba y danzaba siempre descalza en los blancos caminos y verdes jardines de Gondolin.

Desde entonces Tuor vivió en Gondolin, y no fue a convocar a los Hombres del Este, pues la felicidad de Gondolin, la belleza y la sabiduría de su pueblo, lo mantuvieron subyugado. Y ganó el favor de Turgon, pues se convirtió en un gran hombre en estatura y mente, y profundizó en el saber de los Gnomos. El corazón de Idril se inclinó hacia él, y el de él hacia ella; ante lo cual Meglin apretó los dientes, pues deseaba a Idril, y a pesar de su próximo parentesco tenía la intención de poseerla; y ella era la única heredera del rey de Gondolin. En verdad su corazón ya estaba planeando cómo expulsar a Turgon y apoderarse del trono; pero Turgon lo amaba y confiaba en él. No obstante, Tuor tomó a Idril como esposa; y el pueblo de Gondolin celebró una alegre fiesta, pues Tuor había conquistado sus corazones, todos salvo el de Meglin y el de sus seguidores secretos. Tuor y Beren son los únicos Hombres mortales que se casaron con Elfas, y como Elwing, hija de Dior, hijo de Beren, se casó con Eärendel, hijo de Tuor e Idril de Gondolin, sólo por ellos ha llegado la sangre élfica a la raza mortal. Pero Eärendel todavía era un niño: tenía una belleza insuperable, en su cara brillaba una luz como la luz del cielo, y poseía la belleza y la sabiduría de Elfinesse y la fuerza y la osadía de los Hombres de antaño; y el mar siempre le habló en los oídos y corazón, tal como sucediera con Tuor, su padre.

En una ocasión, cuando Eärendel aún era joven, y los días de Gondolin estaban llenos de gozo y paz (y, sin embargo, el corazón de Idril recelaba, y los presagios cubrían su espíritu como una nube), Meglin se perdió. Ahora bien, más que cualquier otra arte, Meglin amaba la minería y la búsqueda de metales para sus obras de herrería, tanto de paz como de guerra. Pero a menudo Meglin iba con algunos de su pueblo más allá del cerco de las colinas, aunque el rey desconocía que desobedecía sus órdenes; y así sucedió, como lo dictó el destino, que los Orcos tomaron prisionero a Meglin y lo llevaron ante Morgoth. Meglin no era débil o cobarde, pero la tortura con la que lo amenazaron amilanó su alma, y compró la libertad revelándole a Morgoth el emplazamiento de

Gondolin y los caminos por los cuales se podía localizar y atacar. Grande en verdad fue el júbilo de Morgoth; y prometió a Meglin el mando de Gondolin, como vasallo suyo, y la posesión de Idril cuando tomara la ciudad. El deseo de Idril y el odio de Tuor le facilitó la horrible traición. Pero Morgoth lo envió de vuelta a Gondolin, para que los Hombres no sospecharan de la traición, y para que Meglin pudiera colaborar con el ataque desde el interior cuando llegara la hora; y Meglin moró en los recintos del rey con una sonrisa en la cara y el mal en el corazón, mientras las tinieblas se hacían más densas sobre Idril.

Por fin, y Eärendel entonces tenía siete años, Morgoth estuvo listo y lanzó sobre Gondolin a sus Orcos y Balrogs y serpientes; y de éstas, creó nuevos dragones de muchas y horribles formas para tomar la ciudad. La hueste de Morgoth llegó por las colinas del Norte, donde la altura era más grande pero la vigilancia menos intensa, y llegó de noche en un momento de fiesta, cuando todo el pueblo de Gondolin se hallaba sobre las murallas para esperar el sol naciente y entonar canciones ante su aparición; pues el día siguiente era la fiesta que habían bautizado como las Puertas del Verano. Pero la luz roja subió las colinas por el Norte y no por el Este; y no hubo forma de frenar el avance del enemigo hasta que se encontró ante las mismas murallas de Gondolin, que fue asediada sin esperanza de salvación.

De los actos valerosos y desesperados que allí llevaron a cabo los jefes de las casas nobles y sus guerreros, que no superaron los de Tuor, se dice mucho en *La Caída de Gondolin*; de la muerte de Rog fuera de las murallas; y de la batalla de Ecthelion de la Fuente contra Gothmog, señor de los Balrogs, en la misma plaza del rey, donde se mataron uno a otro; y de la defensa de la torre de Turgon por los hombres de su casa, hasta que la torre fue derribada; y poderosa fue su caída y la caída de Turgon en la ruina.

Tuor intentó salvar a Idril del saqueo de la ciudad, pero Meglin se había apoderado de ella y de Eärendel; y Tuor luchó en las murallas con él, y le dio muerte. Entonces Tuor e Idril condujeron a todos los supervivientes del pueblo de Gondolin que pudieron reunir en la confusión de las llamas por un camino secreto que Idril había ordenado construir en los días de sus presagios. Aún no estaba finalizado, pero su salida se hallaba ya bastante más allá de las murallas y en el Norte de la llanura, donde las montañas estaban muy lejos de Amor Gwareth. Aquellos que no quisieron acompañarlos, sino que corrieron al viejo Paso de Huida que daba a la garganta del Sirion, fueron atrapados y destruidos por un dragón que Morgoth había enviado para vigilar esa puerta, de la que le advirtió Meglin. Pero éste no sabía nada del nuevo pasaje, y nadie pensó que los fugitivos tomarían un sendero hacia el Norte y las zonas más altas de las montañas más próximas a Angband.

El humo del fuego, y el vapor de las hermosas fuentes de Gondolin consumiéndose en las llamas de los dragones del Norte, cayó sobre el valle en tristes nieblas; y así facilitó la huida de Tuor y sus acompañantes, pues aún tenían que seguir un camino largo y abierto desde la boca del túnel hasta el pie de las montañas. No obstante, llegaron a las montañas, afligidos y con sufrimiento, ya que las cumbres eran frías y terribles, y entre ellos iban muchas mujeres y niños y muchos hombres heridos.

Hay un paso terrible, llamado Cristhorn [> Kirith-thoronath], la Grieta de las Águilas, donde bajo la sombra de las cimas más elevadas serpentea un estrecho sendero, bordeado por un precipicio a la derecha y por una terrible cascada que cae al vacío a la izquierda. Por el estrecho camino la marcha avanzaba estirada cuando cayó en una emboscada de una avanzadilla del poder de Morgoth; y un Balrog la dirigía. Entonces horrible fue la situación, y difícilmente habría podido salvarlos el imperecedero valor de Glorfindel el de los rubios cabellos, jefe de la Casa de la Flor Dorada de Gondolin, si Thorndor no hubiera llegado a tiempo en su ayuda.

Se han cantado canciones sobre el duelo de Glorfindel con el Balrog en la cumbre rocosa; y los dos cayeron a la perdición por el abismo. Pero Thorndor transportó el cuerpo de Glorfindel y fue enterrado en un montículo de piedras junto al paso, donde luego brotó césped verde y se abrieron pequeñas flores como estrellas amarillas entre las áridas piedras. Y las aves de Thorndor se abatieron sobre los Orcos y éstos fueron repelidos lanzando aullidos; y todos murieron o cayeron en las profundidades, y el rumor de la fuga de Gondolin no llegó a oídos de Morgoth hasta mucho después.

Así, con marchas agotadoras y peligrosas, los supervivientes de Gondolin llegaron hasta Nan-Tathrin y allí descansaron un tiempo, y curaron las heridas y la extenuación, pero no pudieron sanar el dolor. Allí celebraron una fiesta en memoria de Gondolin y los que habían perecido, hermosas doncellas, esposas, guerreros y el rey: pero para Glorfindel el bien amado, muchas y dulces fueron las canciones que entonaron. Y allí Tuor habló en canciones a Eärendel, su hijo, de la llegada de otro tiempo, de la visión del mar en el centro de la tierra, y la añoranza por el mar despertó en su corazón y en el de su hijo. Por lo tanto se trasladaron con la mayor parte del pueblo a las desembocaduras del Sirion, junto al mar, y allí moraron, y se unieron a la esbelta compañía de Elwing, hija de Dior, que había huido hasta allí poco tiempo antes.

Entonces el corazón de Morgoth sintió que había completado su triunfo y poco se preocupó por los hijos de Fëanor y por su juramento, que a él jamás le había hecho daño y siempre se había convertido en su más poderosa ayuda. Y entre negros pensamien-

tos rio, sin lamentar el Silmaril que había perdido, pues por él
consideró que los últimos jirones de la raza élfica desaparecerían
de la tierra y no la perturbarían más. Si conocía la morada junto a
las aguas del Sirion, no dio señales de ello, esperando su oportunidad y aguardando los efectos del juramento y las mentiras.

Sin embargo, junto al Sirion creció un pueblo élfico, las espigas
de Doriath y Gondolin, y se enamoraron del mar y de la construcción de hermosos navíos, y moraron cerca de las costas y bajo
la sombra de la mano de Ulmo.

Ahora llegamos al mismo momento en la historia de Gondolin del
Quenta Noldorinwa, al que ya llegamos en el *Esbozo de la mitología*
en la página 130. Aquí dejaré el *Quenta* y paso a ocuparme del último texto importante referente a la historia de Gondolin, que también es el último relato de la fundación de Gondolin, y de cómo
Tuor llegó a entrar en la ciudad.

La última versión

Muchos años transcurrieron desde la historia de Gondolin, tal y como se cuenta en el *Quenta Noldorinwa*, y el presente texto, titulado *De Tuor y la Caída de Gondolin*. No hay duda de que fue escrito en 1951 (véase *La evolución de la historia,* p. 206).

Rían, esposa de Huor, vivía con el pueblo de la Casa de Hador; pero cuando llegó a Dor-lómin el rumor de la Nirnaeth Arnoediad y, sin embargo, no tuvo nuevas de su señor, empezó a desesperar y echó a andar sola por el descampado. Allí habría perecido, pero los Elfos Grises acudieron a ayudarla. Porque parte de este pueblo tenía su morada en las montañas al Oeste del Lago Mithrim; y allí la condujeron y dio allí a luz a un hijo antes de que terminara el Año de Lamentación.

Y Rían dijo a los Elfos:

—Sea llamado *Tuor*, porque ése es el nombre que le dio su padre antes de que la guerra se interpusiera entre nosotros. Y os ruego que lo criéis y lo mantengáis oculto a vuestro cuidado; porque preveo que será ocasión de un gran bien para los Elfos y para los Hombres. Pero yo he de ir en busca de Huor, mi señor.

Entonces los Elfos se apiadaron de ella; pero un tal Annael, el único entre todos los de ese pueblo que había vuelto de Nirnaeth, le dijo:

—Ay, señora, se ha sabido que Huor cayó junto a Húrin, su hermano; y yace, según creo, en el gran montículo de muertos que los Orcos han levantado en el campo de batalla.

Por tanto, Rían se puso en camino y abandonó la morada de los Elfos y atravesó la tierra de Mithrim y llegó por fin a la Haudh-en-Ndengin en el yermo de Anfauglith, y allí se tendió y murió. Pero los Elfos cuidaron del pequeño hijo de Huor, y Tuor creció entre ellos; era blanco de cara y de cabellos dorados, como los parientes de su padre, y se hizo fuerte y alto y valiente, y como había sido criado por los Elfos tenía conocimientos y habilidad semejantes a los de los príncipes de los Edain antes de que la ruina asolara el Norte.

Pero con el paso de los años, la vida de los habitantes de Hithlum que quedaban todavía, Elfos u Hombres, fue volviéndose más dura y peligrosa. Porque como en otra parte se cuenta, Morgoth quebrantó la promesa que había hecho a los Hombres del Este, les negó las tierras de Beleriand que habían codiciando, y llevó a ese pueblo malvado a Hithlum y les ordenó morar allí. Y aunque ya no amaban a Morgoth, lo servían aún por miedo, y odiaban a todo el pueblo de los Elfos; y despreciaron al resto de la Casa de Hador (ancianos y mujeres y niños en su mayoría) y los oprimieron, y desposaron a las mujeres por la fuerza, y tomaron tierras y bienes y esclavizaron a los niños. Los Orcos iban de un lado a otro por el país y perseguían a los niños Elfos demorados hasta las fortalezas de las montañas, y se llevaban a muchos cautivos a las minas de Angband para que trabajaran allí como esclavos de Morgoth.

Por tanto, Annael condujo a su pequeño pueblo a las cuevas de Androth, y allí tuvieron una vida dura y fatigosa, hasta que Tuor cumplió quince años y fue hábil en el manejo de las armas, el hacha y el arco de los Elfos Grises; y el corazón se le enardeció al escuchar la historia de las penurias de los suyos y deseó ponerse en camino para vengarse de los Orcos y los Hombres del Este. Pero Annael se lo prohibió.

—Lejos de aquí, según creo, te aguarda la perdición, Tuor, hijo de Huor —dijo—. Y esta tierra no se verá libre de la sombra de Morgoth en tanto la misma Thangorodrim no sea derribada. Por tanto, hemos resuelto abandonarla y partir hacia el Sur; y tú vendrás con nosotros.

—Pero ¿cómo escapar a la red de nuestros enemigos? Porque sin duda la marcha de un número tan crecido no pasará inadvertida.

—No avanzaremos al descubierto —dijo Annael—, y si la fortuna nos acompaña, llegaremos al camino secreto que llamamos Annon-in-Gelydh, la Puerta de los Noldor; porque fue construido por la sabiduría de ese pueblo, mucho tiempo atrás, en días de Turgon.

Al oír ese nombre, Tuor se sobresaltó, aunque no supo por qué; e interrogó a Annael acerca de Turgon.

—Es un hijo de Fingolfin y es ahora considerado Alto Rey de los Noldor desde la caída de Fingon. Porque vive todavía, el más temido de los enemigos de Morgoth, y escapó de la ruina de la Nirnaeth cuando Húrin de Dor-lómin y Huor, tu padre, defendieron tras él los pasos del Sirion.

—Entonces iré en busca de Turgon —replicó Tuor—; porque sin duda me ayudará en consideración a mi padre.

—No podrás —dijo Annael—. Porque la fortaleza de Turgon está oculta a los ojos de los Elfos y de los Hombres, y no sabemos dónde se encuentra. De entre los Noldor, quizá, algunos conocen el camino, pero nadie habla de eso. No obstante, si quieres hablar con ellos, acompáñame como te dije; porque en los puertos lejanos del Sur es posible que te topes con viajeros que vengan del Reino Escondido.

Así fue que los Elfos abandonaron las cuevas de Androth, y Tuor los acompañó. Pero el enemigo vigilaba y no tardó en advertir la partida de los Elfos; y no se habían alejado mucho de las colinas cuando fueron atacados por una gran fuerza de Orcos y Hombres del Este, y quedaron esparcidos por todas partes mientras huían hacia la caída de la noche. Pero el corazón de Tuor ardió con el fuego de la batalla y luchó durante mucho tiempo y mató a muchos de los que le atacaron; pero por fin fue superado y hecho cautivo y llevado ante Lorgan el Hombre del Este. Ahora bien, este tal Lorgan era considerado el capitán de los Hombres del Este y pretendía regir toda Dor-lómin como feudo de Morgoth; e hizo de Tuor su esclavo. Dura y amarga fue entonces la vida de Tuor; porque complacía a Lorgan darle un tratamiento más cruel todavía que el acostumbrado por ser de la parentela de los antiguos señores, y pretendía quebrantar, si podía, el orgullo de la Casa de Hador. Pero Tuor fue prudente, y soportó todos los dolores y contratiempos con vigilante paciencia; de modo que con el tiempo su suerte se alivió un tanto, y al menos no pereció de hambre como les ocurría a tantos desdichados esclavos de Lorgan. Porque tenía la habilidad y fuerza y Lorgan alimentaba bien a sus bestias de carga mientras eran jóvenes y podían trabajar.

Pero al cabo de tres años de servidumbre Tuor vio por fin una oportunidad de huir. Había crecido mucho en estatura, y era ahora más alto y más rápido que ninguno de los Hombres del Este; y habiendo sido enviado junto con otros esclavos a hacer un trabajo en los bosques, se volvió de pronto contra los guardias y los mató con una espada y escapó a las colinas. Los Hombres del Este lo persiguieron con perros, pero de nada sirvió; porque casi todos los perros de Lorgan eran amigos de Tuor, y si lo alcanzaban, jugaban con él, y se alejaban cuando él así lo ordenaba. De este modo regresó por fin a las cuevas de Androth y se quedó allí viviendo solo. Y durante cuatro años fue un proscrito en la tierra paterna, torvo y solitario; y era temido, porque salía con frecuencia y mataba a muchos de los Hombres del Este con que se topaba. Entonces se puso un alto precio a su cabeza; pero nadie se atrevía a acercarse a su escondite, aún con fuerzas numerosas, pues temían a los Elfos y esquivaban las cuevas donde habían habitado. Sin embargo, se dice que las expediciones de Tuor no tenían como propósito la venganza, y que buscaba sin cesar la Puerta de los Noldor, de la que hablaban los Anales. Pero no la encontró, porque no sabía dónde buscar, y los pocos Elfos que habitaban aún en las montañas no habían oído hablar de ella.

Ahora bien, Tuor sabía que, aunque la fortuna aún lo favoreciese, los días de un proscrito están contados, y son siempre pocos y sin esperanza. Tampoco estaba dispuesto a vivir siempre como un hombre salvaje en las colinas desnudas, y el corazón lo instaba sin descanso a grandes hazañas. Fue entonces, según se dice, que se manifestó el poder de Ulmo. Porque recogía nuevas de todos los que pasaban por Beleriand, y cada corriente que fluía desde la Tierra Media hacia el Gran Mar era para él un mensajero, tanto de ida como de vuelta; y mantenía también amistad, como antaño, con Círdan y los Carpinteros de Barcos en las Desembocaduras del Sirion. Y por ese entonces, Ulmo atendía sobre todo al destino de la Casa de Hador, porque se proponía que ellos desempeñaran un importante papel en la empresa de socorrer Exiliados; y conocía perfectamente el infortunio de Tuor, porque en verdad Annael y muchos de los suyos habían logrado huir de

Dor-lómin y habían llegado por fin al encuentro de Círdan en el lejano Sur.[6]

Así fue que un día a principios del año (veintitrés a partir de la Nirnaeth) Tuor estaba sentado junto a un manantial que llegaba hasta las puertas de la cueva donde él vivía; y miraba en el Oeste una nubosa puesta de sol. Entonces, de pronto, el corazón le dijo que ya no seguiría esperando, sino que se pondría en pie y partiría.

—¡Abandonaré ahora las tierras grises de mi parentela que ya no existe —exclamó— e iré en busca de mi destino! Pero ¿adónde encaminarme? Mucho tiempo he buscado la Puerta y no la he encontrado.

Entonces cogió el arpa que siempre llevaba consigo, pues era hábil en el tañido de las cuerdas, y sin tener en cuenta el peligro de su clara voz solitaria en el yermo, cantó una canción élfica del Norte para animar los corazones. Y mientras cantaba, el pozo a sus pies empezó a bullir con gran incremento de agua, y desbordó, y un riachuelo corrió ruidoso ante él por la rocosa ladera de la colina. Y Tuor tuvo esto por un signo y se puso de pie sin demora y lo siguió. De este modo descendió de las altas colinas de Mithrim y salió a la planicie de Dor-lómin al Norte; y el riacho crecía sin cesar mientras él avanzaba hacia el Oeste, hasta que al cabo de tres días pudo divisar en el Oeste los prolongados cordones grises de Ered Lómin que en esas regiones se extienden hacia el Norte y el Sur cercando las lejanas playas de las Costas Occidentales. Hasta esas montañas nunca había llegado Tuor en sus viajes.

La tierra se había vuelto más quebrada y rocosa otra vez al acercarse a las montañas, y pronto empezó a elevarse ante los pies de Tuor, y la corriente descendió por un lecho hendido. Pero a la luz

6. Se trata de Círdan el Carpintero de Navíos que aparece en *El Señor de los Anillos* como el señor de los Puertos Grises al final de la Tercera Edad.

penumbrosa del crepúsculo del tercer día, Tuor encontró ante sí un muro de roca, y había en él una abertura como un gran arco; y la corriente pasó por allí y se perdió. Se afligió entonces Tuor y dijo:

—¡Así pues, mi esperanza me ha engañado! El signo de las colinas sólo me ha traído a un oscuro fin en medio de la tierra de mis enemigos. —Y con desánimo en el corazón se sentó entre las rocas en la alta orilla de la corriente, manteniéndose alerta a lo largo de una amarga noche sin fuego; porque era todavía el mes de Súlimë y ni el menor estremecimiento de primavera había llegado a esa lejana tierra septentrional, y un viento cortante soplaba desde el Este.

Pero mientras la luz del sol naciente brillaba pálida en las lejanas nieblas de Mithrim, Tuor oyó voces, y al mirar hacia abajo vio con sorpresa a dos Elfos que vadeaban el agua poco profunda; y cuando subían por los escalones cortados en la orilla rocosa, Tuor se puso de pie y los llamó. Ellos en seguida desenvainaron las brillantes espadas y se abalanzaron sobre él. Entonces él vio que llevaba una capa gris, pero debajo iban vestidos de cota de malla; y se maravilló, porque eran más hermosos y fieros, a causa de la luz que tenían en los ojos, que nadie del pueblo de los Elfos que hubiera visto antes. Se irguió en toda su estatura y los esperó; pero cuando ellos vieron que no esgrimía arma alguna, sino que allí, de pie y solo, los saludaba en lengua élfica, envainaron las espadas y le hablaron cortésmente. Y uno de ellos dijo:

—Gelmir y Arminas somos, del pueblo de Finarfin. ¿No eres uno de los Edain de antaño que vivían en estas tierras antes de la Nirnaeth? Y en verdad el linaje de Hador y Húrin me pareces; porque tal te declara el oro de tus cabellos.

Y Tuor respondió:

—Sí, yo soy Tuor, hijo de Huor, hijo de Galdor, hijo de Hador; pero ahora por fin quiero abandonar esta tierra donde soy proscrito y sin parientes.

—Entonces —dijo Gelmir—, si quieres huir y encontrar los puertos del Sur, ya tus pies te han puesto en el buen camino.

—Así me pareció —dijo Tuor—. Porque seguí a una súbita fuente de agua en las colinas hasta que se unió a esta corriente traidora. Pero ahora no sé a dónde volverme, porque ha desaparecido en la oscuridad.

—A través de la oscuridad es posible llegar a la luz —dijo Gelmir.

—No obstante, es preferible andar bajo el sol mientras es posible —dijo Tuor—. Pero como sois de ese pueblo, decidme si podéis dónde se encuentra la Puerta de los Noldor. Porque la he buscado mucho, sin cesar desde que Annael de los Elfos Grises, mi padre adoptivo, me habló de ella.

Entonces los Elfos rieron y dijeron:

—Tu búsqueda ha llegado a su fin; porque nosotros acabamos de pasar esa Puerta. ¡Allí está delante de ti! —Y señalaron el arco por donde fluía el agua—. ¡Ven pues! A través de la oscuridad llegarás a la luz. Pondremos tus pies en el camino, pero no nos es posible conducirte hasta muy lejos; porque se nos ha encomendado un recado urgente y regresamos a la tierra de la que huimos.

—Pero no temas —dijo Gelmir—: tienes escrito en la frente un alto destino, y él te llevará lejos de estas tierras, lejos en verdad de la Tierra Media, según me parece.

Entonces Tuor descendió los escalones tras los Noldor y vadeó el agua fría, hasta que entraron en la oscuridad más allá del arco de piedra. Y entonces Gelmir sacó una de esas lámparas por las que los Noldor tenían renombre; porque se habían hecho antaño en Valinor, y ni el viento ni el agua las apagaban, y cuando se descubrían irradiaban una clara luz azulina desde una llama encerrada en cristal blanco. Ahora, a la luz que Gelmir sostenía por sobre su cabeza, Tuor vio que el río empezaba de pronto a descender por una suave pendiente y entraba en un gran túnel, pero junto al lecho cortado en la roca había largos tramos de peldaños que descendían y se adelantaban hasta un profunda lobreguez más allá de los rayos de la lámpara.

Cuando llegaron al pie de los rápidos, se encontraron bajo una gran bóveda de roca, y allí el río se precipitaba por una abrupta pendiente con un gran ruido que resonaba en la cúpula, y seguía luego bajo otro arco y volvía a desaparecer en un túnel. Junto a la cascada los Noldor se detuvieron y se despidieron de Tuor.

—Ahora debemos volvernos y seguir nuestro camino con la mayor prisa —dijo Gelmir—; porque asuntos de gran peligro se agitan en Beleriand.

—¿Es, pues, la hora en que Turgon ha de salir? —preguntó Tuor.

Entonces los Elfos lo miraron con gran asombro.

—Ése es asunto que concierne a los Noldor más que a los hijos de los Hombres —dijo Arminas—. ¿Qué sabes tú de Turgon?

—Poco —dijo Tuor—, salvo que mi padre lo ayudó a escapar de la Nirnaeth y que en la fortaleza escondida de Turgon vive la esperanza de los Noldor. Sin embargo, no sé por qué, tengo siempre su nombre en el corazón y me sube a los labios. Y si de mí dependiese, iría a buscarlo en vez de seguir este oscuro camino de temor. A no ser, quizá, que esta ruta secreta sea el camino a su morada.

—¿Quién puede decirlo? —respondió el Elfo—. Porque así como se esconde la morada de Turgon se esconden también los caminos que llevan a ella. Yo no los conozco, aunque los he buscado mucho tiempo. Sin embargo, si los conociera, no te los revelaría a ti ni a ninguno de entre los Hombres.

Pero Gelmir dijo:

—No obstante he oído que tu Casa goza del favor del Señor de las Aguas. Y si tus designios te llevan a Turgon, entonces sin duda llegarás ante él no importa hacia dónde te vuelvas. ¡Sigue ahora el camino por el que las aguas te han traído desde las colinas y no temas! No andarás mucho tiempo en la oscuridad. ¡Adiós! Y no creas que nuestro encuentro haya sido casual: porque el Habitante del Piélago mueve muchas cosas en esta tierra quieta. *Anar kaluva tielyanna!* [¡El sol brillará en tu camino!]

Con eso los Noldor se volvieron y ascendieron de vuelta las largas escaleras; pero Tuor permaneció inmóvil hasta que la luz de la lámpara desapareció, y se quedó solo en una oscuridad más profunda que la noche en medio de las cascadas rugientes. Entonces, armándose de coraje, apoyó la mano izquierda sobre el muro rocoso y tanteó el camino, lentamente en un comienzo, y luego con mayor rapidez al ir acostumbrándose a la oscuridad y a no encontrar nada que lo estorbara. Y al cabo de un largo rato, como le pareció, cuando estaba fatigado, pero sin ganas de descansar en el negro túnel, vio a lo lejos por delante de él una luz; y apresurándose llegó a una alta y estrecha hendedura y siguió la ruidosa corriente entre los muros inclinados hasta salir a una tarde dorada. Porque había llegado a un profundo y escarpado barranco que avanzaba derecho hacia el Oeste; y ante él el sol poniente bajaba por un cielo claro, brillaba en el barranco y le iluminaba los costados con un fuego amarillo, y las aguas del río resplandecían como oro al romper en espumas sobre las piedras refulgentes.

En ese sitio profundo, Tuor avanzaba ahora con gran esperanza y deleite, y encontró un sendero bajo el muro austral, donde había una playa larga y estrecha. Y cuando llegó la noche y el río siguió adelante invisible, excepto por el brillo de las estrellas altas que se reflejaban en aguas oscuras, descansó y durmió; porque no sentía temor junto al agua por la que corría el poder de Ulmo.

Con la llegada del día siguió caminando, sin prisa. El sol se levantaba a su espalda y se ponía delante de él, y donde el agua se quebraba en espumas entre las piedras o se precipitaba en súbitas caídas, en la mañana y en la tarde se tejían arcos iris por sobre la corriente. Por tanto, le dio al barrando el nombre de Cirith Ninniach [Grieta del Arco Iris].

Así viajó Tuor lentamente tres días bebiendo el agua fría, pero sin deseo de tomar alimento alguno, aunque había muchos peces que resplandecían como el oro y la plata o lucían los colores de los arcos iris de espuma. Y al cuarto día el canal se ensanchó, y los muros se hicieron más bajos y menos escarpados; pero el río corría más profundo y con más fuerza, porque unas altas colinas avanzaban ahora a cada lado, y unas nuevas aguas se vertían desde ellas en Cirith Ninniach en cascadas de luces trémulas. Allí se quedó Tuor largo rato sentado, contemplando los remolinos de la corriente y escuchando aquella voz interminable hasta que la noche volvió otra vez y las estrellas brillaron frías y blancas en la oscura ruta del cielo. Entonces Tuor levantó la voz y pulsó las cuerdas del arpa, y por sobre el ruido del agua el sonido de la canción y las dulces vibraciones del arpa resonaron en la piedra y se multiplicaron, y avanzaron y se extendieron por las montañas envueltas en noche, hasta que toda la tierra vacía se llenó de música bajo las estrellas. Porque aunque no lo sabía, Tuor había llegado a las Montañas del Eco de Lammoth junto al Estuario de Drengist. Allí había desembarcado Fëanor en otro tiempo, y las voces de sus huestes crecieron hasta convertirse en un poderoso clamor sobre las costas del Norte antes de nacimiento de la Luna.

Entonces Tuor, lleno de asombro, dejó de cantar y lentamente la música murió en las colinas y hubo silencio. Y entonces en medio del silencio oyó arriba en el aire un grito extraño; y no lo reconoció. Ora decía:

—Es la voz de un duende.

O:

—No, es una bestezuela que se lamenta en el yermo.

Y luego, al oírla otra vez, dijo:

—Seguramente es el grito de un ave nocturna que no conozco.

—Y le pareció un sonido luctuoso, y no obstante deseaba escucharlo y seguirlo, porque el sonido lo llamaba, no sabía a dónde.

Durante la mañana siguiente oyó la misma voz, y alzando los ojos vio tres grandes aves blancas que avanzaban por el barranco en el viento del Oeste, y las alas vigorosas les brillaban al sol recién nacido, y al pasar sobre él gritaron una nota plañidera. Así, por primera vez, Tuor vio las grandes grullas, amadas de los Teleri. Se alzó entonces para seguirlas, y queriendo observar hacia dónde volaban trepó la ladera de la izquierda y se irguió en la cima y sintió contra la cara un fuerte viendo venido del Oeste; y los cabellos se le agitaban. Y bebió profundamente ese aire nuevo y dijo:

—¡Esto anima el corazón como beber vino freso! —Pero no sabía que el viento llegaba directo del Gran Mar.

Ahora bien, Tuor se puso en marcha una vez más en busca de las grullas altas sobre el río; y mientras avanzaba los lados del barranco se iban uniendo otra vez, y así llegó a un estrecho canal, repleto solo por el gran estrépito del agua. Y al mirar hacia abajo, vio una gran maravilla, como le pareció; porque una frenética marejada avanzaba por el estrecho y luchaba contra el río, que seguía precipitándose hacia delante, y una ola como un muro se levantó casi hasta la cima del acantilado, coronada de crestas de espuma que volaban al viento. Entonces el río fue empujado hacia atrás y la marejada avanzó rugiente por el canal anegándolo con aguas profundas, y las piedras pasaban rodando como truenos. Así la llamada de las aves marinas salvó a Tuor de la muerte en la marea alta; y era ésta muy grande por causa de la estación del año y del fuerte viento que soplaba del mar.

Pero la furia de las extrañas aguas desanimó a Tuor, que se volvió y se alejó hacia el Sur, de modo que no llegó a las largas costas del Estuario de Drengist, sino que erró aún algunos días por un campo áspero despojado de árboles; y un viento que venía del mar barría este campo, y todo lo que allí crecía, hierba o arbusto, se inclinaba hacia el alba porque prevalecía el viento del Oeste. De este modo Tuor llegó a los bordes de Nevrast, donde otrora había morado Turgon; y por fin, sin advertirlo (porque las cimas del acantilado eran más altas que las cuestas que había detrás) llegó súbitamente al borde negro de la Tierra Media y vio el Gran Mar, Belegaer Sin Orillas. Y a esa hora el sol descendía más allá de las márgenes del mundo como una llamarada poderosa; y Tuor se irguió sobre el acantilado con los brazos extendidos y una gran nostalgia le ganó el corazón. Se dice que fue el primero de los Hombres en llegar al Gran Mar, y que nadie, salvo los Eldar, sintió nunca tan profundamente el anhelo que él despierta.

Tuor se demoró varios días en Nevrast, y le pareció bien hacerlo porque esa tierra, protegida por montañas del Norte y el Este y próxima al mar, era de clima más dulce y templado que las llanuras de Hithlum. Hacía mucho que estaba acostumbrado a vivir como cazador solitario en tierras desoladas y no le faltó alimento, porque la primavera se afanaba en Nevrast, y el aire vibraba con el ruido de los pájaros, los que moraban en multitudes en las costas y los que abundaban en los marjales de Linaewen en medio de las tierras bajas; pero en aquellos días no se oían en todas aquellas soledades voces de Elfos ni de Hombres.

Llegó Tuor hasta la orilla de la gran laguna, pero las vastas ciénagas y los apretados bosques de juncos que se extendían en derredor le impedían alcanzar las aguas; y no tardó en volverse y regresar a las costas, porque el mar lo atraía, y no estaba dispuesto a quedarse mucho tiempo donde no pudiera oír el sonido de las olas. Y en estas costas, Tuor encontró por primera vez huellas de los Noldor de antaño. Porque entre los altos acantilados abiertos por las aguas al Sur de Drengist había muchas ensenadas y calas con playas de arena blanca entre las negras piedras resplandecientes, y visitando esos lugares Tuor descubrió a menudo escaleras tortuosas talladas en la piedra viva; y junto al borde del agua había muelles en ruinas construidos con grandes bloques de piedra, donde antaño habían anclado navíos de los Elfos. En esas regiones Tuor se quedó mucho tiempo contemplando el mar siempre cambiante, mientras el año lento se consumía dejando atrás la primavera y el verano, y la oscuridad crecía en Beleriand, y el otoño y la condenación de Nargothrond estaba acercándose.

Y, quizá, los pájaros vieron desde lejos el fiero invierno que se aproximaba; porque los que acostumbraban migrar hacia el Sur se agruparon y los que solían habitar en el Norte volvieron a sus hogares en Nevrast. Y un día, mientras Tuor estaba sentado en la costa, oyó un sibilante batir de grandes alas y miró hacia arriba y vio siete cisnes blancos que volaban en una rápida cuña hacia el Sur. Pero cuando estuvieron sobre él, giraron y descendieron de pronto y se dejaron caer ruidosamente salpicando agua.

Ahora bien, Tuor amaba a los cisnes, a los que había conocido en los estanques grises de Mithrim; y el cisne además había sido la señal de Annael y su familia adoptiva. Se puso en pie, por tanto, para saludar a las aves y las llamó maravillado al ver que eran de mayor tamaño y más orgullosas que ninguna otra de su especie que hubiera visto nunca; pero ellas batieron las alas y emitieron ásperos gritos como si estuvieran enfadadas con él y quisieran echarlo de la costa. Luego, con un gran ruido, se alzaron otra vez de las aguas y volaron por encima de la cabeza de Tuor, de modo que el aleteo sopló sobre él como un viento ululante; y girando en un amplio círculo subieron por el aire y se alejaron hacia el Sur.

Entonces Tuor exclamó en voz alta:

—¡He aquí otro signo de que me he demorado demasiado tiempo! —Y en seguida trepó a la cima del acantilado y allí vio todavía a los cisnes que giraban en las alturas; pero, cuando se volvió hacia el Sur y empezó a seguirlos, escaparon rápidamente.

Tuor viajó hacia el Sur a lo largo de la costa durante siete días completos, y cada día lo despertaba un batir de alas sobre él en el alba, y cada día los cisnes avanzaban volando mientras él los seguía. Y mientras andaba los altos acantilados se hacían más bajos y las cimas se cubrían de hierbas altas y florecidas; y hacia el Este había bosques que amarilleaban con el declive del año. Pero por delante de él, cada vez más cerca, veía una línea de altas colinas que le cerraban el camino y se extendían hacia el Oeste hasta terminar en una alta montaña: una torre oscura y envuelta de nubes apoyadas en hombros poderosos sobre un gran cabo verde que se adentraba en el mar.

Esas colinas grises eran en verdad las estribaciones occidentales de Ered Wethrin, el cerco septentrional de Beleriand, y la montaña del Monte Taras, la más occidental de las torres de esa tierra y lo primero que veía el marino desde millas de mar adentro al acercarse a las costas mortales. Turgon había morado en otro tiempo bajo las prolongadas laderas, en los recintos de Vinyamar, las más antiguas obras de piedra de cuantas levantaron los Noldor en las tierras del exilio. Allí se alzaba todavía, desolada pero perdurable, alta sobre las amplias terrazas que miraban al mar. Los años no la habían perturbado, y los servidores de Morgoth habían pasado de largo; pero el viento y la lluvia y la escarcha la habían esculpido, y sobre la albardilla de los muros y las grandes telas de la techumbre crecían plantas de un verde grisáceo que, viviendo del aire salino, medraban aun en las hendeduras de la piedra estéril.

Llegó entonces Tuor a las ruinas de un camino perdido, paso entre los montículos verdes y las piedras caídas, y de ese modo y cuando menguaba el día llegó al viejo recinto con los patios altos y barridos por el viento. Ninguna sombra de temor o mal acechaba en esos sitios, pero lo ganó un miedo reverente al pensar en los que habían vivido allí y ahora habían partido nadie sabía a dónde: el pueblo inmortal pero condenado, venido desde mucho más allá del mar. Y se volvió y miró, como los ojos de ellos habían mirado a menudo, el resplandor de las aguas agitadas que se perdían a lo lejos. Entonces se volvió otra vez y vio que los cisnes se habían posado en la terraza más alta, y se detuvo ante la puerta occidental del recinto; y ellos batieron las alas y le pareció que le hacían señas de que entrase. Entonces Tuor subió por las escaleras ahora medio ocultas entre la hierba y la colleja y pasó bajo el poderoso dintel y penetró en las sombras de la casa de Turgon; y llegó por fin a una sala de altas columnas. Si grande había parecido desde fuera, ahora vasta y magnífica le pareció desde dentro, y por respetuoso temor no quiso despertar los ecos de su vacío. Nada podía ver allí salvo en el extremo oriental, un alto asiento sobre un estrado, y tan quedamente como pudo se acercó a él; pero el sonido de sus pies resonaba sobre el suelo pavimentado como los pasos del destino, y los ecos corrían delante de él por los pasillos de columnas.

Al llegar delante de la gran silla en la penumbra y ver que estaba tallada en una única piedra y cubierta de signos extraños, el sol poniente llegó al nivel de una alta ventana bajo el gablete occidental y un haz de luz dio sobre el muro que tenía enfrente y res-

plandeció como sobre metal pulido. Entonces Tuor, maravillado, vio que en el muro de detrás del trono colgaban un escudo y
una magnífica cota y un yelmo y una larga espada envainada. La
cota resplandecía como labrada en plata sin mácula, y el rayo de
sol la doraba con chispas de oro. Pero el escudo le pareció extraño
a Tuor, pues era largo y ahusado; y su campo era azul y el emblema grabado en el centro era el ala blanca de un cisne. Entonces
Tuor habló, y su voz resonó como un desafío en la techumbre:

—Por esta señal tomaré estas armas para mí y sobre mí cargaré
el destino que deparen. —Y levantó el escudo y lo encontró más
liviano y fácil de manejar de lo que había supuesto; porque parecía que estaba hecho de madera, pero con suma de habilidad los
Elfos herreros lo habían cubierto de láminas de metal, fuertes y
sin embargo delgadas como hojuelas, por lo que se había preservado a pesar del desgaste y el tiempo.

Entonces Tuor se puso la cota y se cubrió la cabeza con el yelmo y se ciñó la espada; negros eran la vaina y el cinturón con hebilla de plata. Así armado salió del recinto de Turgon y se mantuvo erguido en las altas terrazas de Taras a la luz roja del sol. Nadie
había allí que lo viera mientras miraba hacia el Oeste, resplandeciente de plata y oro, y no sabía él que en aquel momento lucía
como uno de los Poderosos del Oeste, capaz de ser el padre de los
reyes de los Reyes de los Hombres más allá del mar; y ése era en
verdad su destino; pero al tomar las armas un cambio había ocurrido en Tuor, hijo de Huor, y el corazón le creció dentro del pecho. Y cuando salió por las puertas los cisnes le rindieron home-
naje, y arrancándose cada uno una pluma del ala se la ofrecieron
tendiendo los largos cuellos sobre la piedra ante los pies de Tuor;
y él tomó las siete plumas y las puso en la cresta del yelmo, y en
seguida los cisnes levantaron vuelo y se alejaron hacia el Norte a
la luz del sol de poniente, y Tuor ya no los vio más.

Tuor sintió entonces que sus pies lo llevaban a la playa y descendió las largas escaleras hasta una amplia costa, en el lado septentrional de Taras-ness; y vio que el sol se hundía en una gran nube negra que asomaba sobre el mar oscurecido; y el aire se enfrió, y hubo una gran agitación y un murmullo como de una tormenta que acecha. Y Tuor estaba en la costa y el sol parecía un incendio humeante tras la amenaza del cielo; y le pareció que una gran ola se alzaba en la lejanía y avanzaba hacia tierra, pero el asombro lo retuvo y permaneció allí inmóvil. Y la ola avanzó hacia él y había sobre ella algo semejante a una neblina de sombra. Entonces, de pronto, se encrespó y se quebró y se precipitó hacia delante en largos brazos de espuma; pero allí donde se había roto se erguía oscura sobre la tormenta una forma viviente de gran altura y majestad.

Entonces Tuor se inclinó reverente, porque le pareció que contemplaba a un rey poderoso. Llevaba una gran corona que parecía de plata y de la que le caían largos cabellos como una espuma que brillaba pálida en el crepúsculo; y al echar atrás el manto gris que lo cubría como una bruma, ¡oh, maravilla!, estaba vestido con una cota refulgente que se le ajustaba como la piel de un pez poderoso y con una túnica de color verde profundo que resplandecía y titilaba como los fuegos marinos mientras él se adelantaba con paso lento. De esta manera el Habitante de las Profundidades, a quien los Noldor llaman Ulmo, Señor de las Aguas, se manifestó ante Tuor, hijo de Huor, de la casa de Hador bajo Vinyamar.

No puso pie en la costa, y hundido hasta las rodillas en el mar sombrío, le habló a Tuor, y por la luz de sus ojos y el sonido de su voz profunda, el miedo ganó a Tuor, que se arrojó de bruces sobre la arena.

—¡Levántate, Tuor, hijo de Huor! —dijo Ulmo—. No temas mi cólera, aunque mucho tiempo te llamé sin que me escucharas;

y habiéndote puesto por fin en camino, te retrasaste en el viaje hacia aquí. Tenías que haber llegado en primavera; pero ahora un fiero invierno vendrá pronto desde las tierras del Enemigo. Tienes que aprender de prisa, y el camino placentero que tenía designado para ti ha de cambiarse. Porque mis consejos han sido despreciados, y un gran mal se arrastra por el Valle del Sirion y ya una hueste de enemigos se ha interpuesto entre tú y tu meta.

—¿Cuál es mi meta, Señor? —preguntó Tuor.

—La que mi corazón ha acariciado siempre —respondió Ulmo—: encontrar a Turgon y cuidar de la ciudad escondida. Porque te has ataviado de ese modo para ser mi mensajero, con las armas que desde hace mucho tiempo tenía dispuestas para ti. Pero ahora has de atravesar el peligro sin que nadie te vea. Envuélvete por tanto en esta capa y no te la quites hasta que hayas llegado al final del viaje.

Entonces le pareció a Tuor que Ulmo partía su manto gris y le arrojaba un trozo como una capa que al caer sobre él lo cubrió por completo desde la cabeza a los pies.

—De ese modo andarás bajo mi sombra —dijo Ulmo—. Pero no te demores; porque la sombra no resistirá en las tierras de Anar y en los fuegos de Melkor. ¿Llevarás mi recado?

—Lo haré, Señor —dijo Tuor.

—Entonces pondré palabras en tu boca que dirás a Turgon —dijo Ulmo—. Pero primero he de enseñarte, y oirás algunas cosas que no ha oído nunca Hombre alguno, no, ni siquiera los poderosos de entre los Eldar. —Y Ulmo le habló a Tuor de Valinor y de su oscurecimiento, y del Exilio de los Noldor y la maldición de Mandos y del ocultamiento del Reino Bendecido—. Pero ten en cuenta —le dijo— que en la armadura del Hado (como los Hijos de la Tierra lo llaman) hay siempre una hendedura y en los muros del Destino una brecha hasta la plena consumación que vosotros llamáis el Fin. Así será mientras yo persista, una voz secreta que contradice y una luz en el sitio en que se decretó la oscuridad. Por tanto, aunque en los días de esta oscuridad parezca oponerme a la voluntad de mis hermanos, los Señores de Occidente, ésa es la parte que me cabe entre ellos y para la que fui designado antes de la hechura del Mundo. Pero el Destino es fuerte y la sombra del Enemigo se alarga; y yo estoy disminuido; en la Tierra Media soy apenas un secreto susurro. Las aguas que manan hacia el Oeste menguan cada día, y las fuentes están envenenadas, y mi poder se retira de las aguas de la tierra; porque los Elfos y los Hombres ya no me ven ni me oyen por causa del poder de Melkor. Y ahora la Maldición de Mandos se precipita hacia su consumación, y todas las obras de los Noldor perecerán, y todas las esperanzas que abrigaron se desmoronarán. Sólo queda la última esperanza, la esperanza que no han previsto ni preparado. Y esa esperanza radica en ti; porque así yo lo he decidido.

—¿Entonces Turgon no se opondrá a Morgoth como todos los Eldar lo esperan todavía? —preguntó Tuor—. ¿Y qué queréis vos de mí, Señor, si llego ahora ante Turgon? Porque aunque estoy en verdad dispuesto a hacer como mi padre, y apoyar a ese rey en su necesidad, no obstante de poco serviré, un mero hombre mortal, entre tantos y tan valientes miembros del Alto Pueblo del Oeste.

—Si decidí enviarte, Tuor, hijo de Huor, no creas que tu espada es indigna de la misión. Porque los Elfos recordarán siempre el valor de los Edain, mientras las edades se prolonguen, maravillados de lo que prodigarán tanta vida, aunque poco tienen de ella en la tierra. Pero no te envío sólo por tu valor, sino para llevar al mundo una esperanza que tú ahora no alcanzas a ver, y una luz que horadará la oscuridad.

Y mientras Ulmo decía estas cosas, el murmullo de la tormenta creció hasta convertirse en un gran aullido, y el viento se levantó, y el cielo se volvió negro; y el mando del Señor de las Aguas se extendió como una nube flotante.

—Vete ahora —le dijo Ulmo—. ¡No sea que el Mar te devore! Porque Ossë obedece la voluntad de Mandos y está irritado, pues es sirviente del Destino.

—Sea como vos mandáis —dijo Tuor—. Pero si escapo del Destino, ¿qué palabras le diré a Turgon?

—Si llegas ante él —respondió Ulmo—, las palabras aparecerán en tu mente, y tu boca hablará como yo quiera. ¡Habla y no temas! Y en adelante haz como tu corazón y tu valor te lo dicten. Lleva siempre mi manto, porque así estarás protegido. Quitaré a uno de la cólera de Ossë, y lo enviaré a ti, y de ese modo tendrás guía: sí, el último marinero del último navío que irá hacia el Occidente, hasta la elevación de la Estrella. ¡Vuelve ahora a tierra!

Entonces estalló un trueno y un relámpago resplandeció sobre el mar; y Tuor vio a Ulmo de pie entre las olas como una torre de plata que titilara con llamas refulgentes; y gritó contra el viento:

—¡Ya parto, Señor! Pero ahora mi corazón siente nostalgia del Mar.

Y entonces Ulmo alzó un cuerno poderoso y sopló una única gran nota, ante la cual el rugido de la tormenta parecía una ráfaga de viento sobre un lago. Y cuando oyó esa nota, y fue rodeado por ella, y con ella colmado, le pareció a Tuor que las costas de la Tierra Media se desvanecían, y contempló todas las aguas del mundo en una gran visión: desde las venas de las tierras hasta las desembocaduras de los ríos, y desde las playas y los estuarios hasta las profundidades. Al Gran Mar lo vio a través de sus inquietas regiones, habitadas de formas extrañas, aun hasta los abismos privados de luz, en los que en medio de la sempiterna oscuridad resonaban voces terribles para los oídos mortales. Las planicies inconmensurables las contempló con la rápida mirada de los Valar; se extendían inmóviles bajo la mirada de Anar, o resplandecían bajo la Luna cornamentada o se alzaban en montañas de cólera que rompían sobre las Islas Sombrías, hasta que a lo lejos, en el límite de la visión, y más allá de incontables lenguas, atisbó una montaña que se levantaba a alturas a las que no alcanzaba su mente, hasta tocar una nube brillante, y debajo refulgía la hierba. Y mientras se esforzaba por oír el sonido de esas olas lejanas, y por ver con mayor claridad esa luz distante, la nota murió, y Tuor se encontró bajo los truenos de la tormenta, y un relámpago de múltiples brazos rasgó los cielos por encima de él. Y Ulmo se había ido, y en el mar tumultuoso las salvajes olas de Ossë chocaban contra los muros de Nevrast.

Entonces Tuor huyó de la furia del mar, y con trabajo consiguió volver por el camino a las altas terrazas; porque el viento lo llevaba contra el acantilado, y cuando llegó a la cima lo hizo caer de rodillas. Por tanto, entró de nuevo al oscuro recinto vacío en busca de protección, y permaneció sentado toda la noche en el asiento de piedra de Turgon. Aun las columnas temblaban por la violencia de la tormenta, y le pareció a Tuor que el viento estaba lleno de lamentos y de giros frenéticos. No obstante, la fatiga lo venció a ratos, y durmió perturbado por sueños, de los que ningún recuerdo le quedó en la vigilia, salvo uno: la visión de una isla, y en medio de ella había una escarpada montaña, y detrás de ella se ponía el sol, y las sombras cubrían el cielo; pero por encima de la montaña brillaba una única estrella deslumbrante.

Después de este sueño, Tuor durmió profundamente, porque antes de que la noche hubiera terminado, la tormenta se alejó arrastrando consigo los nubarrones negros hacia el Oriente del mundo. Despertó por fin a una luz grisácea, y se levantó y abandonó el alto asiento, y cuando bajó a la sala en penumbras vio que estaba llena de aves marinas ahuyentadas por la tormenta; y salió mientras las últimas estrellas se desvanecían en el Oeste ante la llegada del día. Entonces vio que las grandes olas de la noche habían avanzado mucho tierra adentro, y habían arrojado sus crestas sobre la cima de los acantilados, y guijarros y algas cubrían aun las terrazas de delante de las puertas. Y al mirar desde la terraza más baja, Tuor vio, apoyado contra el muro, a un Elfo que vestía una empapada capa gris. Sentado, en silencio, miraba más allá de la ruina de las playas las largas lomas de las olas. Todo estaba quieto, y no había otro sonido que el de la impetuosa marejada.

Al ver Tuor la silenciosa figura gris, recordó las palabras de Ulmo y le vino a los labios un nombre que nadie le había enseñado, y le dijo en alta voz:

—¡Bienvenido, Voronwë! Te esperaba.

Entonces el Elfo se volvió y miró hacia arriba, y Tuor se encontró con la penetrante mirada de unos ojos grises como el mar, y supo que pertenecía al alto pueblo de los Noldor. Pero hubo miedo y asombro en la mirada del Elfo cuando vio a Tuor erguido en el muro por encima de él, vestido con una gran capa que era como una sombra. Cubriéndole una malla élfica que le resplandecía en el pecho.

Así permanecieron un momento, examinándose las caras, y entonces el Elfo se puso en pie y se inclinó ante Tuor.

—¿Quién sois, Señor? —preguntó—. Durante mucho tiempo he luchado contra el mar embravecido. Decidme: ¿ha habido grandes nuevas desde que abandoné la tierra? ¿Fue vencida la Sombra? ¿Ha salido el Pueblo Escondido?

—No —respondió Tuor—. La Sombra se alarga, y los Escondidos permanecen escondidos.

Entonces Voronwë se quedó mirándolo largo tiempo en silencio.

—Pero ¿quién sois? —volvió a preguntar—. Durante muchos años mi pueblo estuvo ausente de estas tierras, y ninguno de ellos moró aquí desde entonces. Y ahora advierto que a pesar de vuestro atuendo no sois uno de ellos, como lo creí, sino que pertenecéis a la raza de los Hombres.

—Así es en efecto —dijo Tuor—. ¿Y no eres tú el último marinero del último navío en salir hacia Occidente desde los Puertos de Círdan?

—Lo soy, en efecto —dijo el Elfo—. Voronwë, hijo de Aranwë. Pero cómo conocéis mi nombre y mi destino, no lo entiendo.

—Los conozco porque el Señor de las Aguas habló conmigo la víspera —respondió Tuor—, y dijo que te salvaría de la cólera de Ossë, y que te enviaría aquí con el fin de que fueras mi guía.

Entonces con miedo y asombro Voronwë exclamó:

—¿Habéis hablado con Ulmo el Poderoso? ¡Grandes han de ser entonces en verdad vuestro valor y vuestro destino! Pero ¿adónde habré de guiaros, señor? Porque de seguro sois un rey de Hombres, y muchos han de obedecer vuestra palabra.

—No, soy un esclavo fugado —dijo Tuor—, y soy un proscrito solitario en una tierra desierta. Pero tengo un recado para Turgon, el Rey Escondido. ¿Sabes por qué camino llegar a él?

—Muchos son proscritos y esclavos en estos malhadados días que no nacieron en esa condición —respondió Voronwë—. Un señor de Hombres sois por derecho, según me parece. Pero, aun cuando fuerais el más digno de todo vuestro pueblo, no tendríais derecho a ir en busca de Turgon, y vano sería que lo intentaseis. Porque aun cuando yo os condujera hasta sus puertas, no podríais entrar.

—No te pido que me lleves sino hasta esas puertas —dijo Tuor—. Allí el Destino luchará contra los Designios de Ulmo.

Y si Turgon no me recibe, mi misión habrá acabado, y el Destino será el que prevalezca. Pero en cuanto a mi derecho de ir en busca de Turgon: yo soy Tuor, hijo de Huor y pariente de Húrin, nombre que Turgon no habrá de olvidar. Y lo busco también por orden de Ulmo. ¿Habrá de olvidar Turgon lo que éste le dijo antaño: *Recuerda que la última esperanza de los Noldor ha de llegar del Mar*? O también: *Cuando el peligro esté cerca, uno vendrá de Nevrast para advertírtelo*. Yo soy el que habrá de venir, y estoy así investido con las armas que me estaban destinadas.

Tuor se maravilló de oírse a sí mismo hablar de ese modo, porque las palabras que Ulmo le dijo a Turgon a partir de Nevrast no le eran conocidas de antemano ni a nadie salvo al Pueblo Escondido. Por lo mismo, tanto más asombrado estaba Voronwë; pero se volvió y miró el Mar y suspiró.

—¡Ay! —dijo—. No querría volver nunca. Y a menudo he prometido en las profundidades del mar que si alguna vez pusiera el pie otra vez en tierra, moraría en paz lejos de la Sombra del Norte, o junto a los Puertos del Círdan, o quizá en los bellos prados de Nan-tathren, donde la primavera es más dulce que los deseos del corazón. Pero si el mal ha crecido desde que partí de viaje y el peligro definitivo acecha a mi pueblo, entonces debo regresar a él. —Se volvió hacia Tuor.— Os guiaré hasta las puertas escondidas —dijo—, porque los prudentes no han de desoír los consejos de Ulmo.

—Entonces marcharemos juntos como se nos ha aconsejado —dijo Tuor—. Pero ¡no te aflijas, Voronwë! Porque mi corazón me dice que tu largo camino te conducirá lejos de la Sombra, y que tu esperanza volverá al Mar.

—Y también la vuestra —dijo Voronwë—. Pero ahora tenemos que abandonarlo e ir de prisa.

—Sí —dijo Tuor—. Pero ¿a dónde me llevarás y a qué distancia? ¿No hemos de pensar primero cómo viajaremos por las tierras salvajes, o si es el camino largo, cómo pasar el invierno sin abrigo?

Pero Voronwë no dio una respuesta clara acerca del camino.

—Vos conocéis la fortaleza de los Hombres —dijo—. En cuanto a mí, pertenezco a los Noldor, y grande ha de ser el hambre y frío el invierno que matan al pariente de los que atravesaron el Hielo Crujiente. ¿Cómo creéis que pudimos trabajar durante días incontables en los yermos salados del mar? ¿Y no habéis oído del pan de viaje de los Elfos? Y conservo todavía el que todos los marineros guardan hasta el final. —Entonces le mostró bajo la capa un bolsillo sellado sujeto con una hebilla al cinturón.— Ni el agua ni el tiempo lo dañan en tanto esté sellado. Pero hemos de economizarlo hasta que sea mucha la necesidad; y, sin duda, un proscrito y cazador habrá de encontrar otro alimento antes que el año empeore.

—Quizá —dijo Tuor—, pero no en todas las tierras es posible cazar sin riesgo, por abundantes que sean las bestias. Y los cazadores se demoran en los caminos.

Entonces Tuor y Voronwë se dispusieron a partir. Tuor llevó consigo el pequeño arco y las flechas que traía además de las armas encontradas en la sala; pero la lanza sobre la que estaba escrito su nombre en runas élficas del Norte la dejó junto al muro en señal de que había pasado por allí. No tenía armas Voronwë, salvo una corta espada.

Antes de que el día hubiera avanzado mucho abandonaron la antigua vivienda de Turgon, y Voronwë guió a Tuor hacia el Oeste de las empinadas cuestas de Taras, y a través del gran cabo. Allí en otro tiempo había pasado el camino desde Nevrast a Birithombar, que no era ahora sino una huella verde entre viejos terraplenes cubiertos de hierba. Así llegaron a Beleriand y la región septentrional de las Falas; y volviéndose hacia el Este, buscaron las oscuras estribaciones de Ered Wethrin, y allí encontraron refugio y descansaron hasta que el día se desvaneció en el crepúsculo. Porque aunque las antiguas viviendas de Falathrim, Brithombar y Eglarest estaban todavía lejos, allí moraban Orcos ahora, y toda la tierra estaba infestada de espías de Morgoth: temía éste los barcos de Círdan que llegaban a veces patrullando las costas y se unían a las huestes enviadas desde Nargothrond.

Mientras estaban allí sentados envueltos en sus capas como sombras bajo las colinas, Tuor y Voronwë conversaron juntos durante mucho tiempo. Y Tuor interrogó a Voronwë acerca de Turgon, pero poco hablaba Voronwë de tales asuntos; hablaba en cambio de las moradas de la Isla de Balar y de la Lisgardh. La tierra de los juncos en las Desembocaduras del Sirion.

—Allí crece ahora el número de los Eldar —dijo—, porque cada vez son más abundantes los que huyen por miedo a Morgoth, cansados de la guerra. Pero no abandoné yo a mi pueblo por propia decisión. Porque después de la Bragollach y el fin del Sitio de Angband, por primera vez abrigó el corazón de Turgon la duda de que quizá Morgoth fuera demasiado fuerte. Ese año envió a unos pocos, los primeros que atravesaros las puertas desde dentro, y llevaban una misión secreta. Fueron Sirion abajo hasta las costas próximas de las Desembocaduras, y allí construyeron barcos. Pero de nada les sirvió, salvo tan sólo para llegar a la gran Isla de Balar y establecer allí viviendas solitarias, lejos del alcance de Morgoth. Porque los Noldor no dominan el arte de construir barcos que resistan mucho tiempo las olas de Belegaer el Grande.

»Pero cuando más tarde Turgon se enteró de los ataques de las Falas y del saqueo de los antiguos Puertos de los Carpinteros de barcos que se encuentran allá lejos delante de nosotros, y se dijo que Círdan había salvado a unos pocos navegando con ellos hacia el Sur de la Bahía de Balar, volvió a enviar un grupo de mensajeros. Eso fue poco tiempo atrás; no obstante, en mi memoria parece la más larga porción de mi vida. Porque yo fui uno de los que envió, cuando era joven en años entre los Eldar. Nací aquí en la Tierra Media en el país de Nevrast. Mi madre pertenecía a los Elfos Grises de las Falas, y era pariente del mismo Círdan; hubo mucha mezcla de pueblos de Nevrast, durante los primeros años del reinado de Turgon, y yo tengo el corazón marino del pueblo de mi madre. Por tanto, yo estuve entre los escogidos, puesto que nuestro recado era para Círdan, que nos ayudara en la construcción de barcos, con el fin de que algún mensaje y ruego de auxilio pudiera llegar a los Señores del Oeste antes de que todo se perdiera. Pero no me demoré en el camino. Porque había visto poco de la Tierra Media y llegamos a Nan-tath-ren en la primavera del año. Amable al corazón es esa tierra como veréis si alguna vez seguís hacia el Sur por el Sirion abajo. Allí se encuentra cura a las nostalgias del mar, salvo para aquellos a quienes no suelta el Destino. Allí Ulmo es sólo el servidor de Yavanna, y la tierra ha dado vida a hermosas criaturas que los corazones de las duras montañas del Norte no pueden imaginar. En esa tierra el Narog se une al Sirion, y ya no se apresuran, sino que fluyen anchos y tranquilos por los prados vivientes; y todo alrededor del río brillante crecen lirios cárdenos como un bosque florecido, y la hierba está llena de flores como gemas, como campanas, como llamas rojas y doradas, como estrellas multicolores en un firmamento verde. Sin embargo, los más bellos de todos son los sauces de Nan-tathren, de verde pálido, o plateados en el viento, y el murmullo de sus hojas innumerables es un hechizo de música: día y noche resonaban incontables mientras yo me hundía silencioso hasta las rodillas en la hierba y escuchaba. Allí quedé encantado y olvidé el

Mar en mi corazón. Por allí erré dando nombre a flores nuevas o yaciendo entre sueños en medio del canto de los pájaros y el zumbido de las abejas, olvidado de todos mis parientes, fueran los barcos de los Teleri o las espadas de los Noldor, pero mi destino no lo permitió. O quizá el mismo Señor de las Aguas; porque era muy fuerte en esa tierra.

»Así me vino al corazón la idea de construir una balsa con ramas de sauce y trasladarme por el brillante seno del Sirion; y así lo hice, y así fui llevado. Porque un día, mientras estaba en medio del río sopló un viento súbito y me atrapó, y me arrastró fuera de la Tierra de los Sauces hacia el Mar. De este modo llegué el último de entre los mensajeros junto a Círdan; y de los siete barcos que construyó a pedido de Turgon todos menos uno estaban plenamente acabados. Y uno por uno se hicieron a la mar hacia el Oeste, y ninguno ha vuelto nunca si se han tenido noticias de ellos.

»Pero el aire salino del mar agitaba de nuevo el corazón de la parentela de mi madre en mi pecho, y me regocijé en las olas aprendiendo toda la ciencia del mar como si la tuviera ya almacenada en mi mente. De modo que cuando el último barco y el mayor estuvo pronto, yo estaba ansioso por partir y me decía a mí mismo: "Si son ciertas las palabras de los Noldor, hay entonces en el Oeste prados con los que la Tierra de los Sauces no puede compararse. Allí nunca nada se marchita ni tiene fin la primavera. Y quizá aun yo, Voronwë, pueda llegar allí. Y en el peor de los casos errar por las aguas es mucho mejor que la Sombra del Norte". Y no tenía miedo, porque no hay agua que pueda anegar los barcos de los Teleri.

»Pero el Gran Mar es terrible, Tuor, hijo de Huor; y odia a los Noldor, porque es el Destino de los Valar. Peores cosas guarda que hundirse en el abismo perecer así: hastío y soledad y locura; terror del viento y el alboroto, y silencio y sombras en las que toda esperanza se pierde y todas las formas vivientes se apagan. Y baña muchas costas extrañas y malignas, y lo infestan muchas islas de miedo y peligro. No he de oscurecer tu corazón, hijo de la Tierra Media, con la historia de mis trabajos durante siete años en el Gran Mar, desde el Norte hasta el Sur, pero nunca hacia el Oeste. Porque éste permanece cerrado para nosotros.

»Por fin, completamente desesperados, fatigados del mundo entero, dimos la vuelta y escapamos del hado que nos había perdonado durante tanto tiempo, sólo para golpearnos más duramente. Porque cuando divisamos una montaña desde lejos y yo exclamé: "¡Mirad! Allí está Taras y la tierra que me vio nacer", el viento despertó, y grandes nubes cargadas de truenos vinieron desde el Oeste. Entonces las olas nos persiguieron como criaturas vivas llenas de malicia, y los rayos nos hirieron; y cuando estuvimos reducidos a un casco indefenso, los mares saltaron furiosos sobre nosotros. Pero, como veis, yo fui salvado; porque me pareció que a mí acudía una ola, más grande y, sin embargo, más calma que todas las otras, y me cogió y me levantó del barco, y me transportó alto sobre sus hombros, y precipitándose a tierra me arrojó sobre la hierba retirándose luego y descendiendo por el acantilado como una gran cascada. Allí estaba desde hacía una hora todavía aturdido por el mar, cuando vinisteis a mi encuentro. Y siento todavía el miedo que produce, y la amarga pérdida de los amigos que me acompañaron tanto tiempo hasta tan lejos, más allá de la vista de las tierras mortales.

Voronwë suspiró y continuó en voz baja, como si se hablara a sí mismo:

—Pero muy brillantes eran las estrellas sobre el margen del mundo cuando a veces las nubes se retiraban del Oeste. No obstante, si vimos sólo nubes más remotas, o atisbamos en verdad, como han sostenido algunos, las Montañas de las Pelóri en torno a las playas perdidas de nuestra antigua patria, no lo sé. Lejos, muy lejos se levantan, y nadie de las tierras mortales volverá nunca a ellas, según creo. —Entonces Voronwë guardó silencio; porque había llegado la noche y las estrellas brillaban blancas y frías.

Poco después Tuor y Voronwë se levantaron y volvieron sus espaldas al mar, e iniciaron su largo viaje en la oscuridad; del cual hay poco que decir, pues la sombra de Ulmo estaba sobre Tuor, y nadie los vio pasar por bosque o por piedra, por campo o por valle, entre la puesta y la salida del sol. Pero siempre avanzaban precavidos evitando los cazadores de ojos nocturnos de Morgoth y esquivando los caminos transitados de los Elfos y los Hombres. Voronwë escogía el camino y Tuor lo seguía. No hacía éste preguntas vanas, pero no dejaba de advertir que marchaban siempre hacia el Este a lo largo de las fronteras de las montañas cada vez más altas, y que nunca se volvían hacia el Sur, lo cual lo asombró, porque creía, como la mayor parte de los Hombres y los Elfos, que Turgon moraba lejos de las batallas del Norte.

Lentamente avanzaban en el crepúsculo y en la noche por el descampado sin caminos, y el fiero invierno descendía rápido desde el reino de Morgoth. A pesar del abrigo que procuraban las montañas, los vientos eran fuertes y amargos, y pronto la nieve cubrió espesa las alturas, o giraba en remolinos en los pasos, y caía sobre los bosques de Núath antes de que perdieran del todo sus hojas marchitas. Así, a pesar de haberse puesto en camino antes de Narquelië, llegó Hísimë con su cruel escarcha mientras se acercaban todavía a las Fuentes del Narog.

Allí al cabo de la noche fatigosa, hicieron alto a la luz gris del alba; y Voronwë estaba desanimado y miraba en torno con aflicción y temor. Donde otrora había estado el hermoso estanque de Irvin, en su gran cuenco de piedra abierto por la caída de las aguas, y todo alrededor había sido una hondonada cubierta de árboles bajo las colinas, veía ahora una tierra mancillada y desolada. Los árboles estaban quemados y arrancados de raíz; y los bordes de piedra del estanque estaban rotos, de modo que las aguas de Irvin se extendían en un gran pantano estéril entre las ruinas. Todo era ahora un cenegal de lodo congelado, y un hedor de corrupción cubría el suelo como una niebla inmunda.

—¡Ay! ¿Ha llegado el mal por aquí? —exclamó Voronwë—. Otrora este sitio estaba lejos de la amenaza de Angband; pero los dedos de Morgoth llegan cada vez más lejos.

—Es lo que Ulmo me dijo —recordó Tuor—: *«Las fuentes están envenenadas, y mi poder se retira de las aguas de la tierra»*.

—Sí —dijo Voronwë—, un mal ha estado aquí de fuerza más grande que la de los Orcos. El miedo se demora en este sitio. —Y examinó a su alrededor los bordes del lodo hasta que de repente se detuvo y gritó—: ¡Sí, un gran mal! —E hizo señas a Tuor, y Tuor al acercarse vio una gran hendedura, como un surco que avanzaba hacia el Sur, y a cada lado, ora borrosas, ora firme y claramente selladas por la nieve, las huellas de unas grandes garras—. ¡Mirad! —dijo Voronwë, la cara pálida de repugnancia y miedo—. ¡Aquí estuvo hace no mucho el Gran Gusano de Angband, la más fiera de todas las criaturas del Enemigo! Mucho se ha retrasado ya el recado que tenemos para Turgon. Es necesario darse prisa.

Mientras así hablaba, oyeron un grito en los bosques, y se quedaron inmóviles como piedras grises, escuchando. Pero la voz era una hermosa voz, aunque apenada, y parecía decir un nombre como quien busca a alguien que se ha perdido. Y mientras aguardaban, una figura surgió de entre los árboles, y vieron que era un hombre alto armado, vestido de negro, con una larga espada envainada; y se asombraron, porque la hoja de la espada era también negra, pero el filo brillaba claro y frío. Tenía el dolor grabado en la cara, y cuando vio la ruina de Irvin clamó en alta voz apenado, diciendo:

—¡Irvin, Faelivrin! ¡Gwindor y Beleg! Aquí una vez fui curado. Pero ahora, nunca más beberé el trago de la paz.

Entonces se volvió rápido hacia el Norte como quien persigue a alguien o tiene un cometido de gran prisa, y lo oyeron gritar *Faelvrin, Findulias!* hasta que la voz se perdió en los bosques. Pero ellos no sabían que Nargothrond había caído y que éste era Túrin, hijo de Húrin, la Espada Negra. Así, sólo por un momento, y nunca otra vez, se cruzaron los caminos de estos dos parientes, Túrin y Tuor.

Cuando la Espada Negra hubo pasado, Tuor y Voronwë siguieron adelante por un rato, aunque ya era de día; porque el recuerdo de la desdicha de Túrin les pesaba, y no podían soportar quedarse junto a la profanación de Irvin. Pero no tardaron en buscar un sitio donde ocultarse, porque toda la tierra estaba llena ahora de presagios de mal. Durmieron poco e intranquilos, y cuando transcurrió el día y cayeron las sombras, empezó a nevar, y con la noche llegó una mordiente escarcha. En adelante la nieve y el hielo no cedieron nunca durante cinco meses; el Fiero Invierno, mucho tiempo recordado, tuvo sometido el Norte. Ahora el frío atormentaba a Tuor y a Voronwë, y temían que la nieve los revelara a sus enemigos, o que pudieran caer en peligros ocultos traicioneramente enmascarados. Nueve días siguieron adelante, de manera cada vez más lenta y penosa, y Voronwë se desvió algo hacia el Norte, hasta que cruzaron los tres brazos del Teiglin; y luego se encaminó otra vez hacia el Este abandonado de las montañas, y avanzó precavido, hasta que pasaron el Glithui y llegaron a la corriente del Malduin, y estaba cubierto de negra escarcha.

Entonces Tuor le dijo a Voronwë:

—Fiera es la escarcha y la muerte está cerca de mí, y quizá también de ti. —Pues se encontraban ahora en un verdadero aprieto: hacía ya mucho que no conseguían alimento en tierras desoladas, y el pan de viaje menguaba; y tenían frío y estaban fatigados.

—Malo es estar atrapados entre la Maldición de los Valar y la Malicia del Enemigo —dijo Voronwë—. ¿He escapado de las bocas del mar para caer aquí y morir sepultado bajo la nieve?

Pero Tuor dijo:

—¿Cuánto tenemos que avanzar todavía? Porque, Voronwë, ya no has de tener secretos para mí. ¿Me llevas por camino directo, y adónde? Pues si tengo que consumir mis últimas fuerzas, quiero saber al menos con qué beneficio.

—Os he conducido tan directamente como me pareció posible —respondió Voronwë—. Sabed pues ahora que Turgon habita aún en el Norte de la tierra de los Eldar, aunque pocas gentes lo creen. Ya estamos cerca de él. No obstante, hay todavía muchas leguas que recorrer, aun a vuelo de pájaro; todavía nos espera el Sirion por delante, que hemos de cruzar, y quizá encontremos grandes males en el camino. Porque llegaremos pronto al Camino que otrora descendía desde las Minas de Rey Finrod hasta Nargothrond. Por allí andan y vigilan los sirvientes del Enemigo.

—Me tenía por el más resistente de los Hombres —dijo Tuor—, y he soportado muchas penurias de invierno en las montañas; pero entonces tenía al menos una cueva para abrigarme, y fuego, y dudo ahora que las fuerzas me alcancen para seguir así mucho más, hambriento y en un tiempo tan fiero. Pero continuemos mientras sea posible, antes que la esperanza se agote.

—No tenemos otra elección —dijo Voronwë—, salvo la de yacer aquí tendidos y aguardar el sueño de la nieve.

Por tanto, todo ese amargo día avanzaron trabajosamente, pensando menos en el peligro del enemigo que en el invierno;

pero a medida que seguían adelante no era tanta la nieve con que se topaban, pues iban nuevamente hacia el Sur, descendiendo por el Valle del Sirion, y las Montañas de Dor-lómin quedaron muy atrás. En las primeras sombras del crepúsculo llegaron al Camino al pie de una elevación arbolada. De pronto advirtieron que estaban oyendo voces, y al mirar cautelosos por entre los árboles, vieron abajo una luz roja. Una compañía de Orcos había acampado en medio del camino, amontonados en torno a un fuego de leña.

—*Gurth an Glamhoth!* —musitó Tuor—. ¡La espada saldrá ahora de debajo de la capa! Arriesgaré la vida por apoderarme de ese fuego, y aun la carne de los Orcos sería un regalo.

—¡No! —dijo Voronwë—. En esta misión sólo la capa es de utilidad. Tenéis que renunciar al fuego, a Turgon. Esta banda no está sola en las tierras desoladas: ¿Vuestros ojos mortales no pueden distinguir las llamas distantes de otros puestos al Norte y al Sur? Un alboroto atraería sobre nosotros a todo un ejército. ¡Escuchadme, Tuor! Es contrario a la ley del Reino Escondido acercarse a las puertas con enemigos a tus talones; y esa ley no quebrantaré, ni por orden de Ulmo ni por la muerte. Alerta a los Orcos y te abandono.

—Los dejaré estar entonces —dijo Tuor—. Pero viva yo para ver el día en que no haya que esquivar a un puñado de Orcos como perro acobardado.

—¡Ven, pues! —dijo Voronwë—. Ya no discutas más o nos olfatearán. ¡Sígueme!

Se arrastró entonces por entre los árboles, marchando hacia el Sur con el viento, seguido por Tuor, hasta que estuvieron a mitad de camino entre el primero fuego de los Orcos y el siguiente. Allí Voronwë se detuvo largo rato, escuchando.

—No oigo a nadie que se mueva en el camino —dijo—, pero no sabemos qué pueda acechar las sombras. —Atisbó en la penumbra y se estremeció—. Hay un mal en el aire —musitó—. ¡Ay! Más allá se encuentra la tierra de nuestra misión y nuestra esperanza de vida, pero la muerte camina por el medio.

—La muerte nos rodea por todas partes —dijo Tuor—. Pero sólo me quedan fuerzas para el camino más corto. Aquí he de cruzar o perecer. Confiaré en el manto de Ulmo y también a ti te cubrirá. ¡Ahora seré yo el que conduzca!

Así diciendo, se deslizó hasta el borde del camino, y abrazando allí a Voronwë arrojó sobre ambos los pliegues de la capa gris del Señor de las Aguas, y se adelantó.

Todo estaba en silencio. El viento frío suspiraba barriendo la antigua ruta, y luego también él calló. En la pausa, Tuor advirtió un cambio en el aire, como si el aliento de la tierra de Morgoth hubiera cesado un momento, y una brisa leve que parecía recuerdo del Mar vino desde el Oeste. Como una neblina gris en el viento cruzaron la calle empedrada y penetraron en la maleza por el borde oriental.

De pronto, desde muy cerca, se oyó un grito frenético, y muchos otros le respondieron a lo largo de los bordes del camino. Un cuerno áspero resonó y se oyó un ruido de pies a la carrera. Pero Tuor no se detuvo. Había aprendido bastante de la lengua de los Orcos durante su cautiverio como para conocer el significado de esos gritos: los guardias los habían olfateado y los habían oído, aunque no podían verlos. Se había desatado la caza. Desesperadamente tropezó y se arrastró junto con Voronwë, trepando por una prolongada cuesta cubierta de una espesura de tojos y arándanos, entre nudos de sebrales y abedules enanos. En la cima de la cuesta se detuvieron escuchando los gritos detrás de ellos, y el ruido de los matorrales aplastados por los Orcos.

Junto a ellos había una piedra que se alzaba sobre una maraña de brezos y zarzas, y por debajo había una guarida como la que había buscado y anhelado una bestia perseguida para evitar la caza, o por lo menos para vender cara su vida, de espaldas a la piedra. Tuor arrastró a Voronwë hacia abajo a la sombra oscura, y uno junto a otro, cubiertos por la capa gris, yacieron mientras jadeaban como zorros cansados. Ni una palabra hablaron; eran todo oídos.

Los gritos de los cazadores se hicieron más débiles; porque los Orcos nunca se internaban demasiado en tierras salvajes a un lado y otro del camino, y se contentaban con patrullar el camino en una y otra dirección. Pero se cuidaban de los fugitivos perdidos, pero temían a los espías y a los exploradores de las fuerzas enemigas; porque Morgoth había montado una guardia en la ruta no para atrapar a Tuor y a Voronwë (de quienes nada sabía aún), ni a nadie que viniera del Oeste, sino para vigilar a la Espada Negra por temor de que se escapara y siguiera a los cautivos de Nargothrond, quizá con la ayuda de Doriath.

Llegó la noche y un triste silencio pesó otra vez sobre las tierras desoladas. Cansado y agotado, Tuor durmió bajo la capa de Ulmo; pero Voronwë se arrastró y se mantuvo erguido como una piedra, silencioso, inmóvil, tratando de ver en las sombras con sus ojos de Elfo. Al romper el día despertó a Tuor, y arrastrándose fuera de la guarida vio que en verdad el tiempo había mejorado un tanto y que las nubes negras se habían retirado. El alba era roja y alcanzaba a ver a lo lejos la cima de unas extrañas montañas que resplandecían al fuego del Este.

Entonces Voronwë dijo en voz baja:

—*Alae! Ered en Echoriath. Ered e·mbar nín!* [Las Montañas Circundantes, las montañas de mi hogar.] —Porque sabía que estaba contemplando las Montañas Circundantes y los muros del reino de Turgon. Por debajo de ellos, hacia el Este, en un valle profundo y oscuro, corría Sirion el bello, renombrado por su canto; y más allá, envuelta en niebla, ascendía una tierra gris desde el río hasta las colinas quebradas al pie de las montañas—. Allí se encuentra Dimbar —dijo Voronwë—. ¡Ojalá ya hubiéramos llegado! Porque rara vez nuestros enemigos se aventuran hasta allí. O así era al menos cuando el poder de Ulmo dominaba Sirion. Pero puede que haya cambiado ahora; salvo el peligro que presenta el río: es profundo y rápido, y peligroso de cruzar aun para los Eldar. Pero te he conducido bien; porque allí, aunque algo hacia el Sur, refulge el Vado de Brithiach, donde el Camino del Este, que antaño conducía a Taras en el Oeste, atravesaba el río. Nadie ahora se atreve a utilizarlo, salvo en caso de desesperada necesidad, ni Elfo ni Hombre ni Orco, pues el camino conduce a Dungortheb y la tierra de terror entre el Gorgoroth y el Cinturón de Melian; y desde hace ya mucho tiempo se ha confundido con los matorrales, y no es más que una huella cubierta de malezas y espinos.

Entonces Tuor miró hacia donde señalaba Voronwë, y vio a lo lejos un resplandor de aguas extendidas a la escasa luz del amanecer; pero más allá asomaba el oscuro bosque de Brethil y escalaba hacia el Sur las distintas tierras elevadas. Avanzaron con cautela por el extremo del valle, y al fin llegaron al antiguo camino que bajaba hasta los bordes de Brethil, donde cruzaba la ruta de Nargothrond. Entonces Tuor vio que estaban cerca del Sirion. Las orillas estaban quebradas en aquel sitio, y las aguas, interceptadas por grandes desechos de piedras, se extendían en amplios bajíos, donde murmuraban unos temblorosos arroyos. Un poco más allá, el río se recogía otra vez y, excavando un nuevo lecho, seguía fluyendo hacia el bosque, y se desvanecía a lo lejos en una niebla profunda que la mirada no podía penetrar; porque allí estaban, aunque él no lo sabía, la frontera septentrional de Doriath, a la sombra del Cinturón de Melian.

Inmediatamente Tuor quiso ir de prisa hacia el vado, pero Voronwë se lo impidió diciendo:

—No podemos cruzar el Brithiach en pleno día, mientras haya una posibilidad de que estén periguiéndonos.

—¿Nos sentaremos entonces aquí hasta pudrirnos? —le dijo Tuor—. Porque esa duda persistirá mientras dure el reino de Morgoth. ¡Ven! Bajo la sombra de la capa de Ulmo tenemos que seguir adelante.

Aún Voronwë vacilaba y miraba atrás hacia el Oeste; pero el sendero estaba desierto y todo en derredor era silencio salvo por el murmullo del agua. Miró a lo alto y el cielo estaba gris y vacío, sin pájaros. Y de pronto la cara se le iluminó de alegría y exclamó en voz alta:

—¡Todo está bien! Los enemigos del Enemigo guardan todavía el Brithiach. Los Orcos no nos seguirán hasta aquí; y bajo la capa podemos cruzar ahora, sin esperar más.

—¿Qué has visto de nuevo? —preguntó Tuor.

—¡Muy corta es la vista de los Hombres Mortales! —dijo Voronwë—. Veo las águilas de Crissaegrim, y vienen hacia aquí. ¡Observa un momento!

Entonces Tuor se quedó mirando fijamente; y pronto, altas en el aire, vio a tres formas que batían unas fuertes alas y descendían de los picos distantes coronados de nubes. Lentamente bajaban en grandes círculos, y luego se lanzaron rápido sobre los viajeros, pero antes que Voronwë pudiera llamarlas, giraron veloces y se alejaron volando hacia el Norte a lo largo de la línea del río.

—Vayamos ahora —dijo Voronwë—. Si hay un Orco en las cercanías estará acobardado, con las narices aplastadas contra el suelo, hasta que se hayan alejado las águilas.

Descendieron de prisa por una larga cuesta y cruzaron el Brithiach, andando a menudo con los pies secos sobre bancos de piedras, o vadeando los bajíos con el agua no más que hasta las rodillas. Fría y clara era el agua, y había hielo sobre los estanques poco profundos, donde las corrientes errantes habían perdido el camino entre las piedras; pero nunca, ni siquiera en el Fiero Invierno de la Caída de Nargothrond, pudo el mortal aliento del Norte helar el flujo central del Sirion.

Al otro extremo del vado, llegaron a una cañada que parecía el lecho de una antigua corriente, y en la que no fluía ahora agua alguna; no obstante, según parecía, un torrente había abierto un profundo canal, descendiendo del Norte de las montañas de las Echoriath y transportando desde allí todas las piedras del Brithiach al Sirion.

—¡Por fin la encontramos después de agotada toda la esperanza! —exclamó Voronwë—. ¡Mira! Aquí está la desembocadura del Río Seco y éste es el camino que hemos de tomar.

Entonces entraron en la cañada, de laderas cada vez más altas a medida que giraba hacia el Norte, donde el terreno era más empinado. Y Tuor tropezaba en la penumbra, entre las piedras que cubrían el lecho.

—Sin embargo, es el camino que lleva a Turgon —dijo Voronwë.

—Tanto más me maravillo entonces —le dijo Tuor— que el acceso permanezca abierto y sin guardia. Me figuraba que encontraría un gran portal poderosamente guardado.

—Espera y verás —dijo Voronwë—. Éste es solo el comienzo. Lo llamé un camino; sin embargo, nadie lo ha recorrido durante más de trescientos años, salvo mensajeros, pocos y en secreto, y todo el arte de los Noldor se ha concentrado en ocultarlo desde que lo tomó el Pueblo Escondido. ¿Permanece abierto, dices? ¿Lo habrías conocido si no hubieras tenido a alguien del Reino Escondido como guía? ¿O habrías pensado que no era sino la obra del viento y de las aguas del desierto? Y ¿no has visto las águilas? Son el pueblo de Thorondor que vivieron otrora en Thangorodrim antes que Morgoth cobrara tanto poder, y viven ahora en las Montañas de Turgon desde la caída de Fingolfin. Sólo ellas con excepción de los Noldor conocen el Reino Escondido, y guardan los cielos sobre él, aunque hasta ahora ningún sirviente del Enemigo se ha atrevido a ascender a las alturas del aire; y llevan al Rey muchas nuevas de todo lo que se mueve en las tierras de fuera. Si hubiéramos sido Orcos, se nos hubieran echado encima y nos habrían arrojado sobre rocas despiadadas.

—No lo dudo —dijo Tuor—. Pero me pregunto también si la noticia de nuestra cercanía no le llegará a Turgon antes que nosotros. Y sólo tú puedes decir si eso es bueno o malo.

—Ni bueno ni malo —dijo Voronwë—. Porque no podemos atravesar las Puertas Guardadas inadvertidos, se nos espere o no; y si llegamos allí, los guardianes no necesitarán que se les advierta que no somos Orcos. Pero para pasar necesitaremos de mejores argumentos. Porque no sabes, Tuor, a qué peligro estaremos expuestos entonces. No me culpes como quien está desprevenido de lo que pueda ocurrir. ¡Que se manifieste en verdad el poder del Señor de las Aguas! Porque sólo por esa esperanza he consentido en ser tu guía, y si falla, con más seguridad moriremos entonces que por todos los peligros del desierto y el invierno.

Pero Tuor le dijo:

—¡Déjate de pronósticos! La muerte en el desierto es segura; y la muerte ante las Puertas es para mí dudosa todavía, a pesar de todas tus palabras. ¡Adelante, condúceme!

Muchas millas avanzaron con trabajo por las piedras del Río Seco, hasta que ya no pudieron más, y la noche derramó oscuridad sobre la cañada profunda; treparon entonces a la orilla oriental y llegaron a las colinas derrumbadas al pie de las montañas. Y al mirar arriba, Tuor vio que se elevaban como ninguna otra montaña que hubiera visto nunca; porque las laderas eran como muros escarpados, apilados todo por encima, y por detrás del más bajo, como si fueran grandes torres y precipicios escalonados. Pero el día se había desvanecido, y todas las tierras estaban grises y neblinosas, y la sombra amortajaba el Valle del Sirion. Entonces Voronwë lo llevó a una cueva poco profunda, que se abría en la ladera de una colina sobre las solitarias cuestas de Dimbar, y se metieron dentro arrastrándose, y allí se quedaron escondidos; y se comieron los últimos mendrugos de alimento, y tenían frío y estaban cansados, pero no durmieron. Así llegaron Tuor, en el crepúsculo del décimo octavo día de Hísimë, el trigésimo séptimo de su viaje, y por el poder de Ulmo escaparon tanto del Destino como de la Malicia.

Cuando el primer resplandor del día se filtró gris a través de las nieblas de Dimbar, volvieron arrastrándose al Río Seco, y pronto el curso se desvió hacia el Este, serpenteando en ascenso por entre los muros mismos de las montañas; y delante de ellos había un gran precipicio escarpado que se levantaba de pronto en una pendiente cubierta de una enmarañada maleza de espinos. En esa maleza penetraba el pétreo canal y allí estaba todavía oscuro como la noche; e hicieron alto, porque los espinos crecían espesos a ambos lados del lecho, y las ramas entrelazadas formaban una densa techumbre, de modo que Tuor y Voronwë a menudo tenían que arrastrarse como bestias que vuelven furtivas a su guarida subterránea.

Pero por último, cuando con gran esfuerzo llegaron al pie mismo del acantilado, encontraron una falla, parecida a la boca de un túnel abierto en la dura roca por aguas que fluyeran del corazón de los montes. Penetraron por ella y dentro no había ninguna luz, pero Voronwë avanzó sin vacilar; Tuor lo seguía con una mano apoyada en el hombro de Voronwë, e inclinándose un poco pues el techo era bajo. Así, por un tiempo anduvieron a ciegas, hasta que sintieron que el suelo se había nivelado y ya no había pedruscos sueltos. Entonces hicieron un alto y respiraron profundamente, escuchando. El aire parecía puro, fresco, y tenían la impresión de un gran espacio en derredor y por encima de ellos; pero todo era silencio, y ni siquiera podía oírse el goteo de agua. Le pareció a Tuor que Voronwë estaba perturbado y perplejo, y le susurró:

—¿Dónde están las Puertas Guardadas? ¿O es que en verdad las hemos pasado ya?

—No —dijo Voronwë—. Pero me asombra que nadie pueda llegar hasta aquí sin ser estorbado. Me temo un ataque en la oscuridad.

Pero sus susurros despertaron los ecos dormidos y se agrandaron y se multiplicaron y recorrieron el techo y las paredes invisibles siseando y murmurando como el sonido muchas voces furtivas. Y cuando los ecos morían en la piedra, Tuor oyó desde el corazón de la oscuridad una voz que hablaba en lenguas élficas: primero en la Alta Lengua de los Noldor, que no conocía; y luego en la lengua de Beleriand, aunque con inflexiones algo extrañas, como las de un pueblo que hace mucho tiempo se separó de sus hermanos.

—¡Alto! —le decía—. ¡No os mováis! O moriréis, seáis amigos o enemigos.

—Somos amigos —dijo Voronwë.

—Entonces haced lo que os ordene —les dijo la voz.

El eco de las voces se apagó en el silencio. Voronwë y Tuor permanecieron inmóviles, y le pareció a Tuor que transcurrirían muchos lentos minutos, y sintió un miedo en el corazón, como en ningún otro de sus pasados peligros. Entonces se oyó un ruido de pasos, que crecieron hasta parecer que unos trolls martilleaban en aquel sitio sonoro. De repente, alguien descubrió una lámpara élfica, y los brillantes rayos enfocaron primero a Voronwë, pero Tuor no pudo ver nada más que una estrella deslumbrante en la sombra; y supo que mientras ese rayo lo iluminara no podría moverse para huir ni avanzar.

Por un momento fueron mantenidos así en el ojo de la luz, y luego la voz volvió a hablar diciendo:

—¡Mostrad vuestras caras! —Y Voronwë echó atrás la capucha y la cara resplandeció en la luz, clara y dura, como grabada en piedra; y su belleza maravilló a Tuor. Entonces habló con orgullo diciendo—: ¿No conoces a quien estás mirando? Soy Voronwë, hijo de Aranwë, de la Casa de Fingolfin. ¿O al cabo de uno pocos años se me ha olvidado en mi propia tierra? Mucho más allá de los confines de la Tierra Media he viajado, pero aún no recuerdo tu voz, Elemmakil.

—Entonces recordará también Voronwë las leyes de su tierra —dijo la voz—. Puesto que partió por mandato, tiene derecho a retornar. Pero no a traer aquí a forastero alguno. Por esa acción pierde todo derecho, y ha de ser llevado prisionero ante el juicio del rey. En cuanto al forastero, será muerto o mantenido cautivo según juicio de la Guardia. Traedlo aquí para que yo pueda juzgar.

Entonces Voronwë condujo a Tuor a la luz, y entretanto muchos Noldor vestidos de malla y armados avanzaron de la oscuridad, y los rodearon con espadas desenvainadas. Y Elemmakil, capitán de la Guardia, que portaba la lámpara brillante, los miró larga y detenidamente.

—Eso es extraño en ti, Voronwë —dijo—. Hemos sido amigos durante mucho tiempo. ¿Por qué, entonces, me pones así tan cruelmente entre la ley y la amistad? Si hubieras traído aquí a un intruso de alguna de las otras casas de los Noldor, ya habría sido bastante. Pero has traído al conocimiento del Camino a un Hombre mortal, porque veo en sus ojos a qué linaje pertenece. No obstante jamás podrá partir en libertad, puesto que conoce el secreto; y como a alguien de linaje extraño que ha osado entrar, tendría que matarlo... aun cuando fuera tu queridísimo amigo.

—En las vastas tierras de fuera, Elemmakil, muchas cosas extrañas pueden acaecerle a uno, y misiones inesperadas pueden imponérsele —contestó Voronwë—. Otro será el viajero al volver que el que partió. Lo que he hecho lo he hecho por un mandato más grande que la ley de la Guardia. El Rey tan sólo ha de juzgarme, y a aquel que viene conmigo.

Entonces habló Tuor y ya no sintió miedo.

—Vengo con Voronwë, hijo de Aranwë, porque el Señor de las Aguas lo designó para que me guiara. Con este fin fue librado de la Condenación de los Valar y de la cólera del Mar. Porque traigo un recado de Ulmo para el hijo de Fingolfin y con él hablaré.

Entonces Elemmakil miró con asombro a Tuor.

—¿Quién eres, pues? ¿Y de dónde vienes?

—Soy Tuor, hijo de Huor, de la Casa de Hador y de la parentela de Hurin, y estos nombres, se cuenta, no son desconocidos en el Reino Escondido. He pasado desde Nevrast por muchos peligros para encontrarlo.

—¿Desde Nevrast? —preguntó Elemmakil—. Se dice que nadie vive allí desde la partida de nuestro pueblo.

—Se dice con verdad —respondió Tuor—. Vacíos y helados están los patios de Vinyamar. No obstante, de allí vengo. Llevadme ahora ante el que construyó esas estancias antaño.

—En asuntos de tanto monto, no me cabe decidir —dijo Elemmakil—. Por tanto he de llevarte a la luz donde puedas ser revelado y te entregaré a la Guardia del Gran Portal.

Entonces dio voces de mando y Tuor y Voronwë fueron rodeados de altos guardianes, dos por delante y tres por detrás de ellos; y el capitán los llevó desde la caverna de la Guardia Exterior y entraron, según parecía, a un pasaje recto, y por allí anduvieron largo rato por un suelo nivelado hasta que una pálida luz brilló adelante. Así llegaron por fin a un amplio arco con altas columnas a cada lado, talladas en la roca, y en el medio habría un portal de barras de madera cruzadas maravillosamente talladas y tachonadas con clavos de acero.

Elemmakil lo tocó, y el portal se alzó lentamente y siguieron adelante; y Tuor vio que se encontraban en el extremo de un barranco. Nunca había visto nada igual ni había alcanzado a imaginarlo, aunque había andado por las montañas del desierto del Norte; porque junto al Orfalch Echorm, el Cirith Ninniach no era sino una grieta en la roca. Aquí las manos de los mismos Valar, durante las antiguas guerras de los inicios del mundo, habían separado las grandes montañas, y los lados de la hendedura con espacio escarpados, como si hubieran sido abiertos con un hacha, y se alzaban a alturas incalculables. Allí arriba a lo lejos corría una cinta de cielo, y sobre su profundo azul se recortaban unas cumbres oscuras y unos pináculos dentados, remotos, pero duros, crueles como lanzas. Demasiado altos eran esos muros poderosos para que el sol del invierno llegara a dominarlos, y aunque era ahora pleno día, unas estrellas pálidas titilaban sobre las cimas de las montañas, y abajo todo estaba en penumbra, salvo por la desmayada luz de las lámparas colocadas junto al camino ascendente. Porque el suelo del barranco subía empinado hacia el Este, y a la izquierda Tuor vio al lado del lecho de la corriente un ancho camino pavimentado de piedras, que ascendía serpenteando hasta desvanecerse en la sombra.

—Habéis atravesado el Primer Portal, el Portal de Madera —dijo Elemmakil—. Ése es el camino. Tenemos que apresurarnos.

Cuán largo era aquel profundo camino, Tuor no podía saberlo, y mientras miraba fijamente hacia delante, un gran cansancio lo ganó, como una nube. Un viento helado siseaba sobre la cara de las piedras, y él se envolvió en la capa. —¡Frío sopla el viento del Reino Escondido! —dijo.

—Sí, en verdad —dijo Voronwë—, a un forastero podría parecerle que el orgullo ha vuelto despiadados a los servidores de Turgon. Largas y duras parecen las leguas de las Siete Puertas al hambriento y al cansado del viaje.

—Si nuestra ley fuera menos severa, hace ya mucho que la astucia y el odio nos habrían descubierto y destruido. Eso bien lo sabéis —dijo Elemmakil—. Pero no somos despiadados. Aquí no hay alimentos y el forastero no puede volver a cruzar la puerta, una vez que la ha franqueado. Tened, pues, un poco de paciencia y en la Segunda Puerta encontraréis alivio.

—Bien está —dijo Tuor, y avanzó como se le ha dicho. Al cabo de un rato se volvió y vio que sólo Elemmakil junto con Voronwë lo seguían—. No hacen falta más guardianes —dijo Elemmakil leyéndole el pensamiento—. Del Orfalch no se puede escapar y no hay camino de vuelta.

De este modo ascendieron el camino empinado, a veces por largas escaleras, otras por cuestas ondulantes bajo la intimidante sombra del acantilado, hasta que a una media legua poco más o menos de la Puerta de Madera, Tuor vio que el camino estaba bloqueado por un gran muro que cruzaba el barranco de lado a lado, con robustas torres de piedra en cada extremo. En la pared había una gran arcada sobre el camino, pero parecía que los albañiles la habían cerrado con una única poderosa piedra. Cuando se acercaron, la oscura y pulida superficie resplandecía a la luz de una lámpara blanca que colgaba en medio del arco.

—Aquí se encuentra el Segundo Portal, el Portal de Piedra —dijo Elemmakil. Y yendo hacia él le dio un ligero empellón. La piedra giró sobre un pivote invisible hasta que los enfrentó de canto, dejando abierto el camino a un lado y a otro; y ellos pasaron y entraron en un patio donde había muchos guardianes armados vestidos de gris. Nadie dijo nada, pero Elemmakil condujo a los que tenía bajo custodia a una cámara bajo la torre septentrional; y allí se les llevó alimentos y vino y se les permitió descansar un momento.

—Escaso puede parecer el alimento —dijo Elemmakil a Tuor—. Pero si lo que pretendes resulta verdadero, se te compensará con creces.

—Es bastante —le dijo Tuor—. Débil sería el corazón que necesitara remedio mejor. —Y en verdad tal alivio recibió de la bebida y la comida de los Noldor, que pronto estuvo dispuesto a partir otra vez.

Al cabo de un corto trecho se toparon con un muro más alto todavía y más fuerte que el anterior, y en él se abría el tercer Portal, el Portal de Bronce: un gran portal de dos hojas recubiertas de escudos y placas de bronce en los que había grabados muchas figuras y signos extraños. Sobre el muro, por encima del dintel, había tres torres cuadradas, techadas y revestidas de cobre, que (por algún recurso de hábil herrería) brillaba siempre y resplandecía como fuego a los rayos de las lámparas rojas, alineadas como antorchas a lo largo del muro. Otra vez silenciosos cruzaron la puerta y vieron en el patio del otro lado una compañía de guardianes todavía mayor, con trajes de malla que brillaban como fuego opacado; y las hojas de las hachas eran rojas. Del linaje de los Sindar de Nevrast eran la mayoría de los que guardaban esta puerta.

Llegaron entonces a lo más trabajoso del camino, porque en medio del Orfalch la cuesta era empinada como en ningún sitio, y mientras subían Tuor vio unos muros todavía más altos, que se levantaban oscuros sobre él. Así, por fin, se acercaron al Cuarto

Portal, el Portal de Hierro Retorcido. Alto y negro era el muro y ninguna lámpara lo iluminaba. Sobre él había cuatro torres de hierro, y entre las dos del medio asomaba la figura de un águila enorme labrada en hierro, a semejanza del Rey Thorondor cuando bajando de los cielos más altos se posa sobre la cima de una montaña. Pero cuando Tuor estuvo frente a la puerta, asombrado, tuvo la impresión de que estaba mirando a través de las ramas y los troncos de unos árboles imperecederos un pálido valle de la Luna. Porque una luz venía a través de las tracerías de la puerta, forjadas y batidas en forma de árboles, con raíces retorcidas y ramas entretejidas cargadas de hojas y de flores. Y al pasar al otro lado, vio cómo esto era posible; porque la puerta era de un grosor considerable, y no había un solo enrejado, sino tres en sucesión, puestos de tal modo que para quien venía por medio del camino eran parte del conjunto; pero la luz de más allá era la luz del día.

Porque habían subido ahora hasta una gran altura sobre las tierras bajas donde habían iniciado el camino, y más allá del Portal de Hierro el camino era casi llano. Además, habían atravesado la corona y el corazón de las Echoriath, y las torreadas montañas se precipitaban ahora bajando y transformándose en colinas, y el desfiladero se ensanchaba y los lados se volvían menos escarpados. Las amplias laderas estaban cubiertas de nieve, y la luz del cielo reflejada en la nieve llegaba como la luz de la luna a través de la neblina clara que flotaba en el aire.

Pasaron entonces por medio de las filas de la Guardia de Hierro que estaba detrás del Portal; de mantos, mallas y largos escudos negros; y las viseras de pico de águila de los cascos les cubrían las caras. Entonces Elemmakil fue hacia ellos y ellos lo siguieron hasta la pálida luz; y Tuor vio junto al camino de hierba en la que resplandecían como estrellas las blancas flores de *uilos*, la siempreviva que no conoce estaciones y que jamás se marchita; y así, maravillado y con el corazón aliviado, fue conducido al Portal de Plata.

El muro del Quinto Portal estaba construido de mármol blanco, y era bajo y macizo, y el parapeto era un enrejado de plata entre cinco grandes globos de mármol; y había allí muchos arqueros vestidos de blanco. La puerta tenía la forma de tres arcos de círculo, y estaba hecha de plata y de perlas de Nevrast a semejanza de la Luna; pero sobre el Portal, en medio del globo, se levantaba la imagen del Árbol Blanco de Telperion, de plata y malaquita, con flores hechas con las grandes perlas de Balar. Y más allá del Portal, en un amplio patio pavimentado de mármol verde y blanco, había arqueros con malla de plata y yelmos de cresta blanca, un centenar de ellos a cada lado. Entonces Elemmakil condujo a Tuor y a Voronwë a través de las filas silenciosas y entraron en un largo camino blanco que llevaba derecho al Sexto Portal; y mientras avanzaban, las veredas de hierba a la vera del camino se hacían más anchas, y entre las blancas estrellas de *uilos*, se abrían muchas flores menudas, como ojos de oro.

Así llegaron al Portal Dorado, el último de los antiguos portales de Turgon construidos antes de la Nirnaeth; y era muy semejante al Portal de Plata, salvo que el muro estaba hecho de mármol amarillo y los globos y el parapeto eran de oro rojo; y había seis globos, y en medio, sobre una pirámide dorada, se levantaba la imagen de Laurelin, el Árbol del Sol, con las flores de topacio labradas en largos racimos, engarzados en cadenas de oro. Y el Portal mismo estaba adornado con discos de oro de múltiples rayos, a semejanza del Sol, engarzados en medio de figuras de granate y topacio y diamantes amarillos. En el patio del otro lado había trescientos arqueros con largos arcos, y las cotas de malla eran doradas, y unas largas plumas doradas les coronaban los yelmos; y los grandes escudos redondos eran rojos como llamas de fuego.

Ahora el sol bañaba el camino que tenían por delante, porque los muros de las colinas eran bajos a cada lado, y verdes, salvo por la nieve que cubría las cimas; y Elemmakil avanzó de prisa porque se acercaban al Séptimo Portal, llamado el Grande, el Portal de Acero que Maeglin labró después de volver de la Nirnaeth, a través de la amplia entrada al Orfalch Echor.

No había allí ningún muro, pero a cada lado se levantaban dos torres redondas de gran altura, con múltiples ventanas escalonadas en siete plantas que culminaban en una torrecilla de acero brillante, y entre las torres había un poderoso cerco de acero que no se oxidaba, y resplandecía frío y pulido. Había siete grandes columnas de acero, con la altura y la circunferencia de fuertes árboles jóvenes, pero terminadas en una punta cruel afilada como una aguja; y entre las columnas había siete travesaños de acero verticales, coronadas de láminas como lanzas. Pero en el centro, sobre la columna central y la más grande, se levantaba una poderosa imagen del yelmo real de Turgon: la Corona del Reino Escondido, toda engarzada de diamantes.

No veía Tuor puerta ni portal en este poderoso seto de acero, pero al acercarse a través de los espacios entre las barras, le pareció que una luz deslumbrante venía hacia él, y tuvo que escudarse los ojos y detenerse inmóvil de miedo y maravilla. Pero Elemmakil avanzó y ninguna puerta se abrió; pero golpeó una barra y el cerco resonó como un arpa de múltiples cuerdas que emitió unas claras notas armónicas que fueron repitiéndose de torre en torre.

En seguida surgieron jinetes de las torres, pero delante de los de la torre septentrional venía uno montado en un caballo blanco; y desmontó y avanzó hacia ellos. Y alto y noble como era Elemmakil, más alto y más señorial todavía era Ecthelion, Señor de las Fuentes, por ese tiempo Guardián de la Gran Puerta. Vestía todo de plata, y sobre el yelmo resplandeciente llevaba un dardo de acero terminado en un diamante; y cuando el escudero le tomó el escudo, éste brilló como cubierto de gotas de lluvia, que eran en verdad un millar de tachones de cristal.

Elemmakil lo saludó y dijo:

—He traído aquí a Voronwë Aranwion, que vuelve de Balar; y he aquí el extranjero que él ha conducido y que demanda ver al Rey.

Entonces Ecthelion se volvió hacia Tuor, pero éste se envolvió en su capa y guardó silencio frente a él; y le pareció a Voronwë que una neblina cubría a Tuor y que había crecido en estatura, de modo que el extremo de la capucha sobrepasaba el yelmo del señor élfico, como si fuera la cresta gris de una ola marina que se precipita a tierra. Pero Ecthelion posó su brillante mirada sobre Tuor y al cabo de un silencio habló gravemente diciendo:[7]

—Has llegado hasta el Último Portal. Entérate pues que ningún extranjero que lo atraviese volverá a salir otra vez, salvo por la puerta de la muerte.

—¡No pronuncies augurios ominosos! Si el mensajero del Señor de las Aguas pasa por esa puerta, todos los que aquí moran han de ir tras él. Señor de las Fuentes: ¡no estorbes al mensajero del Señor de las Aguas!

Entonces Voronwë y todos los que estaban cerca volvieron a mirar a Tuor con asombro, maravillados de sus palabras y su voz. Y a Voronwë le pareció como si oyera una gran voz, pero como de alguien que clama desde lejos. Pero Tuor tuvo la impresión de que se oía a sí mismo como si otro hablara por su boca.

Por un momento Ecthelion se mantuvo en silencio y mirando a Tuor, y poco a poco un temor reverente le asomó a la cara, como si en la sombra gris de la capa de Tuor tuviera visiones distantes.

7. En este punto termina el manuscrito cuidadosamente redactado y sólo le sigue un borrador rudimentario, garabateado sobre un trozo de papel.

Luego se inclinó ante él y fue hacia el cerco y puso sus manos sobre él, y las puertas se abrieron hacia dentro ambos lados de la columna de la Corona. Entonces Tuor pasó entre ellas, y llegando a un elevado prado que daba sobre el valle, contempló Gondolin en medio de la nieve blanca. Y tan maravillado quedó que durante largo rato no pudo mirar nada más; porque tenía ante él por fin la visión de su deseo, nacido de sueños de nostalgia.

Así se mantuvo erguido sin pronunciar palabra. Silenciosas a ambos lados formaban las huestes del ejército de Gondolin; todas las siete clases de las Siete Puertas estaban representadas en él; pero los capitanes jineteaban caballos blancos y grises. Entonces, mientras miraban a Tuor asombrados, a éste se le cayó la capa, y apareció ante ellos vestido con la poderosa librea de Nevrast. Y muchos había allí que habían visto al mismo Turgon poner esos adornos sobre la pared, detrás del Alto Asiento de Vinyamar.

Entonces Ecthelion dijo por fin:

—Ya no hace falta otra prueba; y aun el nombre que reivindica, como hijo de Huor, importa menos que esta clara verdad: es el mismo Ulmo quien lo envía.

*

En este punto termina el texto, pero le sigue algunas notas apresuradas que esbozan algunos elementos de la narración, tal y como lo había planificado mi padre en aquel momento. Tuor preguntó por el nombre de la ciudad y le dieron sus siete nombres (véase *El Cuento de la Caída de Gondolin,* p. 56). Ecthelion emitió órdenes para que dieran la señal, y sonaron trompetas desde las torres de la Gran Puerta; a continuación se oyeron otras trompetas que contestaron desde un punto lejano de las murallas de la ciudad. Cabalgaron hasta la ciudad, de la que seguiría una descripción, así como de la Gran Puerta, los árboles, el Lugar de la Fuente y de la casa del Rey; y después se describiría la bienvenida de Tuor por parte de Turgon. Junto al trono estarían Maeglin a la derecha e Idril a la izquierda, y Tuor recitaría el mensaje de Ulmo. También se dice en otra nota que habría una descripción de la ciudad, tal y como la vio Tuor desde lejos; y que se explicaría la razón por la que no había una reina en Gondolin.

La evolución de la historia

Estas notas (que aparecen al final del «último» manuscrito acerca de Tuor) apenas tienen importancia para la historia de la leyenda de *La Caída de Gondolin*, pero muestran al menos que mi padre no abandonó su trabajo debido a unas prisas repentinas e imprevistas, sin retomarlo nunca más. Sin embargo, indudablemente no existe otra continuacón completamente desarrollada, y posteriormente perdida, de la historia más allá de las palabras de Ecthelion a Tuor en la Séptima Puerta de Gondolin.

En otras palabras, esto es lo que hay. Mi padre abandonó esta forma y tratamiento esencial y (se podría decir) definitiva de la leyenda, en el mismo momento en que por fin había llevado a Tuor al lugar desde donde podía «tener una visión de Gondolin en medio de la blanca nieve». Para mí, tal vez sea el más doloroso de sus muchos abandonos. ¿Por qué paró allí? Comentaré una posible respuesta a esa pregunta.

Fue un periodo de gran ansiedad para él, un tiempo de intensa frustración. Se puede afirmar con certeza que cuando por fin terminó *El Señor de los Anillos*, volvió a las leyendas de los Días Antiguos con renovada energía. Citaré partes de una interesantísima carta que escribió a sir Stanley Unwin, el presidente de Allen and Unwin, el 24 de febrero de 1950, porque presenta claramente la posibilidad de publicación, tal y como él lo veía en aquel momento.

En una de sus cartas más recientes expresó usted que sigue todavía con el deseo de ver el manuscrito de mi obra propuesta, *El Señor de los Anillos*, de la que originalmente se esperaba que fuera una continuación de *El Hobbit*. Hace dieciocho meses ahora que vengo esperando el día en que pueda considerarla terminada. Pero esta meta fue alcanzada sólo después de Navidad. Está terminada, si bien en parte no cabalmente revisada, y, supongo, en un estado que un lector podría leer, si no se agota sólo con verla.

Como la cantidad estimada para obtener en el barrio una copia dactilografiada era de 100 libras (cifra que no me sobra), tuve que hacerlo casi todo yo mismo. Y ahora que la miro, la magnitud del desastre me es evidente. La obra se ha escapado de mi control y he producido un monstruo: una novela inmensamente larga, compleja, más bien amarga y muy aterradora, del todo inadecuada para niños (si es adecuada para alguien); y no es en realidad una continuidad de *El Hobbit*, sino de *El Silmarillion*. Calculo que contiene, aun sin incluir ciertas adiciones necesarias, unas 600.000 palabras. Un dactilógrafo calculó que la cifra era aún mayor. Puedo ver con toda claridad la medida en que todo esto resulta impracticable. Pero estoy cansado. Me lo he quitado del pecho y no siento que pueda hacer nada más al respecto, fuera de alguna revisión de las inexactitudes. Peor aún: siento que está vinculada con *El Silmarillion*.

Puede que recuerde esa obra, un largo cuerpo legendario de tiempos imaginarios en «estilo elevado» y lleno de Elfos (de cierta especie). Fue rechazada por el consejo de su lector hace ya muchos años. En la medida en que lo recuerdo, le concedió una especie de belleza céltica intolerable para los anglosajones en grandes dosis.[8] Probablemente estaba del todo en lo cierto y era justo. Y usted comentó que era una obra para beber de ella, más que para publicar.

Desdichadamente, yo no soy un anglosajón, y aunque archivado (hasta hace un año), *El Silmarillion* y todo lo que se rehusó a ser eliminado se ha desbordado, se ha infiltrado y probablemente ha estropeado todo (aun esa obra sobre lo «feérico» a la que hay una remota referencia) lo que he intentado escribir desde entonces. Lo he mantenido apartado, no sin esfuerzo, de *Egidio, el granjero*, pero ha impedido su continuación. Su sombra era profunda en las últimas partes de *El Hobbit*. Tiene atrapado *El Señor de los Anillos*, al punto de convertirse éste simplemente en su continuación y terminación, y requiere la lectura del *Silmarillion* para ser plenamente inteligible, sin un montón de referencias y explicaciones que se desbordan en uno o dos sitios.

Aunque me crea ridículo y fatigoso, quiero publicar ambas obras —*El Silmarillion* y *El Señor de los Anillos*— en conjunción o relacionadas. «Quiero»... Sería más atinado decir «me gustaría», pues un paquetito de un millón de palabras aproximadamente, de un material desarrollado *in extenso* que los anglosajones (o el público angloparlante) sólo pueden soportar con moderación, no es muy probable que pueda ver la luz, aun cuando el papel fuera disponible a voluntad.

8. En realidad, el lector sólo había visto unas pocas páginas de *El Silmarillion*, aunque no lo sabía. Tal y como mencioné en *Beren y Lúthien* (p. 210), comparó aquellas páginas con las de *La Balada de Leithian* en detrimento de ésta, sin entender la relación entre ambas; y en su entusiasmo por las páginas del *Silmarillion* dijo, absurdamente, que el cuento «Está narrado con tal concisión y dignidad, que se apodera del interés del lector a pesar de los nombres célticos, que rompen los ojos. Tiene algo de esa alocada y resplandeciente belleza que asombra a todos los anglosajones cuando contemplan el arte céltico».

De cualquier modo, eso es lo que me gustaría. De lo contrario, lo dejaré estar. No puedo contemplar una reescritura o una reducción drástica. Por supuesto, siendo un escritor, me gustaría ver mis obras publicadas; pero allí están. Para mí lo principal es que siento que todo el asunto ha sido ahora «exorcizado» y ya no me abruma. Puedo dedicarme ahora a otras cosas...

No relataré la intrincada y dolorosa historia de los dos años siguientes. Mi padre nunca cambió la opinión que expresó en otra carta a efectos de que «*El Silmarillion* etcétera, y *El Señor de los Anillos* debían considerarse juntas como una única larga Saga de las Joyas y los Anillos», y que «estaba dispuesto a considerarlas como una unidad, sin que importara cómo fueran formalmente presentadas».

Sin embargo, los costes de producción de una obra de esta magnitud en los años después de la guerra jugaron irremediablemente en su contra. El 22 de junio de 1952 escribió a Rayner Unwin:

En cuanto a *El Señor de los Anillos* y *El Silmarillion*, están donde estaban. El uno terminado (y el final revisado) y el otro todavía sin terminar (o sin revisar), y los dos acumulando polvo. Me he encontrado mal con mucha frecuencia y demasiado abrumado por el trabajo y deprimido para ocuparme de ellos, contemplando cómo la escasez del papel y los costes crecientes se ponen en mi contra. Pero más bien he modificado mi punto de vista. ¡Es mejor algo que nada! Aunque para mí todo constituye una unidad, y *El Señor de los Anillos* estaría mejor como parte del conjunto, de buen grado consideraría la publicación de cualquier parte de ese material. Los años se están volviendo preciosos. Y el retiro (no muy lejano), en cuanto pueda yo percibirlo, no me procurará alivio, sino una pobreza que hará necesario, para ayudarme a vivir, «examinar» y desempeñar otras tareas semejantes.

Tal y como dije en *El Anillo de Morgoth* (1993): «Así, cedió ante la necesidad, pero no sin pesar».

En mi opinión, la explicación del abandono de «la Última Versión» se encuentra en las líneas extraídas de la correspondencia citada arriba. En primer lugar están sus palabras a Stanley Unwin en la carta escrita el 24 de febrero de 1950. Afirmó con firmeza que había terminado *El Señor de los Anillos*: «esta meta fue alcanzada después de Navidad». Y dijo: «Para mí lo principal es que siento que todo el asunto ha sido ahora "exorcizado" y ya no me abruma. Puedo dedicarme ahora a otras cosas...».

En segundo lugar, hay una fecha esencial. La página del manuscrito de La Última Versión de *De Tuor y la Caída de Gondolin*, que contenía notas acerca de elementos en la historia que nunca fueron incluidos en el texto (p. 206), era una página de una agenda de septiembre de 1951, y otras páginas de la misma agenda fueron usadas para reescribir determinados pasajes.

En el Prefacio de *El Anillo de Morgoth* escribí:

Sin embargo, sólo una pequeña parte del material empezado en aquella época llegó a acabarse alguna vez. La nueva *Balada de Leithian*, la nueva historia de Tuor y la Caída de Gondolin, los *Anales Grises* (de Beleriand), la revisión del *Quenta Silmarillion*, fueron abandonados. Estoy convencido de que el motivo principal fue su falta de esperanzas de publicación, al menos en la forma que él consideraba esencial.

En junio de 1952 escribió a Rayner Unwin: «En cuanto a *El Señor de los Anillos* y a *El Silmarillion*, están donde estaban. Me he encontrado mal con mucha frecuencia y demasiado abrumado por el trabajo y <u>deprimido para ocuparme de ellos</u>».

Por lo tanto, sólo nos queda echar una mirada hacia atrás a lo que sí nos queda de esta última historia, que nunca se convirtió en «la Caída de Gondolin» pero que aun así es única de entre las decripciones de la Tierra Media en los Días Antiguos; sobre todo, quizá, por la intensa apreciación de mi padre de los detalles y el ambiente de unas cuantas escenas. Al leer su relato acerca de la llegada de Tuor ante el Dios Ulmo, Señor de las Aguas, de su apariencia y de cómo estaba «hundido hasta las rodillas en el mar sombrío», uno se pegunta qué descripciones habrían existido de los colosales enfrentamientos que tuvieron lugar en la batalla de Gondolin.

Tal y como está —y cómo termina— se trata del relato de un viaje, emprendido en el marco de una misión extraordinaria, concebida y ordenada por uno de los más grandes de los Valar y expresamente impuesta a Tuor, hijo de una gran casa de los Hombres, a quien el Dios le aparece en la orilla del océano en medio de una gran tormenta. Esta extraordinaria misión tendrá un resultado aún más extraordinario, que cambiaría la historia del mundo imaginado.

La profunda importancia del viaje se hace evidente en cada momento para Tuor y Voronwë, el Elfo de los Noldor que se convierte en su compañero, y mi padre sintió su acrecentado y letal cansancio, en el Invierno Cruel de aquel año, como si él mismo en sueños hubiese luchado por abrirse camino desde Vinyamar hasta Gondolin, hambriento y exhausto y bajo la amenaza de los Orcos, en los últimos años de los Días Antiguos de la Tierra Media.

La historia de Gondolin ya ha sido repetida desde su origen en 1916 hasta esta versión final, extrañamente abandonada unos treinta y cinco años después. En lo sucesivo me referiré por lo general a la historia original como a «el Cuento Perdido», o en su forma abreviada «el Cuento», y al texto abandonado como «la Última Versión», o en su forma abreviada «UV». Lo primero que se puede decir de estos dos textos, tan separados entre sí en el tiempo, es que parece incuestionable que o bien mi padre tenía el manuscrito del Cuento Perdido delante de sí, bien lo había leído poco antes de redactar la Última Versión. Esta conclusión se debe a la gran similitud de determinados pasajes, o incluso la presencia de pasajes prácticamente idénticos, por aquí y por allá en ambos textos. Por citar sólo un ejemplo:

(*El Cuento Perdido*, p. 46)
Entonces Tuor se encontró en un paraje escabroso donde no crecía ni un solo árbol y estaba azotado por el viento que venía desde donde se ponía el sol, y todos los arbustos y los matorrales se inclinaban hacia el Oriente por el empuje del viento.

(*La Última Versión*, p. 160)
[Tuor] erró aún algunos días por un campo áspero despojado de árboles; y un viento que venía del mar barría este campo, y todo lo que crecía, hierba o arbusto, se inclinaba hacia el alba porque prevalecía el viento del Oeste.

Es aún más interesante comparar ambos textos, hasta donde son comparables, para observar cómo algunos rasgos esenciales de la antigua historia se mantienen pero quedan transformados en su significado, a la vez que entran elementos y dimensiones totalmente nuevos.

En el *Cuento*, Tuor anuncia su nombre y linaje de la siguiente manera (p. 59):

Soy Tuor, hijo de Peleg, hijo de Indor, de la casa del Cisne de los hijos de los Hombres del Norte que viven lejos de este lugar.

También se dice de él en el *Cuento* (p. 47) que cuando construyó su casa en la cala de Falasquil en la orilla del océano, la adornó con tallas de madera, «y entre ellas se destacaba la figura del Cisne, porque a Tuor le gustaba mucho ese emblema, que se convirtió en su distintivo, y, tiempo después, en el de su familia y de los suyos». Además, también en el *Cuento*, se dice de él (p. 66) que cuando estaba en Gondolin, mandaron hacer una armadura para Tuor, «y adornaron su yelmo con un emblema de metales y joyas con la figura de dos alas de cisne, una a cada lado, y en su escudo labraron un ala de cisne».

De nuevo, en el momento del ataque a Gondolin, todos los guerreros de Tuor que estaban alrededor de él «lucían en los yelmos figuras que parecían alas de cisnes o de gaviotas y el emblema del Ala Blanca en los escudos» (p. 79); eran «los hombres del Ala».

Sin embargo, ya en el *Esbozo de la mitología* Tuor había sido atraído a la órbita del *Silmarillion*, que estaba en pleno desarrollo. La casa del Cisne de los Hombres del Norte había desaparecido. Se había convertido en miembro de la Casa de Hador, el hijo de Huor, que cayó en la Batalla de las Lágrimas Innumerables, y primo de Túrin Turambar. Aun así, la conexión entre Tuor y el Cisne, y el Ala del cisne, no se perdió, ni mucho menos, en esta transformación. Se dice en la *Última Versión* (p. 161):

Ahora bien, Tuor amaba a los cisnes, a los que había conocido en los estanques grises de Mithrim; y el cisne además había sido la señal de Annael y su familia adoptiva» [para más información sobre Annael, véase la *Última Versión*, p. 149].

Después, en Vinyamar, la antigua casa de Turgon antes del descubrimiento de Gondolin, el escudo que fue hallado por Tuor llevaba como adorno el emblema de un ala blanca de cisne, y dijo: «Por esta señal tomaré estas armas para mí y sobre mí cargaré el destino que deparen» (UV p. 164).

El *Cuento* original comenzó (p. 43) con una introducción muy escueta acerca de Tuor, «que vivió hace ya mucho tiempo en esa tierra del Norte llamada Dor-lómin o la Tierra de las Sombras». Vivía solo como cazador de las tierras alrededor del Lago Mithrim, y cantaba las canciones que él mismo componía, tocándolas en su arpa, y llegó a conocer a «enseñanzas de los Noldoli», de quienes aprendió muchas cosas, sobre todo en lo referente a su lengua.

Sin embargo, «se dice que tiempo después la magia y el destino lo llevaron cierto día hasta la entrada de una caverna por cuyo interior corría un río oculto que nacía en el, y Tuor entró. Esto, se dice, «sucedió porque así lo quiso Ulmo, el Señor de las Aguas, que había inspirado a los Noldoli a abrir ese sendero oculto».

Cuando Tuor se vio incapaz de luchar contra la corriente del río para regresar de la caverna, llegaron los Noldoli y lo guiaron por pasajes oscuros entre las montañas hasta que emergió a la luz de nuevo.

En el *Esbozo* de 1926, donde, como ya hemos mencionado, salió el linaje de Tuor como descendiente de la casa de Huor, se dice (pp. 127-128) que después de la muerte de Rían, su madre, fue esclavizado por los hombres sin fe a quienes Morgoth obligó a retirarse a Hithlum tras la Batalla de las Lágrimas Innumerables;

pero se escapó de ellos, y Ulmo se ingenió un plan según el cual Tuor iba a ser conducido hasta un río subterráneo que salía de Mithrim y seguía, a través de una profunda hondonada, hasta el Mar Occidental. En el *Quenta* de 1930 (pp. 138-139), mi padre siguió este relato muy de cerca, y en ambos textos la única novedad importante que se le puede atribuir es el carácter secreto de la huida de Tuor, totalmente desconocido para cualquier espía de Morgoth. Sin embargo, los dos textos eran, por su naturaleza, poco más que resúmenes.

Volviendo al *Cuento*, el pasaje de Tuor por la hondonada del río fue narrado en detalle, hasta el punto en que la creciente marea chocaba tumultuosamente con el rápido caudal del río, que bajaba desde el Lago Mithrim, y amenazaba a cualquiera que estuviera en medio: «pero los Ainur lo inspiraron a trepar por el flanco, porque si no lo hubiera hecho el oleaje lo habría aplastado y era un oleaje impetuoso por los vientos del Oeste» (p. 46). Parece ser que los Noldoli que habían escoltado a Tuor lo abandonaron en cuanto salió de la oscura caverna: «[Los Noldoli] lo condujeron por largos pasadizos oscuros entre las montañas hasta que salió nuevamente a la luz (p. 44).

Tras abandonar el río y trepar hasta la cumbre del risco, por primera vez Tuor puede ver el mar. En la costa encuentra una cala protegida (que se conocería más tarde como *Falasquil*), donde construye una casa con maderos que los Noldoli le envían por el río (acerca del Cisne entre las tallas de madera de su casa, véase p. 209). En Falasquil, Tuor «pasó mucho tiempo» (*Cuento* p. 47) hasta que se cansó de su soledad, y de nuevo se dice que los Ainur tenían algo que ver con ello («porque Ulmo adoraba a Tuor», *Cuento*, p. 47); dejó Falasquil y siguió el vuelo de tres cisnes que pasaban por encima de él rumbo al Sur, guiándolo claramente a lo largo de la costa. Se describe su largo viaje a través del invierno hasta la primavera, hasta que alcanza el Sirion. De allí continuó hasta llegar a la Tierra de los Sauces (*Nan-tathrin, Tasarinan*), donde las mariposas y las abejas, las flores y el canto de los pájaros lo maravillaron, y les dio nombres, quedándose durante la primavera y el verano (*Cuento*, p. 50).

Los relatos del *Esbozo* y del *Quenta* son extremadamente breves, como es lógico. En el *Esbozo* (p. 128) sólo se dice de Tuor que «después de mucho errar por las costas occidentales llegó hasta las desembocaduras del Sirion, y allí se unió al Gnomo Bronweg, que en una ocasión había estado en Gondolin. Juntos viajaban en secreto Sirion arriba. Tuor se demora mucho en la dulce tierra Nan Tathrin, «Valle de los Sauces»» El pasaje del *Quenta* (p. 140) es igual en su esencia, en cuanto a contenido. Se dice ahora que el Gnomo, cuyo nombre es Bronwë, se ha escapado de Angband, y «antaño había pertenecido al pueblo de Turgon y buscaba sin cesar camino hasta la ciudad oculta de su señor», por lo que él y Tuor siguieron el curso del Sirion y llegaron a la Tierra de los Sauces.

Llama la atención que la entrada de Voronwë en estos textos tenga lugar antes de la llegada de Tuor a la Tierra de los Sauces, porque en la fuente original, el *Cuento*, Voronwë había aparecido mucho antes, en circunstancias radicalmente diferentes, tras la aparición de Ulmo. En el *Cuento* (p. 52), la larga y maravillosa estancia de Tuor en Nan-tathrin lleva a Ulmo a temer que nunca vaya a abandonar el lugar, y en sus instrucciones a Tuor dice que los Noldoli lo escoltarían secretamente hasta la ciudad de la gente llamada Gondothlim, o «los que viven entre las piedras» (lo cual es la primera referencia a Gondolin en el *Cuento*: tanto en el *Esbozo* como en el *Quenta* se proporciona cierta información acerca de la ciudad escondida antes de mencionar a Tuor por primera vez). Sea como fuere, según el *Cuento* (p. 53), los Noldoli que escoltan a Tuor en su viaje hacia el Este lo abandonan por miedo a Melko, y Tuor se pierde. Sin embargo, uno de los Elfos vuelve a él y se ofrece a acompañarle en su búsqueda de Gondolin, ciudad que este Noldo sólo conoce por la vía de los rumores. Es Voronwë.

Después de muchos años llegamos por fin a la Última Versión (UV), donde se habla de la juventud de Tuor. Ni en el *Esbozo* ni en el *Quenta* hay referencia alguna al tutelaje de Tuor por parte de los Elfos Grises de Hithlum, pero en esta versión final aparece una descripción exhaustiva (pp. 148-152). Aquí se habla de su juventud entre los Elfos bajo el tutelaje de Annael, de sus vidas oprimidas y su huida hacia el Sur por el camino secreto conocido como Annon-in-Gelydh «la Puerta de los Noldor ... fue [construida] por la sabiduría de ese pueblo, mucho tiempo atrás, en días de Turgon». Aquí también hay una descripción de la esclavitud de Tuor y su huida, incluyendo los años posteriores, cuando se convierte en un proscrito muy temido.

En todo esto, el nuevo elemento más importante es la decisión de Tuor de escaparse de la región. Guiándose por los conocimientos adquiridos de Annael, busca la Puerta de los Noldor por todas partes, para acceder al misterioso reino escondido de Turgon (UV p. 151). Éste es el objetivo expreso de Tuor, pero no sabe en qué consiste la «Puerta». Llega a las fuentes de un río que nace en las colinas de Mithrim, y es aquí donde toma su decisión final de partir de Hithlum, «las tierras grises de mi parentela», aunque la búsqueda de la Puerta de los Noldor ha fracasado. Sigue el curso del río hasta llegar a una pared rocosa donde el agua desaparece en «una abertura como un gran arco». Pasa la noche en ese lugar, preso de la desesperación, hasta que llega el alba y ve a dos Elfos ascender desde el arco.

Son Elfos de los Noldor llamados Gelmir y Arminas, y están ocupados con una tarea urgente que no quieren explicar. De ellos, Tuor se entera de que el gran arco es, de hecho, la Puerta de los Noldor, y él la ha encontrado sin saberlo. Ocupando el lugar de los Noldoli que guían a Tuor en el *Cuento* antiguo (p. 44), Gelmir y Arminas lo conducen por el túnel hasta un lugar donde paran por un momento. Tuor les pregunta sobre Turgon, diciendo que aquel nombre lo conmueve de manera extraña cada vez que lo oye. A esto no le contestan, sino que se despiden de él y suben por las largas escaleras a través de la oscuridad (p. 157).

La Última Versión presenta pocas alteraciones con respecto a la narración del *Cuento* en lo referente a la descripción del viaje de Tuor que tiene lugar cuando sale del túnel y continúa por las laderas empinadas del barranco. Sin embargo, podemos destacar que, mientras en el *Cuento* (p. 46) «los Ainur lo inspiraron a trepar por el flanco, porque si no lo hubiera hecho el oleaje lo habría aplastado y era un oleaje impetuoso por los vientos», en la UV (pp. 159-160) asciende de la garganta porque desea seguir a las tres grandes gaviotas, y «la llamada de las aves marinas salvó a Tuor de la muerte en la marea alta». La cala llamada Falasquil (*Cuento*, p. 47) donde Tuor se construye una casa y «pasó mucho tiempo», adornándola «poco a poco y con esfuerzo» con tallas de madera, desaparece en la Última Versión.

En este texto, Tuor, desanimado por la furia de las extrañas aguas (UV p. 160), parte rumbo al Sur desde la garganta del río, y pasa las fronteras de la región de Nevrast en el Oeste lejano «donde otrora había morado Turgon»; hasta que al fin llega al atardecer a las orillas de la Tierra Media y ve el Gran Mar. En este punto, la Última Versión difiere radicalmente de la historia de Tuor, tal y como se había narrado hasta ahora.

Volviendo al *Cuento*, y a la llegada de Ulmo para el encuentro con Tuor en la Tierra de los Sauces (p. 51), vemos allí la descripción original de mi padre de la aparición del gran Vala (*Cuento*, p. 51). El Señor de todas las aguas y ríos ha llegado para animar a Tuor a no permanecer por más tiempo en aquel lugar. Esta descripción es un retrato elaborado y muy definido del propio dios, llegado tras un enorme viaje a través del océano. Mora en un «palacio» bajo las aguas del Mar Exterior, viaja en su «carruaje», que se asemeja a una ballena, a una velocidad vertiginosa. Se describen sus cabellos y su enorme barba, su cota de malla «parecida a las escamas de los peces azules y plateados», su abrigo de «tonos verdes deslumbrantes», su cinturón de grandes perlas, y sus zapatos de piedra. Dejando su «carruaje» junto a las bocas del Sirion, y viene caminando a grandes zancadas junto al río, y «se sentó entre los juncos a la hora del crepúsculo» cerca del lugar donde Tuor «hundido hasta las rodillas en la hierba»; toca su extraño instrumento de música, que está «hecho con muchas conchas largas retorcidas y perforadas» (*Cuento*, p. 51).

Quizá la más destacable de todas las características de Ulmo es la insondable profundidad de sus ojos y su voz cuando habla a Tuor y lo llena de miedo. Al abandonar la Tierra de los Sauces, Tuor, secretamente escoltado por los Noldoli, debe buscar la ciudad de los Gondothlim (p. 52). En el *Cuento* (p. 52), Ulmo dice «allá pondré palabras en tu boca y allá vivirás por un tiempo». En esta versión no hay indicación alguna de qué es lo que dice a Turgon —pero se dice que Ulmo cuenta a Tuor «algunos de sus designios y deseos», que Tuor apenas entiende. Ulmo también pronuncia una extraordinaria profecía acerca del futuro hijo de Tuor, «que conocerá mejor que nadie las más recónditas profundidades, ya sea del mar o del firmamento». Ése hijo era Eärendel.

En el *Esbozo* de 1926, en cambio, sí hay una afirmación inequívoca (pp. 127-129) acerca del propósito de Ulmo que Tuor debe comunicar en Gondolin: en resumidas cuentas, Turgon debe prepararse para una terrible batalla contra Morgoth, en la que «la raza de los Orcos perecerá»; pero si Turgon no lo acepta, entonces la gente de Gondolin debe huir de su ciudad y acudir a la desembocadura del Sirion, donde Ulmo «los ayudará a construir una flota y los guiará de regreso a Valinor». En el *Quenta Noldorinwa* de 1930 (p. 141) los planes explicados por Ulmo son esencialmente los mismos, aunque el resultado de la batalla, «terrible y mortal», se presenta como el fin del poder de Morgoth y mucho más, «que beneficiarían mucho al mundo, y los servidores de Morgoth no lo perturbarán más».

Habiendo llegado hasta aquí, conviene volver al importante manuscrito de finales de la década de 1930, titulado *Quenta Silmarillion*. Esto iba a ser una nueva versión en prosa de la historia de los Días Antiguos, siguiendo el *Quenta Noldorinwa* de 1930, pero llegó a un final abrupto en 1937, con el inicio de la «una nueva historia de los hobbits» (he incluido un resumen de esta extraña historia en *Beren y Lúthien*, pp. 209-211).

De esta obra presento aquí algunos pasajes que tienen que ver con la historia temprana de Turgon, su descubrimiento de Tumladen y la construcción de Gondolin, que no aparecen en los textos de *La Caída de Gondolin*.

Se dice en el *Quenta Silmarillion* que Turgon, un líder de los Noldor que se atrevió a hacer frente al terror del Helkaraksë (el

Hielo Crujiente) durante la travesía hasta la Tierra Media, vivía en Nevrast. En este texto aparece el siguiente pasaje:

Turgon abandonó Nevrast, donde moraba, y fue en busca de Finrod, su amigo, y juntos viajaron hacia el Sur a lo largo del río, cansados de las montañas septentrionales; y mientras viajaban, la noche descendió sobre ellos más allá de las Lagunas del Crepúsculo cerca de las aguas del Sirion, y descansaron a sus orillas bajo las estrellas del verano. Pero Ulmo llegó hasta ellos río arriba y los sumió en un sueño profundo y en pesados ensueños; y la perturbación de los ensueños continuó después que despertaron, pero ninguno le dijo nada al otro, porque el recuerdo era confuso, y cada cual creía que Ulmo le había enviado un mensaje sólo a él. Pero la inquietud los ganó en adelante, y la duda de lo que pudiera acaecer, y con frecuencia erraron solos por tierras nunca holladas, buscando a lo lejos y a lo ancho sitios de escondida fortaleza; porque los dos se sentían llamados a prepararse para un día aciago, y a planear una retirada, temiendo que Morgoth irrumpiera desde Angband y destruyera los ejércitos del Norte.

De esta manera, Inglor [dice Finrod en *El Silmarillion*] encontró la profunda garganta del Narog y las cuevas en su lado occidental; y allí construyó una fortaleza y armerías modeladas sobre las profundas salas de Menegroth. Y llamó a este lugar Nargothrond, y allí estableció su morada junto con gran parte de su pueblo; y los Gnomos del Norte al principio expresaron su alegría, llamándolo Felagund, o Señor de las Cuevas, y desde entonces y hasta su final llevó ese nombre. Pero Turgon acudió en solitario a lugares escondidos, y gracias a la ayuda de Ulmo encontró el valle secreto de Gondolin, y de esto todavía no dijo nada sino que regresó a Nevrast y a su pueblo.

En otro pasaje del *Quenta Silmarillion* se dice de Turgon, el segundo hijo de Fingolfin que gobierna sobre un pueblo numeroso, que «la inquietud que Ulmo le había puesto en el corazón;»

[...] se levantó, y llevó consigo una gran hueste de Gnomos, un tercio entero del pueblo de Fingolfin, junto con sus bienes y esposas e hijos, y partió rumbo al Este. Marchó de prisa y en silencio, y sus parientes le perdieron la pista. Pero llegó a Gondolin, y allí construyó una ciudad semejante a Tûn en Valinor, y fortificó las colinas circundantes; y Gondolin permaneció oculto durante muchos años.

Una tercera, y esencial, cita proviene de otra fuente. Hay dos textos titulados *Los Anales de Beleriand* y *Los Anales de Valinor*, respectivamente. Éstos fueron comenzados alrededor de 1930, y existen en varias versiones. He dicho de ellos: «Los Anales comenzaron, quizá, en paralelo con el *Quenta* como una manera conveniente de llevar a la par y seguir el rastro de los diferentes elementos narrativos del entramado narrativo, cada vez más complejo». El texto final de *Los Anales de Beleriand*, también titulado *Los Anales Grises*, proviene del momento, a principios de la década de 1950, cuando mi padre volvió a los asuntos de los Días Antiguos tras haber terminado *El Señor de los Anillos*. Fue una fuente muy importante para la versión publicada de *El Silmarillion*.

Sigue aquí un pasaje de los *Anales Grises*; se refiere al año en que «Gondolin estuvo por completo edificada, al cabo de cincuenta y dos años de trabajos ocultos».

Entonces Turgon se preparó para partir de Nevrast y abandonar los hermosos recintos de Vinyamar, bajo el Monte Taras; y entonces

Ulmo se le presentó por segunda vez, y le dijo «Irás ahora por fin a Gondolin, Turgon; y mantendré yo mi poder en el Valle del Sirion, y en todas las aguas que allí hay, de modo tal que nadie advierta tu marcha, ni nadie encuentre la entrada escondida si tú no lo quieres. Más que todos los reinos de los Eldalië perdurará Gondolin contra Melkor. Pero no ames con exceso la obra de tus manos y las concepciones de tu corazón; y recuerda que la verdadera esperanza de los Noldor está en el Oeste y viene del Mar».[9]

Y Ulmo advirtió a Turgon que también él estaba sometido a la Maldición de Mandos, y que él no tenía poder para anularla. Dijo: «Puede que la maldición de los Noldor te alcance también a ti antes del fin, y que la traición despierte dentro de tus muros. Habrá entonces peligro de fuego. Pero si este peligro acecha en verdad, entonces vendrá a alertarte uno de Nevrast, y de él, más allá de la ruina y el fuego, recibiréis esperanzas los Elfos y los Hombres. Por tanto, deja en esta casa unas armas y una espada para que él las encuentre, y de ese modo lo conocerás y no serás engañado». Y a continuación Ulmo le declaró a Turgon de qué especie y tamaño tenían que ser el yelmo y la cota de malla y la espada que dejaría en la ciudad.

Entonces Ulmo volvió al Mar; y Turgon reunió a todos los suyos y compañía tras compañía se alejaron en secreto bajo las sombras de Eryd Wethion, y llegaron sin ser vistos con sus esposas y bienes a Gondolin, y nadie supo a dónde habían ido. Y por último Turgon se puso también en camino, y fue con sus señores y los de su casa en silencio sobre las colinas, y pasó por las puertas de las montañas, que se cerraron tras él. Pero Nevrast quedó desierta, y así permaneció hasta la ruina de Beleriand.

9. Estas palabras, ligeramente modificadas, fueron pronunciadas por Tuor ante Voronwë en Vinyamar, UV pp. 171-172.

En este último pasaje trasciende la explicación del escudo y la espada, la cota de malla y el casco, que Tuor encontró cuando entró en la gran sala de Vinyamar (UV p. 163-164).

Después del fin del encuentro entre Ulmo y Tuor en la Tierra de los Sauces, todos los textos tempranos (el *Cuento*, el *Esbozo*, el *Quenta Noldorinwa*) pasan al viaje de Tuor y Voronwë en busca de Gondolin. Del viaje hacia el Este en sí apenas hay mención, ya que el misterio de la ciudad escondida reside en la entrada secreta a Tumladen (que Ulmo les ayuda a encontrar en el *Esbozo* y el *Noldorinwa*).

Sin embargo, ahora volvemos a la Última Versión, que dejé, en este comentario, en el momento de la llegada de Tuor a la costa del Mar en la región de Nevrast (UV p. 162). Aquí vemos la gran casa abandonada de Vinyamar bajo el Monte Taras («las más antiguas obras de piedra de cuantas levantaron los Noldor en las tierras del exilio») donde Turgon residía al principio, y en la que Tuor ahora entra. De todo lo que sucede allí («Tuor en Vinyamar», UV pp. 162 y ss.) no hay pista o precedente alguno en los textos tempranos; salvo el adviento de Ulmo, claro está, que se narra de nuevo tras un lapso de treinta y cinco años.

*

Aquí haré una pausa para comentar lo que se cuenta en otros lugares acerca de los consejos, o mejor dicho las exhortaciones, de Ulmo para que Tuor haga cumplir sus propósitos.

El origen de sus «designios» que terminaron por centrarse en Tuor surgieron del acontecimiento, de suprema importancia y largo alcance, que llegó a conocerse como el Ocultamiento de Valinor. Sólo existe una historia temprana, uno de los *Cuentos perdidos*, que lleva ese título y describe el origen y la naturaleza de esta alteración del mundo en los Días Antiguos. Surgió a partir de la rebelión de los Noldoli (Noldor) bajo el liderazgo de Fëanor, creador de los Silmarils, contra los Valar, y su intención de abandonar Valinor. Describí, de manera muy breve, la consecuencia de esa decisión en *Beren y Lúthien*, p. 33, y la repito aquí.

Antes de su partida de Valinor tuvo lugar el terrible acontecimiento que empañó la historia de los Noldor en la Tierra Media. Fëanor exigió de aquellos Teleri, el tercer grupo de los Eldar en el Gran Viaje [desde el lugar donde se despertaron], que ahora vivían en las costas de Aman, que cedieran a los Noldor su flota de barcos, su gran orgullo, porque sin barcos semejante cantidad de Elfos no iba a poder atravesar el mar y llegar a la Tierra Media. Los Teleri, sin embargo, se negaron por completo. Entonces Fëanor y su pueblo atacaron a los Teleri en su propia ciudad, Alqualondë, el Puerto de los Cisnes, y se apoderaron de la flota por la fuerza. En aquella batalla, conocida como la Matanza de los Hermanos, muchos de los Teleri perecieron.

En *El Ocultamiento de Valinor* hay una descripción destacable de una discusión muy acalorada y, desde luego, extraordinaria, entre los Valar, que guarda relación con el presente tema. En esta ocasión estaba presente un Elfo de Alqualondë llamado Ainairos, cuya familia había perecido en la Batalla del Puerto, «e intentaba incesantemente aumentar con sus palabras la amargura del corazón de los Elfos.» Este tal Ainairos habló durante el debate, y sus palabras quedan registradas en *El Ocultamiento de Valinor*.

Expuso ante los Dioses lo que pensaban los Elfos de los Noldoli [i.e. los Teleri], y la desnudez de la tierra de Valinor respecto del mundo de fuera. Hubo entonces un gran tumulto, y muchos de los Valar y de su gente lo apoyaron con fuertes voces, y algunos otros de los Eldar clamaron que Manwë y Varda habían hecho que sus parientes vivieran en Valinor prometiéndoles que allí tendrían alegría continua; que los Dioses procuraran ahora que esta felicidad no quedara reducida a una menudencia, pues Melko dominaba el mundo, y ellos no se atrevían a ir a los lugares en que habían despertado, aun si lo hubieran querido.

La mayor parte de los Valar echaban en falta su antigua tranquilidad y sólo querían la paz, deseando que ni el rumor sobre Melko y su violencia, ni la murmuración de la inquietud de los Gnomos volvieran a perturbar su felicidad; y por esos motivos clamaron también por el ocultamiento de la tierra. Estas pretensiones eran apoyadas sobre todo por Vána y Nessa, aunque la mayoría de los grandes Dioses tenían la misma opinión. En vano les rogó Ulmo por su presciencia que tuvieran piedad y perdonaran a los Noldoli o desplegaría Manwë los secretos de la Música de los Ainur y el propósito del mundo; y durante mucho tiempo se hizo caso omiso de ese consejo y se colmó más de amargura y de palabras ardientes que ninguno que se hubiera celebrado antes; por tanto, finalmente se separó de ellos Manwë Súlimo diciendo que ningún muro ni fortaleza podría ahora poner freno a la maldad de Melko, pues ya estaba viva entre ellos y les nublaba las mentes.

Así pues, ocurrió que los enemigos de los Gnomos se hicieron eco del consejo de los Dioses y la sangre de Kópas empezó ya su obra maligna; pues se inició entonces lo que se llamó el Ocultamiento de Valinor, y Manwë y Varda y Ulmo de los Mares no tuvieron parte en él, pero los otros Valar y los Elfos no se mantuvieron apartados, aunque Yavanna y Oromë, su hijo, tenían el corazón inquieto.

Ahora bien, Lórien y Vána conducían a los Dioses y Aulë prestó su habilidad y Tulkas su fuerza, y en ese tiempo los Valar no salieron a la conquista de Melko, y mucho lo lamentaron después y lo lamentan todavía; porque la gran gloria de los Valar, por causa de ese error, no alcanzó su plenitud durante muchas edades de la Tierra, y el mundo todavía la aguarda.

Este último pasaje es muy llamativo, con su inequívoca representación de los Dioses como seres indolentes que contemplan únicamente su propia seguridad y bienestar, y la expresión de la idea de que habían cometido un colosal «error», porque al no declararle la guerra a Melko habían dejado a la Tierra Media vulnerable ante las ambiciones destructivas y el odio de su archienemigo. Sin embargo, semejantes condenas a los Valar no se encuentran en escritos posteriores. El Ocultamiento de Valinor está presente sólo como un tremendo hecho de la antigüedad legendaria.

El Ocultamiento de Valinor continúa con un pasaje en que se describen las gigantescas y múltiples obras defensivas: «nuevos y grandes trabajos, como no se habían visto desde los días en que se construyera Valinor», como, por ejemplo, la creación de murallas aún más impenetrables en las laderas orientales de las montañas circundantes.

Del Norte al Sur marchaban los encantamientos y la inaccesible magia de los Dioses, pero aun así no estaban contentos, y dijeron: «He aquí que haremos que todos los caminos a Valinor, tanto los conocidos como los secretos, se desvanezcan por completo del mundo o conduzcan traicioneros a una ciega confusión».

Esto fue lo que hicieron, y no había estrechos en el mar que dejasen sin remolinos peligrosos o corrientes de fuerza insuperable que confundían a todas las naves. También, por voluntad de Ossë, mo-

raban allí espíritus de repentinas tormentas y vientos insospecha-
dos, y otros de nieblas inextricables.

En referencia a los efectos del Ocultamiento de Valinor sobre
Gondolin, podemos adelantarnos a las palabras que Turgon dirige a Tuor cuando le habla del destino de los muchos mensajeros
que habían sido enviados de Gondolin para construir naves en
preparación del viaje a Valinor (p. 62):

> ... pero los senderos que conducen allí han sido olvidados y los ca-
> minos se han borrado de la faz de la Tierra y el lugar está rodeado de
> mares y montañas, y poco les importa a quienes viven felices allí el
> terror que inspira Melko o las penurias del mundo, y mantienen
> oculta su tierra y entretejen sortilegios impenetrables alrededor de
> ella, de modo que ninguna nueva de los males que ocurren llegue
> jamás a sus oídos. No, muchos de los míos se han marchado por
> innumerables años rumbo a las extensas aguas para no regresar ja-
> más, porque han perecido en las profundidades o vagan extraviados
> entre sombras sin senderos; y cuando llegue el próximo año ningu-
> no volverá a marcharse rumbo al mar...

[Resulta muy curioso que las palabras de Turgon sean una repetición irónica de las de Tuor, que había pronunciado justo antes, siguiendo las instrucciones de Ulmo (*Cuento*, p. 62)]:

> ... ya se han olvidado los senderos que conducen allí y los caminos se
> han borrado de la faz de la Tierra y el lugar está rodeado de mares y
> montañas, pero aún viven allí los Elfos en la colina de Kôr y los Dio-
> ses moran en Valinor, aunque el dolor y el temor que despierta Melko
> opacan su alegría y mantienen oculta su tierra, y entretejen sortilegios
> impenetrables alrededor de ella para que el mal no llegue a sus costas.

En las pp. 120-122 (*Turlin y los Exiliados de Gondolin*) presenté un texto breve que en seguida fue abandonado, pero que claramente iba a ser el inicio de una nueva versión del *Cuento* (aunque mantenía la antigua versión de la genealogía de Tuor, que fue reemplazada por la de la casa de Huor en el *Esbozo* de 1926). Un rasgo llamativo de este texto es el hecho de que Ulmo quede explícitamente representado como el único de entre los Valar que se preocupa por los Elfos que viven bajo la amenaza de Melko, «y que ninguno a excepción de Ulmo temía el poder de Melko que provocó la ruina y el dolor sobre toda la Tierra; pero Ulmo deseaba que Valinor agrupara todas sus fuerzas para apagar su maldad antes de que fuera demasiado tarde, y creía que los dos objetivos quizá se pudieran alcanzar si mensajeros de los Gnomos fueran a Valinor y suplicaran el perdón y la piedad para la Tierra».

Es aquí donde aparece el «aislamiento» de Ulmo entre los Valar por primera vez, porque en el *Cuento* no hay mención de ello. Terminaré este comentario con una repetición de la perspectiva de Ulmo, a través de sus palabras a Tuor cuando éste estaba a orillas del mar en medio de la creciente tormenta que asolaba Vinyamar (UV pp. 166-167).

Y Ulmo le habló a Tuor de Valinor y de su oscurecimiento del Reino Bendecido.

—Pero ten en cuenta —le dijo— que en la armadura del Hado (como los hijos de la Tierra lo llaman) hay siempre una hendedura y en los muros del Destino una brecha hasta la plena consumación que vosotros llamáis el Fin. Así será mientras yo persista, una voz secreta que contradice y una luz en el sitio en que se decretó la oscuridad. Por tanto, aunque en los días de esta oscuridad parezca oponerme a la voluntad de mis hermanos, los Señores de Occidente, ésa es la parte que me cabe ellos y para la que fui designado antes de la hechura del Mundo. Pero el Destino es fuerte y la sombra del Enemigo se alarga; y yo estoy disminuido; en la Tierra Media soy apenas un secreto susurro. Las aguas que manan hacia el Oeste menguan cada día, y las fuentes están envenenadas, y mi poder se retira de las aguas de la tierra; porque los Elfos y los Hombres ya no me ven ni me oyen por causa del poder de Melkor. Y ahora la Maldición de Mandos se precipita hacia su consumación, y todas las obras de los Noldor perecerán, y todas las esperanzas que abrigaron se desmoronarán. Sólo queda la última esperanza, la esperanza que no han previsto ni preparado. Y esa esperanza radica en ti; porque así yo lo he decidido.

Esto nos lleva a otra pregunta: ¿por qué eligió a Tuor? O incluso, ¿por qué eligió a un hombre? El *Cuento* proporciona una respuesta a esta última cuestión, p. 68:

Ya habían transcurrido muchos años desde que Tuor se había extraviado a los pies de las colinas y los Noldoli lo habían abandonado; pero también habían pasado muchos años desde que Melko había oído hablar por primera vez de las curiosas proezas —vagas y variadas— de un Hombre que deambulaba por los claros del río Sirion. Melko era muy poderoso en ese entonces y no sentía mucho temor ante la raza de los Hombres, y, por esa razón, Ulmo había recurrido a uno de ellos para engañarlo más fácilmente al ver que ningún Valar y casi ningún Eldar y muy pocos Noldoli podían hacer algo sin que Melko lo supiera.

Sin embargo, en cuanto a la pregunta más importante de las dos, creo que la respuesta reside en las palabras de Ulmo a Tuor en Vinyamar (UV p. 167), cuando Tuor le dice: «De poco serviré, un mero hombre mortal, entre tantos y tan valientes miembros del Alto Pueblo del Oeste». A esto, Ulmo contesta:

Si decidí enviarte, Tuor, hijo de Huor, no creas que tu espada es indigna de la misión. Porque los Elfos recordarán siempre el valor de los Edain, mientras las edades se prolonguen, maravillados de lo que prodigarán tanta vida, aunque poco tienen de ella en la tierra. Pero no te envío sólo por tu valor, sino para llevar al mundo una esperanza que tú ahora no alcanzas a ver, y una luz que horadará la oscuridad.

¿En qué consistía esta esperanza? En mi opinión, en el acontecimiento que Ulmo vaticinó con tan milagrosa clarividencia ante Tuor en el *Cuento* (p. 52):

... y sin duda tendrás un hijo que conocerá mejor que nadie las más recónditas profundidades, ya sea del mar o del firmamento.

Tal y como ya señalé (p. 216 arriba), ese niño era Eärendel.

Es indudable que la luz de las palabras proféticas de Ulmo, «una luz que horadará la oscuridad», enviada por el propio Ulmo y traída al mundo por Tuor, es Eärendel. Sin embargo, por extraño que parezca, existe otro pasaje que demuestra que la «milagrosa clarividencia» de Ulmo, tal y como lo he llamado, emergió muchos años antes, sin intervención de Ulmo.

Este pasaje tiene lugar en la versión de *Los anales de Beleriand* conocida como los *Anales Grises*, que data del periodo posterior a la terminación de *El Señor de los Anillos*, acerca de lo cual véase *La Evolución de la Historia*, p. 218. La escena está sacada de un momento de la Batalla de las Lágrimas Innumerables, hacia el final, cuando muere Fingon, el Rey de los Elfos.

El día ya estaba perdido, pero Húrin y Huor todavía se mantuvieron firmes junto a los hombres de Hador, y los Orcos siguieron sin tomar los Pasos del Sirion [...] Entre los Eldar, la última batalla de Húrin y

Huor es la hazaña bélica más famosa de las que los Padres de los Hombres labraron por ellos. Porque Húrin habló a Turgon diciendo:

—¡Ahora marchaos, señor, mientras todavía quede tiempo! Porque sois el último de la Casa de Fingolfin, y en vos sigue viva la última esperanza de los Noldor. Mientras Gondolin siga en pie, fuerte y guardada, Morgoth aún sentirá miedo en su corazón.

—No por mucho tiempo puede Gondolin permanecer oculta, y cuando sea descubierta, por fuerza ha de caer —dijo Turgon.

—Pero si resiste, aunque sólo sea un breve tiempo —dijo Huor—, «vuestra casa sostendrá la esperanza de los Elfos y los hombres. Esto os digo, señor, con la muerte a la vista: aunque nos separemos aquí para siempre y yo no vuelva a ver vuestros muros blancos, <u>de vos y de mí surgirá una nueva estrella</u>.

Turgon aceptó el consejo de Húrin y Huor. Se retiró con todos los guerreros que pudo reunir de entre los pueblos de Fingon y de Gondolin, y desapareció entre las montañas, mientras Húrin y Huor protegieron el puerto a sus espaldas de los multitudinarios ataques de Morgoth. A Huor le mató una flecha envenenada, que le atravesó un un ojo.

No podemos sobreestimar los poderes divinos de Ulmo —el segundo Dios más poderoso, sólo por detrás de Manwë: tenía vastos conocimientos y presciencia, y una inconcebible capacidad de penetrar en la mente de otros seres para influir en sus pensamientos e incluso en su manera de entender el mundo, desde muy lejos—. Naturalmente, el ejemplo más destacable es cuando habla a través de Tuor al llegar éste a Gondolin. Esto es algo que se remonta al *Cuento*: «pondré palabras en tu boca» (p. 52); y a la Última Versión (p. 168), cuando Tuor pregunta «¿Qué palabras le diré a Turgon?», y Ulmo le contesta: «Si llegas ante él —respondió Ulmo—, las palabras aparecerán en tu mente, y tu boca hablará como yo quiera». En el *Cuento* (p. 61), esta capacidad de Ulmo va incluso más allá de esto: «A continuación habló Tuor, y Ulmo dio fuerzas a su corazón y majestuosidad a su voz».

En este comentario discursivo de los planes de Ulmo para Tuor, hemos llegado a Vinyamar, y a la segunda aparición del Dios en esta narración, que difiere profundamente de la del *Cuento* (p. 51 y p. 215 arriba). Ya no sube por el gran río Sirion, ni hace música sentado entre los juncos, sino que emerge de una ola, caminando en medio de una enorme tormenta de mar, «una forma viviente de gran altura y majestad». A Tuor le parece que se asemeja a un poderoso rey con una corona alta sobre la cabeza, y el Dios habla al Hombre «y hundido hasta las rodillas en el mar sombrío». Sin embargo, el episodio entero de la llegada de Tuor a Vinyamar no está presente en la historia, tal y como había existido en versiones previas, igual que el elemento esencial, en la Última Versión, de las armas que habían sido dejadas para él en la casa de Turgon (véase UV p. 165 y p. 219 arriba).

Sin embargo, es posible que la semilla de la historia ya estuviese presente tan temprano como en el *Cuento*, p. 61, cuando Turgon saluda a Tuor en las puertas de su palacio: «Bienvenido, Hombre de la Tierra de las Sombras. En nuestros libros sabios se habla de tu llegada y está escrito que muchas cosas prodigiosas han de suceder en Gondothlim cuando llegues aquí».

En la Última Versión (p. 170), Voronwë, el Elfo de los Noldorin, asume un papel que crea un vínculo entre su primera aparición en la narración, y el relato sobre Tuor y Ulmo, radicalmente diferente de su aparición en los textos anteriores (véase p. 53). Tras la partida de Ulmo

Al mirar desde la terraza más baja [Vinyamar], Tuor vio, apoyado
contra el muro, a un Elfo que vestía una empapada capa gris [...] Al
ver Tuor la silenciosa figura gris, recordó las palabras de Ulmo y le
vino a los labios un nombre que nadie le había enseñado, y le dijo
en alta voz:

—¡Bienvenido, Voronwë! Te esperaba.

Éstas son las últimas palabras de Ulmo a Tuor antes de su partida (UV p. 168):

Quitaré a uno de la cólera de Ossë, y lo enviaré a ti, y de ese modo
tendrás guía: sí, el último marinero del último navío que irá hacia el
Occidente, hasta la elevación de la Estrella.

Y este marinero es Voronwë, quien cuenta su historia a Tuor a
orillas del mar en Vinyamar (UV pp. 174-178). Su relato del viaje
por el Gran Mar, que había durado siete años, es una historia dura
para Tuor, un hombre profundamente enamorado del océano. Sin
embargo, antes de emprender su misión, dice (UV p. 175 y ss.):

Pero no me demoré en el camino. Porque había visto poco de la
Tierra Media. Amable al corazón es esa tierra como veréis si alguna
vez seguís hacia el Sur por el Sirion abajo. Allí se encuentra cura a
las nostalgias del mar...

Ya había desaparecido de la narración, lógicamente, la historia
del *Cuento* de la demora de Tuor en Nan-tathrin, la Tierra de los
Sauces, maravillado por su belleza, lo cual era la causa de la llegada de Ulmo originalmente, pero no se había perdido. En la última versión era Voronwë, hablando a Tuor en Vinyamar, quien
había pasado un tiempo en Nan-tathrin, quedándose maravilla-

do mientras estaba «de rodillas en la hierba» (UV p. 175); en la vieja historia había sido Tuor quien «se hundió hasta las rodillas en la hierba» en la Tierra de los Sauces (*Cuento*, p. 51). Tanto Tuor como Voronwë otorgaban nombres de cosecha propia a las flores y aves y mariposas que no reconocían.

Puesto que en esta «Evolución de la Historia» no volveremos a encontrar a Ulmo en persona, adjunto aquí un retrato del gran Vala que mi padre escribió en su obra *La música de los Ainur* (finales de los años 1930):

> Ulmo vivió en el Océano Exterior, y allí vive todavía. Desde allí gobierna el flujo de todas las aguas, y las mareas, el curso de los ríos y la renovación de las fuentes, y la destilación de todos los rocíos y lluvias en las tierras que se extienden bajo el cielo. En los sitios profundos concibe una música grande y terrible, y el eco de esa música corre por todas las venas del mundo en dolor y alegría; porque si alegre es la fuente que se alza al sol, el agua nace en pozos de dolor insondable en los cimientos de la Tierra. Los Teleri aprendieron mucho de Ulmo, y por esta razón su música tiene a la vez tristeza y encantamiento.

Ahora llegamos al viaje que emprenden Tuor y Voronwë desde Vinyamar en Nevrast, junto al mar en el Oeste lejano, en busca de Gondolin. El viaje les lleva hacia el Este a lo largo de la ladera Sur de la gran cordillera montañosa de Ered Wethrin, las Montañas de la Sombra, que formaban una enorme barrera entre Hithlum y Beleriand Occidental, hasta que al fin llegan al gran río Sirion que fluye de Norte a Sur.

La primera referencia en el *Cuento* (p. 54) sólo hace constar que «Tuor y Voronwë» [quienes en la vieja historia nunca antes habían estado allí] «anduvieron en busca del lugar donde habitaba ese pueblo» [los Gondothlim], «por largo tiempo, hasta que después de muchos días llegaron a un profundo valle rodeado de colinas». De igual manera, en el *Esbozo*, como era de esperar, se dice llanamente (pp. 128-129) que «Tuor y Bronweg llegan al mismo camino secreto [...] y salen a la planicie guardada». Y el *Quenta Noldorinwa* (pp. 141-142) es igualmente escueto: «Obedeciendo a Ulmo, Tuor y Bronweg viajaron al Norte, y al fin arribaron a la puerta oculta».

En comparación con estos breves retazos, el relato en la Última Versión de los días de angustia que Tuor y Voronwë pasan en esta inhóspita región, expuestos a los duros vientos y a las crudas heladas, su huida de las bandas de Orcos y sus lugares de acampada, así como la llegada de las águilas, suponen un nuevo elemento importante en la historia de Gondolin. (Acerca de la presencia de las águilas en esa región, véase *Quenta Noldorinwa* p. 137 y UV p. 186.) Lo más notable es su llegada al Estanque de Ivrin (p. 178), de donde nace el río Narog, ahora contaminado y desolado por el paso del dragón Glaurung (a quien Voronwë llama «el Gran Gusano de Angband»). Aquí, los que están en busca de Gondolin entran en contacto con la historia más amplia de los Días Antiguos, porque ven a un hombre alto pasar con una larga espada desenfundada, cuya hoja es larga y negra. No hablan con este hombre vestido de negro, y no saben que es Túrin Turambar, «Espada Negra», huyendo hacia el Norte tras el saqueo de Nargothrond, del que no habían tenido noticias. «Así, sólo por un momento, y nunca otra vez, se cruzaron los caminos de estos dos parientes, Túrin y Tuor.» (Húrin, el padre de Túrin, era el hermano de Huor, el padre de Tuor.)

Ahora llegamos al tramo final de la «Evolución de la Historia» (puesto que la Última Versión no se extiende más): la primera vista de Gondolin, tras la entrada secreta y guardada a la llanura de

Tumladen —una «puerta» o «portón» de renombre en la historia de la Tierra Media—. En el *Cuento* (p. 55) Tuor y Voronwë llegan a un lugar donde el río (Sirion) «avanzaba veloz y con gran estruendo sobre un lecho de piedras». Era el Vado de Brithiach, que todavía no había recibido ese nombre; «oculto entre espesos bosquecillos de alisos», pero los bancos eran muy empinados. Allí, en medio de la «verde ladera», Voronwë encuentra «una enorme puerta con un declive a cada lado y estaba rodeada de espesos arbustos y largas malezas enmarañadas».

Pasando a través de esta apertura (p. 55-56) entran en un túnel oscuro y sinuoso. Se abren camino a tientas hasta que ven una luz distante, «acercándose a esa luz, encontraron una entrada similar a la que ya habían cruzado». Aquí se ven rodeados de guardias armados y salen a la luz del sol al pie de unas montañas empinadas que forman un círculo cerrado alrededor de una vasta llanura, y en medio de ésta se levanta una ciudad sobre la cima de una gran colina solitaria.

Naturalmente, en el *Esbozo* no hay descripciones de esta entrada, pero en el *Quenta Noldorinwa* (p. 136) se dice lo siguiente acerca del Paso de la Huida: en la región donde las Montañas Circundantes eran menos altas, los elfos de Gondolin «excavaron un gran túnel sinuoso bajo las raíces de las colinas, y su salida, oculta por los árboles y oscura, se hallaba en el lado escarpado, de una garganta por la que corría el feliz río [Sirion]». Se dice en el *Quenta* (p. 141) que cuando Tuor y Bronwë (Voronwë) llegan a la puerta escondida, entran por el túnel y «arribaron a la puerta oculta», donde los Elfos les hacen prisioneros.

Por lo tanto, las dos «puertas» y el túnel entre ellas estaban allí cuando mi padre escribió el *Quenta Noldorinwa* en 1930, y sobre esta concepción basó la última versión en 1951. Aquí es donde termina la semejanza.

Sin embargo, se verá que en la última versión (UV pp. 187 y ss.) mi padre introduce un elemento marcadamente diferente en la topografía. La entrada ya no se encuentra en el banco oriental del Sirion sino en el de un afluente. Eso sí, cruzan el peligroso Brithiach, fortalecidos por la aparición de las águilas.

> En el otro lado del vado llegan a una quebrada, el lecho de una vieja corriente en la que el agua ya no fluye; pero en su día, según parecía, un torrente había cavado el profundo canal en su camino del Norte, desde las montañas del Echoriath, llevando desde allí todas las piedras del Brithiach hasta el Sirion.
>
> —¡Por fin la encontramos después de agotada toda la esperanza! —exclamó Voronwë—. ¡Mira! Aquí está la desembocadura del Río Seco y éste es el camino que hemos de tomar.

Sin embargo, el «camino» está lleno de piedras y asciende abruptamente, y Tuor expresa su disgusto ante Voronwë, así como su asombro ante el hecho de que esta pista abandonada pueda ser la entrada a la ciudad de Gondolin.

Después de muchas millas y una noche de acampada en el Río Seco, llegan a la muralla de las Montañas Circundantes donde, después de entrar por una apertura, son finalmente llevados hasta lo que parece un espacio enorme y silencioso, en el que no ven nada. La siniestra recepción de Tuor y Voronwë apenas tiene parangón en todos los textos de la Tierra Media: la potente y brillante luz que alcanza a Voronwë en medio de la enorme oscuridad, y la voz amenazante y fría. Cuando termina el terrible interrogatorio, son conducidos a otra entrada, o salida.

En el *Quenta Noldorinwa* (p. 142) Tuor y Voronwë emergen del largo y sinuoso túnel negro, donde la guardia les hace prisioneros, y ven Gondolin «blanca, brillando desde lejos, encendida con el tinte rosado del amanecer sobre la llanura». De esta manera, la concepción de aquellos tiempos queda descrita claramente: la ancha llanura de Tumladen, completamente rodeada de las montañas, las Echoriath, y un túnel que las atraviesa desde el mundo exterior. Sin embargo, en la Última Versión, cuando parten del lugar del interrogatorio, Tuor descubre que se encuentran «en el extremo de un barranco. Nunca había visto nada igual ni había alcanzado a imaginarlo». Ascendiendo por este desfiladero, llamado Orfalch Echor, un camino se abría paso a través de una sucesión de puertas enormes, magníficamente adornadas, hasta alcanzar la cima de la grieta con la séptima, la Gran Puerta. Sólo entonces Tuor «contempló Gondolin en medio de la nieve blanca»; y es allí donde Ecthelion dice de Tuor que resulta evidente que «es el mismo Ulmo quien lo envía» —las palabras con las que termina el último texto de *La Caída de Gondolin*.

El final

He mencionado (p. 27) que el título original del *Cuento*, *Tuor y los Exiliados de Gondolin*, iba seguido de las palabras «que da paso al Gran Cuento de Eärendel». Además, el «Último Cuento» que seguía a *La Caída de Gondolin* era el *Cuento del Nauglafring* (El Collar de los Enanos, en el que estaba incrustado el Silmaril) del que cité las últimas palabras en *Beren y Lúthien*, p. 234:

> Y así se entretejió el destino de todas las hadas en una sola hebra y esa hebra es la grandiosa historia de Eärendel; y aquí se inicia en realidad ese cuento.

Podemos suponer que el «verdadero inicio» del *Cuento de Eärendel* iba a tener lugar tras las palabras con las que termina el *Cuento de la Caída de Gondolin* (p. 116):

> Los exiliados de Gondolin se establecieron entonces en la desembocadura del Sirion, junto a las olas del Gran Mar [...] entre los Lothlim

Eärendel se convierte en un hermoso joven en la casa de su padre, y así llega a su fin el extraordinario cuento de Tuor.

Sin embargo, el Cuento Perdido de Eärendel nunca fue escrito. Hay muchas notas y esbozos que datan del primer periodo, y varios poemas tempranos, pero no hay nada que corresponda ni remotamente al Cuento de *La Caída de Gondolin*. Cualquier intento de comentar estos dos esbozos, a menudo contradictorios, a partir de frases aisladas, supondría una contradicción al propósito de estos dos libros: las historias comparativas de las *narraciones* a partir de su evolución. Por otro lado, la historia de la destrucción de Gondolin se relata de manera muy detallada en el *Cuento* original; la historia de los supervivientes es una continuación esencial de la historia de los Días Antiguos. Por tanto, he decidido volver a las dos narraciones tempranas en las que que se cuenta el final de los Días Antiguos: el *Esbozo de la mitología* y el *Quenta Noldorinwa*. (Tal y como señalé en otro lugar, «resulta verdaderamente extraño que el *Quenta Noldorinwa* fuera sin embargo el único texto [después del *Esbozo*] que llegó a terminar.

Por este motivo, reproduzco aquí el final del *Esbozo* de 1926, a partir de las palabras (p. 130): «Los supervivientes [de los habitantes de Gondolin] alcanzan Sirion y pasan a la tierra de su desembocadura: las Aguas del Sirion. El triunfo de Morgoth es ahora absoluto».

El final del *Esbozo de la mitología*

A la desembocadura del Sirion llega Elwing, hija de Dior, y es recibida por los supervivientes de Gondolin. Éstos de convierten en un pueblo marino, que construye muchos navíos y vive lejos en el delta, donde los Orcos no se atreven a ir.

Ylmir [Ulmo] lanza reproches a los Valar y les pide que rescaten a los que quedan de los Noldoli y a los Silmarils, ya que sólo ellos alojan la luz de los felices días de antaño en que los Árboles brillaban.

Los hijos de los Valar conducidos por Fionwë Tulcas, envían un ejército en el que marchan todos los Qendi, pero, recordando Puerto del Cisne, pocos Teleri los acompañan. Côr es abandonada.

Tuor, cada día más viejo, no puede controlar la llamada del mar, y construye a Eärámë y navega al Oeste con Idril y no se vuelve a saber nada más de ellos. Eärendel se casa con Elwing. La llamada del mar también nace en él. Construye Wingelot y desea navegar en busca de su padre. Lo que sigue son las maravillosas aventuras de Wingelot en los mares y las islas, y la muerte de Ungoliant por Eärendel en el Sur. Regresó a casa y encontró Aguas del Sirion desolada. Los hijos de Fëanor, al descubrir la morada de Elwing y del Nauglafring [en el que se puso el Silmaril de Beren], habían caído sobre el pueblo de Gondolin. En la batalla murieron todos los hijos de Fëanor, a excepción de Maidros, y las últimas gentes de Gondolin perecieron o se vieron obligadas a marcharse y unirse al pueblo de Maidros. Elwing arrojó el Nauglafring al mar y saltó tras él, pero Ylmir la transformó en un ave marina blanca y voló en busca de Eärendel y lo buscó en todas las costas del mundo.

Sin embargo, su hijo Elrond que es medio mortal medio Elfo, un niño, fue salvado por Maidros. Cuando más adelante los Elfos regresan al Oeste, compelido por su mitad mortal, elige permanecer en la tierra.

Eärendel, al saber de estas cosas por Bronweg, que vivía solo en una cabaña en la desembocadura del Sirion, siente un gran dolor. En compañía de Bronweg vuelve a partir a bodo de Wingelot en busca de Elwing y de Valinor.

Arriba a las islas mágicas, y a la Isla Solitaria, y por fin a la Bahía de Faërie. Asciende la colina de Côr y recorre los desiertos caminos de Tûn, y sus vestiduras quedan impregnadas del polvo de diamantes y de joyas. No se atreve a adentrarse más en Valinor. Construye una torre en una isla de los mares del Norte en la que todas las aves marinas del mundo buscan reparo. Con la ayuda de sus alas navega incluso por el aire en busca de Elwing, pero el Sol lo que quema, y la Luna lo acosa en el cielo, y durante largo tiempo vaga por el cielo como una estrella fugitiva.

Entonces se cuenta la marcha de Fionwë al Norte, y la Terrible o Última Batalla. Todos los Balrogs son destruidos, y los Orcos, destruidos o dispersos. Morgoth en persona realiza una última salida con todos sus dragones; los hijos de los Valar los destruyen a todos salvo a dos, que escapan, y derrotan a Morgoth y lo atan y convierten su corona de hierro en un collar para el cuello. Se recuperan los dos Silmarils. Las partes Septentrional y Occidental del mundo se desgarran y se rompen en la lucha, y se altera la forma de sus tierras.

Los Dioses y los Elfos liberan a los Hombres de Hithlum y marchan por las tierras llamando al resto de los Gnomos e Ilkorins para que se unan a ellos. Todos lo hacen excepto el pueblo de Maidros. Éste, con la ayuda de muchos hombres, se prepara para cumplir su juramento, aunque ahora, al final, abrumado por el dolor que le causa. Envía a buscar a Fionwë, recordándole el juramento y suplicándole los Silmarils. Fionwë contesta que ha perdido el derecho sobre ellos debido a las malas acciones de Fëanor, a la muerte del Dior y al saqueo del Sirion. Debe entregarse y regresar a Valinor; sólo allí, y ante el juicio de los Dioses, se los entregará...

En la última marcha, Maglor le dice a Maidros que ahora sólo quedan dos hijos de Fëanor, y dos Silmarils; uno es suyo. Lo roba y huye, pero le quema tanto que descubre que ya no posee derecho sobre él. Vaga por la tierra sumido en el dolor, y se arroja a un foso ardiente. Desde entonces un Silmaril está en el mar y uno en la tierra. Desde entonces, Maglor canta junto al mar, siempre sumido en el dolor.

Se celebra el juicio de los Dioses. La tierra será para los Hombres, y los Elfos que no naveguen con rumbo a la Isla Solitaria o a Valinor se marchitarán y decaerán lentamente. Durante un tiempo los últimos dragones y Orcos afligirán la tierra, pero al final todos perecerán gracias al valor de los Hombres.

Morgoth es arrojado por la Puerta de la Noche hacia la oscuridad exterior que hay detrás de los Muros del Mundo, y se pone una guardia para que siempre vigile esa puerta. Las mentiras que sembró en los corazones de los Hombres y de los Elfos no mueren y los Dioses no pueden eliminarlas todas, y siguen vivas y ocasionan muchos males incluso en estos días. Algunos dicen también que en secreto Morgoth o su sombra negra y espíritu, a pesar de los Valar, trepa furtivamente por encima de los Muros del Mundo en el Norte y en el Este y visita el mundo; otros, que es Thû, su gran jefe, que escapó a la Última Batalla y aún mora en lugares oscuros y pervierte a los Hombres atrayéndolos a su terrible adoración. Cuando el mundo sea más viejo y los Dioses estén más débiles, Morgoth regresará a través de la Puerta y se librará la última de todas las batallas. Fionwë se batirá con Morgoth en la llanura de Valinor, y el espíritu de Túrin estará a su lado; será Túrin quien, con su espada negra, matará a Morgoth, y así se vengarán los hijos de Húrin.

En esos días, los Silmarils se recuperarán del mar y de la tierra y del aire, y Maidros los romperá y Palúrien con su fuego volverá a encender los Dos Árboles, y la gran luz aparecerá de nuevo, y las Montañas de Valinor se allanarán para que la luz llegue al mundo, y los Dioses y los Elfos y los Hombres volverán a ser jóvenes, y todos sus muertos despertarán. Pero de los Hombres en ese último Día la profecía no habla, a excepción únicamente de Túrin.

Y de esta manera el último Silmaril llegó al aire. Los Dioses se lo adjudicaron a Eärendel —«hasta que muchas cosas acontezcan»— debido a los actos de los hijos de Fëanor. Maidros es enviado junto a Eärendel y con la ayuda del Silmaril se encuentra a Elwing y le es devuelta. El barco de Eärendel se arrastra sobre Valinor hacia los Mares Exteriores, y Eärendel lo lanza a la oscuridad exterior por encima del Sol y de la Luna. Allí navega con el Silmaril en la frente y con Elwing a su lado, la estrella más brillante de todas, vigilando a Morgoth y la Puerta de la Noche. Así navegará hasta que vea la última batalla a punto de librarse en las llanuras de Valinor. Entonces él descenderá.

Y éste es el último final de las historias de los días anteriores a los días, en las regiones Septentrionales del Mundo Occidental.

Embarcarse en un comentario general sobre el final, tan complejo y vago, de la historia de la «Primera Edad», supondría una digresión demasiado prolongada. Me limitaré a mencionar unos pocos aspectos de la narración, extraídos del *Esbozo de la mitología*, que presentaré más abajo. Los escasos textos que quedan del primer periodo de la obra de mi padre fueron inacabados en su mayoría, y el relato del *Esbozo* es, en efecto, el primer testigo de unos rasgos completamente nuevos, entre los que se cuenta la aparición del destino de los Silmarils como el elemento central de la historia acerca de la última guerra. Esto viene motivado por una pregunta que mi padre se hizo a sí mismo en una nota temprana y aislada: «¿Qué fue de los Silmarils tras la captura de Melko?». (De hecho, se podría afirmar con tranquilidad que la propia existencia de los Silmarils tenía una importancia mucho menos radical en la concepción original de la mitología, en comparación con la que llegaría a tener posteriormente.)

En el relato del *Esbozo*, Maglor dice a Maidros (p. 240) que «sólo quedan dos hijos de Fëanor, y dos Silmarils; uno es suyo». El tercero se ha perdido, porque ya se ha dicho en el *Esbozo* (p. 242) que «Elwing arrojó el Nauglafring al mar y saltó tras él». Ése era el Silmaril de Beren y Lúthien. Cuando Maglor arrojó a una grieta de fuego el Silmaril de la Corona de Hierro que había robado de la custodia de Fionwë «un Silmaril está en el mar y uno en la tierra» (p. 242). El tercero era el último de la Corona de Hierro, y fue aquél el que los Dioses adjudicaron a Eärendel, quien, llevándolo sobre su frente «lo lanza a la oscuridad exterior por encima del Sol y de la Luna».

En este momento todavía no había aparecido la noción de que el Silmaril que Eärendel llevaba, y que más tarde se convertiría en el Lucero del Alba y el Lucero de la Tarde, era el que Beren y Lúthien habían arrancado de Morgoth, aunque cuando finalmente lo hizo, parecía una necesidad del mito.

También resulta muy llamativo que Eärendel el Medio Elfo todavía no se haya convertido en la voz que intercede por Hombres y Elfos ante los Valar.

El final del *Quenta Noldorinwa*

Volvemos a esta segunda cita del *Quenta* a partir del punto en que termina la primera (p. 147), donde se dice que los Elfos que sobrevivieron la destrucción de Doriath y de Gondolin se convirtieron en una pequeña comunidad de constructores de navíos en las bocas del Sirion, donde vivieron «y moraron cerca de las costas y bajo la sombre de la mano de Ulmo». Ahora reproduciré el *Quenta* hasta su final, siguiendo, como antes (p. 134), el texto revisado «Q II».

Pero en Valinor Ulmo habló a los Valar de la necesidad de los Elfos, y les pidió que los perdonaran y les enviaran ayuda y los rescataran del poder abrumador de Morgoth, y que recuperaran los Silmarils ya que sólo en ellos florecía ahora la luz de los días felices cuando los Dos Árboles todavía brillaban. O eso dicen los Gnomos, quienes después tuvieron noticias de muchas cosas de sus hermanos los Quendi, los Elfos de la Luz amados de Manwë, que siempre conocían algo de la mente del Señor de los Dioses. Pero Manwë no sintió piedad, ¿y los consejos de su corazón qué historia contarán? Los Quendi dijeron que aún no había llegado la hora, y que sólo uno hablando en persona a favor de la causa tanto de los Elfos como de los Hombres, suplicando perdón por sus malas obras y piedad para sus aflicciones, podría conmover los consejos de los Poderes; y quizá ni siquiera Manwë tenía poder para deshacer el juramento de Fëanor hasta que llegara a su desenlace, y los hijos de Fëanor renunciaran a los Silmarils, que habían reclamado inexorablemente. Pues los Dioses habían creado la luz de los Silmarils.

En aquellos días Tuor sintió que la vejez se adueñaba de él, y el anhelo por las profundidades del mar crecía cada vez con más fuerza en su corazón. Por tanto construyó un gran navío, Eäráme, Ala de Águila, y navegó con Idril hacia la puesta de sol y el Oeste, y no volvió a aparecer en ninguna historia o canción. [*Añadidura posterior*: Pero sólo Tuor de los Hombres mortales se contaba entre la raza antigua, y se unió a los Noldoli, a quienes amaba, y en tiempo posteriores siguió morando, o eso se ha dicho, en su barco, de viaje por los mares del País de Faërie o descansando un tiempo en los puertos de los Gnomos de Tol Eressëa; y su destino es distinto al destino de los Hombres.] El Brillante Eärendel fue entonces señor del pueblo del Sirion y de sus muchos navíos; y tomó por esposa a Elwing la hermosa, y ella le dio a Elrond, el Medio Elfo [a Elrond y Elros los llaman los Medio Elfos]. Sin embargo, Eärendel no podía descansar, y viajes que hacía alrededor de las costas de las Tierras Exteriores no aliviaban su desasosiego. Dos proyectos crecieron en su corazón, confundidos ambos con el anhelo por el ancho mar: navegar en busca de Tuor e Idril Celebrindal que no retornaban; y quizá encontrar la última costa y llevar antes de morir el mensaje de los Elfos y los Hombres a los Valar del Oeste que conmoviera los corazones de Valinor y de los Elfos de Tûn para que tuvieran piedad del mundo y las aflicciones de la Humanidad.

Construyó Wingelot, el más hermoso de los navíos de las canciones, la Flor de Espuma; blancas como la luna argéntea tenías las cuadernas, dorados los remos, plateadas las velas, los mástiles coronados de joyas como estrellas. En la Balada de Eärendel se dice mucho de sus aventuras en alta mar y en tierras vírgenes y en muchos mares y muchas islas. En el Sur mató a Ungoliant, y su oscuridad fue destruida, y la luz llegó a muchas regiones que habían estado largo tiempo ocultas. Pero Elwing permanecía en casa, lamentándose.

Eärendel no encontró a Tuor ni a Idril, ni jamás llegó en aquel viaje a las costas de Valinor, derrotado por las sombras y el encantamiento, empujado por vientos contrarios, hasta que por añoranza de Elwing se volvió hacia el Este rumbo al hogar. Y el corazón le ordenó que se apresurara, pues un súbito miedo se había apoderado de él procedente de los sueños, y los vientos con los que había luchado ferozmente ahora no le llevaban de vuelta tan rápido como él deseaba.

En los puertos del Sirion se habían abatido nuevas aflicciones. La morada de Elwing, donde aún no conservaba el Nauglafing y el glorioso Silmaril, fue conocida por los hijos supervivientes de Fëanor, Maidros y Maglor y Damrod y Díriel; abandonaron sus senderos de caza y se agruparon, y enviaron al Sirion mensajes de amistad, pero también de severa exigencia. Pero Elwing y el pueblo del Sirion se negaron a ceder la joya que Beren había obtenido y Lúthien lucido, y por la que habían matado Dior el Hermoso; y menos aún mientras Eärendel, su señor, estuviera en el mar, pues creían que en la joya radicaba el don de felicidad y curación que había descendido sobre sus hogares y navíos.

Y así al final aconteció la última y más cruel de las matanzas de Elfos por Elfos; y ésta fue la tercera desgracia provocada por el maldito juramento. Pues los hijos de Fëanor cayeron sobre los exiliados de Gondolin y los supervivientes de Doriath y los destruyeron. Aunque algunos de su pueblo no participaron, y unos pocos se rebelaron y fueron muertos con la facción que ayudaba a Elwing contra sus propios señores (pues tan grandes eran el dolor y la confusión en los corazones de los Elfinesse en aquellos días), no obstante, Maidros y Maglor ganaron la batalla. Y sólo ellos quedaron de los hijos de Fëanor, pues en esa batalla Damrod y Díriel fueron muertos; pero el pueblo del Sirion pereció o huyó, o se vio obligado a partir y unirse al pueblo de Maidros, que reclamó el dominio sobre todos los Elfos de las Tierras Exteriores.

Sin embargo, Maidros no obtuvo el Silmaril, pues Elwing, al ver que todo estaba perdido y que su hijo Elrond había sido tomado prisionero, eludió a la hueste de Maidros y con el Nauglafring en el pecho se arrojó al mar, y la gente persó que había perecido.

Pero Ulmo la sacó de las aguas y le dio la forma de una gran ave blanca, y en el pecho le brillaba como una estrella el resplandeciente Silmaril mientras volaba sobre el agua en busca de Eärendel, su amado. Y una noche Eärendel al timón la vio venir hacia él, como una nube blanca bajo la luna demadiado veloz, como una esrella sobre el mar moviéndose en un curso extraño, como una llama pálida en alas de la tormenta. Y cantan que ella cayó del aire encima de las cuadernas de Wingelot, desmayada, próxima a la muerte debido al apremio de su impulso, y Eärendel la acunó en su regazo. Y por la mañana, con ojos maravillados, contempló a su esposa que había recobrado su forma junto a él, y con el cabello le cubría el rostro; y ella dormía.

Pero grande fue el dolor de Eärendel y Elwing por la ruina de los puertos del Sirion y el cautiverio de su hijo Elrond, por cuya vida temían y, sin embargo, estaban equivocados. Porque Maidros se apiadó de Elrond y cuidó de él, y después el amor creció entre ellos, como difícilmente se hubiera imaginado; pero el corazón de Maidros estaba enfermo y cansado por la carga del terrible juramento.

> [*Este pasaje fue reescrito de la siguiente manera*:
>
> Pero grande fue el dolor de Eärendel y Elwing por la ruina de los puertos del Sirion y el cautiverio de sus hijos; y temieron que los mataran. Pero no fue así. Porque Maglor se apiadó de Elros y Elrond, y los cuidó, y después el amor creció entre ellos, como difícilmente se hubiera imaginado; pero el corazón de Maglor estaba enfermo y cansado, &c.]

No obstante, entonces Eärendel no vio ninguna esperanza en las tierras del Sirion, y de nuevo dio media vuelta desesperado y no regresó a casa, sino que una vez más buscó Valinor con Elwing a su lado. Ahora casi siempre se quedaba en la proa, y se ató el Silmaril a la frente, cuya luz se hacía cada vez más fuerte a medida que se acercaban al Oeste. Quizá en parte fue por el poder de aquella joya sagrada por lo que con el tiempo arribaron las aguas en las que hasta entonces ningún navío, salvo los de los Teleri, había navegando; y llegaron a las Islas Mágicas y escaparon de su magia; y llegaron a los Mares Sombríos y cruzaron sus sombras; y contemplaron la Isla Solitaria y no se demoraron allí; y anclaron en la Bahía de Faërie en los bordes del mundo. Y los Teleri vieron la llegada de aquel barco y quedaron asombrados al contemplar desde lejos la luz del Silmaril, y era muy intensa.

Pero Eärendel desembarcó en las costas inmortales, el único de los Hombres mortales; y no permitió que Elwing ni nadie de la pequeña compañía fueran con él, para que no cayeran bajo la cólera de los Dioses, y llegó en un momento de la fiesta tal como sucediera con Morgoth y Ungoliant en las edades pasadas y los vigías en las colinas de Tûn eran pocos, pues la mayoría de los Quendi se hallaba en las estancias de Manwë en la cima de Tinbrenting.

Entonces los vigías cabalgaron de prisa hasta Valmar, o se ocultaron en los desfiladeros de las colinas; y todas las campanas de Valmar repicaron, pero Eärendel ascendió la maravillosa colina de Côr y la encontró desnuda, y entró en las calles de Tûn y estaban vacías; y sintió gran pena en el corazón. Entonces recorrió los desiertos caminos de Tûn y el polvo que se le posaba en las vestiduras y el calzado era de diamantes, mas nadie oyó su llamada. Entonces regresó a las costas para subir una vez más a su navío Wingelot; pero alguien fue a la playa y le gritó:

—¡Salve, Eärendel, de las estrellas la más radiante, de los mensajeros el más hermoso! ¡Salve, portador de la luz anterior al Sol y la Luna, el buscado que llega de improviso, el anhelado que llega más allá de la esperanza! ¡Salve, esplendor de los hijos del mundo, aniquilador de la oscuridad! ¡Estrella del crepúsculo, salve! ¡Salve, heraldo de la mañana!

Y era Fionwë, el hijo de Manwë, y convocó a Eärendel ante los dioses; y Eärendel entró en Valinor y en las estancias de Valmar, y jamás regresó a las tierras de los Hombres. Pero Eärendel pronunció la embajada de las dos razas ante los rostros de los Dioses, y solicitó el perdón para los Gnomos y piedad para los Elfos exiliados y para los desdichados Hombres, y ayuda en sus necesidades.

Entonces los hijos de los Valar se aprestaron a la batalla, y el capitán de su hueste fue Fionwë, hijo de Manwë. Bajo el blanco estandarte marchó también la hueste de los Quendi, los Elfos de la Luz, el pueblo de los Ingwë, y entre ellos los Gnomos de antaño que hamás habían salido de Valinor, pero recordando Puerto del Cisne, los Teleri no partieron a excepción de muy pocos, y éstos dirigieron los barcos en los que la mayor parte del ejército llegó a las Tierras del Norte: pero ellos no quisieron pisar jamás aquellas costas.

*Eärendel era el guía; mas los Dioses no le permitieron regresar de nuevo, y se construyó una torre blanca en los confines del mundo exterior en las regiones septentrionales de los Mares Divisorios, en la que buscaban reparo todas las aves marinas de la tierra. Y a menudo Elwing tomaba la forma y apariencia de ave; y ella ideó alas para el navío de Eärendel, y éste se elevó incluso hasta los océanos del aire. Maravilloso y mágico era aquel navío, una flor iluminada por las estrellas en el cielo, portando una titilante y sagrada llama; y el pueblo de la tierra la contempló desde lejos y se maravilló, y alzó los ojos desde la desesperanza. Y se dijo que seguro hay un Silmaril en el cielo, que una estrella nueva se ha alzado en el Oeste. Maidros le dijo a Maglor:

[*Este pasaje, a partir del asterisco, fue reescrito de la siguiente manera:*
En aquellos días los Dioses arrastratron el barco de Eárendel más allá de los límites del mundo, y lo elevaron incluso hasta los océanos del aire. Maravilloso y mágico era aquel navío, una flor celeste iluminada por las estrellas portando una titilante y sagrada llama; y el pueblo de la Tierra la contempló desde lejos y se maravilló, y alzó los ojos desde la desesperanza, y se dijo que seguro hay un Silmaril en el cielo, que una estrella nueva se ha levantado en el Oeste. Pero Elwing se lamentó por Eárendel, pero nunca más volvió a encontrarlo, y estuvieron separados hasta el fin del mundo. Por tanto, ella se construyó una torre blanca en los confines del mundo exterior, en las regiones Septentrionales de los Mares Divisorios, en la que buscaban reparo todas las aves marinas de la tierra. Y Elwing se ideó unas alas, y deseó volar hasta el bavío de Eárendel. Pero [*ilegible: cayó de nuevo........*] Y cuando su llama apareció en lo alto Maglor le dijo a Maidros:]

«Si ése es el Silmaril que se eleva por algún poder divino desde el mar al que lo vimos caer, entonces alegrémonos, porque su gloria es vuestra ahora por muchos». Así surgió la esperanza y una promesa de mejora; pero Morgoth estaba lleno de dudas.

Sin embargo, se dice que no esperaba el ataque que cayó sobre él desde el Oeste. Tan grande se había vuelto su orgullo que consideraba que nadie volvería a enfrentársele jamás en guerra abierta; además, pensaba que había separado para siempre a los Gnomos de los Dioses y de sus hermanos, y que, satisfechos en el Reino Bendecido, los Valar no prestarían más atención al reino de Morgoth en un mundo exterior. Pues el corazón despiadado no cuenta con el poder de la piedad, del que se puede forjar una gran ira y encender un rayo ante el cual las montañas se derrumban.

De la marcha de la hueste de Fionwë poco se dice, pues en sus ejércitos no iba ninguno de esos Elfos que habían morado y sufrido en las Tierras Exteriores, y que compusieron estas historias; y sólo mucho después se enteraron de esos hechos a través de parientes lejanos, los Elfos de la Luz de Valinor. Pero Fionwë vino, y el desafío de sus trompetas llenó el cielo, y llamó junto a él a todos los Hombres y Elfos de la Luz de Valinor. Pero Fionwë vino, y el desafío de sus trompetas llenó el cielo, y llamó junto a él a todos los Hombres y Elfos de Hithlum del Este; y Beleriand se inflamó con la gloria de sus armas, y las montañas resonaron.

El encuentro de las huestes del Oeste y del Norte se ha llamado la Gran Batalla, la Batalla Terrible, la Batalla de la Ira y el Trueno. Allí se formaron todas las fuerzas del Trono del Odio, y se habían vuelto casi inconmensurables, de modo que Dor-na-Fauglith no podía contenerlas y todo el Norte ardía con la guerra. Pero no venció. Todos los Balrogs fueron destruidos, y las innumerables huestes de los Orcos perecieron como la paja en el fuego, o fueron barridas como hojas secas por un viento abrasador. A partir de entonces pocos quedaron para perturbar el mundo. Y se cuenta que en aquella batalla muchos Hombres de Hithlum, arrepentidos de servir al mal, realizaron valientes hazañas, y del Este vinieron muchos además de los Hombres; y así en parte se sumplieron las palabras de Ulmo; pues por Eärendel, hijo de Tuor, obtuvieron ayuda los Elfos, y las espadas de los Hombres los fortalecieron en los campos de batalla. [*Añadidura posterior*: Pero la mayoría de los Hombres, sobre todos los recién llegados del Este, estaban del lado del Enemigo.] Pero Morgoth se acobardó y no salió; y lanzó el último ataque, el de los dragones alados. [*Añadidura posterior*: pues todavía ninguna de esas criaturas surgidas de su cruel pensamiento había atacado el aire.] Tan súbita y veloz y ruinosa fue la arremetida de aquella flota, como una tempestad de cien truenos con alas de acero, que Fionwë fue repelido; pero arribó Eärendel rodeado de una miríada de aves, y la batalla prosiguió durante toda la noche de incertidumbre. Y Eärendel mató a Ancalagon el negro, el más poderoso de la horda de dragones, y lo abatió en el cielo, y al caer derribó las torres de Thangorodrim. Entonces el sol salió el segundo día y los hijos de los Valar vencieron, y todos los dragones fueron destruidos a excepción de dos, que huyeron al Este. Entonces se destruyeron y destecharon todos los fosos de Morgoth, y la fuerza de Fionwë descendió a las profundidades de la Tierra y allí Morgoth fue derribado.

[*Las palabras* y allí Morgoth fue derribado *fueron borradas y sustituidas por el siguiente pasaje*:
y allí al fin pararon a Morgoth; y, sin embargo, no se mostró valiente. Huyó hasta las más profundas de sus minas y suplicó paz y perdón. Pero le cortaron los pies bajo el cuerpo y lo arrojaron al suelo.]

Lo ataron con la cadena de Angainor, que habían preparado mucho tiempo atrás, y le convirtieron la corona de hierro en un collar para el cuello, y la cabeza se le inclinó sobre las rodillas. Pero Fionwë cogió los dos Silmarils que quedaban y los guardó.

Así perecieron el poder y la maldad de Angband en el Norte, y, más allá de la esperanza, la multitud de cautivos salió de nuevo a la luz del día, y contempló un mundo completamente cambiado; pues tan grande era la furia de esos adversarios que las regiones septentrionales del Mundo Occidental se desgarraron y se partieron, y el mar entró rugiendo en muchas simas, y hubo confusión y gran ruido; y los ríos perecieron o encontraron senderos nuevos, y los valles se levantaron y las colinas se derrumbaron; y el Sirion desapareció. Entonces los Hombres que no perecieron en la ruina de auqellos días huyeron, y mucho tiempo pasó antes de que volvieran por las montañas donde antaño estuviera Beleriand, y ello no sucedió hasta que la historia de esas guerras se hubo desvanecido hasta convertirse en un eco casi olvidado.

Pero Fionwë marchó a través de las tierras Occidentales llamando a los supervivientes de los Gnomos y de los Elfos Oscuros que aún no habían contemplado Valinor para que se unieran a los cautivos liberados y partieran con ellos. Pero Maidros no quiso escuchar, y se preparó, aunque cansado de aversión y desesperanza, a cumplir incluso entonces el compromiso del juramento. Pues Maidros y Maglor habrían luchado por los Silmarils, si se los negaban, incluso con la hueste victoriosa de Valinor y aunque tuvieran que enfrentarse solos a todo el mundo. Enviaron a buscar a Fionwë y le ordenaron que entregara las joyas que antaño Morgoth robara a Fëanor. Pero Fionwë dijo que el antiguo derecho de Fëanor y sus hijos a la obra de sus manos ya lo habían perdido debido a los muchos y malignos actos que habían realizado cegados por el juramento, y sobre todo la muerte de Dior y el ataque a Elwing; ahora la luz de los Silmarils iría con los Dioses, de donde vino, y Maidros y Maglor debían regresar a Valinor y allí someterse al juicio de los Dioses, por cuyo único decreto Fionwë consentiría en ceder las joyas.

Maglor estaba dispuesto a aceptar, pues tenía tristeza en el corazón, y dijo:

—El juramento no exige que no aprovechemos el momento oportuno, y quizá en Valinor todo quede personado y olvidado, y consigamos lo que es nuestro. Pero Maidros dijo que si regresaban y no obtenían el favor de los Dioses, entonces el juramento seguiría aún en pie, y habría todavía menos esperanzas de cumplirlo alguna vez; «¿y quién puede saber a qué terrible final llegaremos si desobedecemos a los Poderes en su propia tierra, o nos proponemos de nuevo librar una guerra en el Reino Guardado?». Y así sucedió que Maidros y Maglor entraron furtivamente a los campamentos de Fionwë y cogieron los Silmarils, y mataron a los guardias; y allí se prepararon para defenderse hasta la muerte. Pero Fionwë contuvo a su pueblo; y los hermanos se fueron y huyeron lejos.

Cada uno se llevó un Silmaril, diciendo que uno se había perdido y quedaban dos, y sólo dos hermanos. Pero la joya quemaba la mano de Maidros con un dolor insoportable (y solo tenía una mano, como antes se ha contado); y se dio cuenta de que Fionwë tenía razón, y que por lo tanto su derecho se había invalidado, y que el juramento era en vano. Y sumido en la agonía y el dolor se arrojó a un abismo lleno de fuego, y así llegó a su fin; y el Silmaril fue arrastrado a las entrañas de la Tierra.

Y también se cuenta que Maglor no podía soportar el dolor con el que lo atormentaba el Silmaril; y al final lo arrojó al mar, y desde entonces erró para siempre en la costa cantando con dolor y remordimiento junto a las olas; pues Maglor fue el más grande de los cantores de antaño, pero jamás regresó con el pueblo de Elfinesse.

En aquellos días se construyeron muchas naves en las playas del Mar Occidental, sobre todo en las grandes islas que al desgarrarse el Mundo Septentrional surgieron de la antigua Beleriand. Desde allí en muchas flotas los supervivientes de los Gnomos y de las compañías Occidentales de los Elfos oscuros navegaron al Oeste y jamás volvieron a las tierras del llanto y de la guerra; pero los Elfos de la Luz marcharon de vuelta bajo los estandartes de su rey, siguiendo la estela de la victoria de Fionwë, y volvieron triunfantes a Valinor. [*Añadidura posterior*: Sin embargo, no se alegraron de poder regresar, porque venían sin los Silmarils, y éstos ya no podían ser recuperados hasta que el mundo no se quebrase y se rehiciese otra vez.] Pero en el oeste los Gnomos y los Elfos Oscuros repoblaron la mayor parte de la Isla Solitaria, que da tanto al Este como al Oeste; y muy hermosa se volvió aquella tierra, y lo sigue siendo. Pero algunos retornaron incluso a Valinor, como todos aquellos que lo deseaban eran libres de hacer; y los Gnomos fueron admitidos de nuevo en el amor de Manwë y el perdón de los Valar, y los Teleri perdonaron su antigua aflicción, y la maldición fue enterrada.

Sin embargo, no todos quisieron abandonar las Tierras Exteriores donde largo tiempo habían sufrido y vivido; y algunos se demoraron muchas edades en el Oeste y en el Norte, sobre todo en las islas occidentales y en las terras de Leithien. Y entre ellos se encontraba Maglor, como se ha contado; y con él Elrond el Medio Elfo, quien después regresó de nuevo con los Hombres mortales, el único por el que la sangre de la antigua raza y la semilla divina de Valinor han llegado a la Humanidad (pues era hijo de

Elwing, hija de Dior, hijo de Lúthien, hijo de Thingol y de Melian, y Eärendel su padre era hijo de Idril Celebrindal, la hermosa doncella de Gondolin). Pero a medida que las edades pasaban y el pueblo Elfo desaparecía de la Tierra, todavía navegaban al anochecer desde nuestras costas occidentales, tal como siguen haciendo ahora, cuando pocos de sus compañías solitarias se demoran en algún lugar.

Éste fue el juicio de los Dioses cuando Fionwë y los hijos de los Valar hubieron regresado a Valmar: desde ese momento, las Tierras Exteriores serían para la Humanidad, los hijos más jóvenes del mundo; pero sólo para loa Elfos estarían siempre abiertas las puertas del Oeste; mas si no iban allá y se demoraban en el mundo de los Hombres. Durante un tiempo, los Orcos y Dragones volvían a multiplicarse en lugares oscuros, asustaron al mundo, y en diversas regiones aún lo hacen, pero antes del Final todos perecerán gracias al valor de Hombres mortales.

Pero a Morgoth los Dioses lo arrojaron por la Puerta de la Noche Eterna hacia el Vacío que hay más allá de los Muros del Mundo; y se puso en guardia para que siempre vigilafra esa puerta, y Eärendel mantiene la guardia en las murallas del cielo. Sin embargo, las mentiras de Melko, Moeleg, el poderoso y el maldito, Morgoth Bauglir el Terrible Poder Oscuro, que sembró en los corazones de los Elfos y de los Hombres no han desaparecido completamente, y los Dioses no pueden eliminarlas y perviven para provocar mucho mal incluso en estos días. Algunos dicen también que Morgoth, a veces y en secreto, como una nube que no se puede ver o sentir, y que sin ser venenoso, trepa de vuelta superando los Muros y visita el mundo; *pero otros dicen que se trata de la sombra negra de Thû, a quien Morgoth creó y que escapó de la Batalla Terrible, y mora en lugares oscuros y pervierte a los Hombres para que le guarden una terrible lealtad e impía adoración.

[*Este pasaje, a partir del asterisco, se reescribió de la siguiente manera:*
Pero otros dicen que es la sombra negra de Sauron, quien sirvió a Morgoth y se convirtió en el más maligno de sus subordinados; y Sauron escapó de la Gran Batalla, y moró en lugares oscuros y pervirtió a los Hombres, &c.]

Después del triunfo de los Dioses, Eärendel siguió navegando por los mares celestes, pero el Sol lo quemó y la Luna lo acosó en el cielo, y se marchó muy lejos por detrás del mundo, viajando por la Oscuridad Exterior, una estrella centelleante y fugitiva. Entonces los Valar arrastraron su blanco navío, Wingelot, por encima de la tierra de Valinor, y lo llenaron de brillo y lo consagraron, y lo lanzaron a través de la Puerta de la Noche. Y largo navegó Eärendel por la inmensidad sin estrellas, [*borrado*: con Elwing a su lado, *véase el pasaje reescrito en p. 251*], y el Silmaril en la frente, recorriendo la Oscuridad que hay detrás del mundo, una estrella brilla detrás de los cursos del Sol y la Luna, por encima de las murallas de los Dioses, la más resplandeciente de todas las estrellas, el marino del cielo, vigilando a Morgoth en los confines del mundo. Así navegará hasta que vea la Última Batalla librándose en las llanuras de Valinor.

Esto predijo la Profecía de Mandos, que pronunció en Valmar ante el consejo de los Dioses, y el rumor se extendió entre todos los Elfos del Oeste: cuando el mundo sea viejo y los Poderes estén débiles, Morgoth regresará a través de la Puerta de la Noche Eterna; y descubrirá el Sol y la Luna, pero Eärendel caerá sobre él como una llama blanca y lo expulsará de los aires. Entonces se librará la Última Batalla en los campos de Valinor. Ese día Tulkas se batirá con Melko, y a su derecha estará Fionwë y a su izquierda Túrin Turambar, hijo de Húrin, Vencedor del Destino.

Entonces los Silmarils se recuperarán del mar y de la tierra y del aire; porque Eärendel descenderá y entregará la llama que tenía en custodia. Entonces Fëanor llevará a los Tres y se los entregará a Yavanna Palúrien, y ella los romperá y con su fuego reencenderá los Dos Árboles, y saldrá una gran luz; y las Montañas de Valinor se allanarán para que la luz llegue a todo el mundo. En esa luz los Dioses volverán a ser jóvenes, y los Elfos despertarán y todos sus muertos se levantarán, y el objetivo de Ilúvatar respecto a ellos se habrá cumplido.

Éste es el final de las historias de los días anteriores a los días en las regiones Septentrionales del mundo Occidental.

*

De esta manera, mi historia de una historia termina con una profecía, la profecía de Mandos. Terminaré el libro con una repetición de lo que ya escribí en mi edición del Gran Cuento de *Los Hijos de Húrin*. «Hay que tener en cuenta que, en ese momento, el *Quenta* representaba (si bien con una estructura algo escueta) la totalidad del "mundo imaginario" de mi padre. No era la historia de la Primera Edad, como llegaría a ser después, porque todavía no había ninguna Segunda Edad, ni Tercera Edad; no existía Númenor, ni los hobbits, y por supuesto tampoco el Anillo.»

LISTA DE NOMBRES

Al final de esta lista principal, incluyo siete notas más largas en las que se extienden las referencias a algunos de los nombres de la lista principal. Los nombres que aparecen en el mapa de Beleriand van seguidos de un asterisco.

Ainairos   Un Elfo de Alqualondë.

Ainur   Véase nota adicional en la p. 285.

Ala, El   Emblema de Tuor y sus seguidores.

Almaren   La isla de Almaren era el primer hogar de los Valar en Arda.

Alqualondë   Véase *Puerto de los Cisnes*.

Aman   La tierra en el Oeste más allá del Gran Mar, donde estaba Valinor.

Amnon   Las palabras de la Profecía de Amnon, «Grande es la caída de Gondolin», pronunciada por Turgon en medio de la batalla por la ciudad, se cita de dos maneras muy parecidas en unos garabatos aislados bajo este título. Ambos comienzan

con las palabras bajo el título «Grande es la caída de Gondolin», seguidas de, en uno de los casos, «Turgon no se marchitará hasta que no se marchite el lirio del valle», y, en el otro,
«Cuando se marchite el lirio del valle, entonces se marchitará
Turgon».

El lirio del valle es Gondolin, uno de los siete nombres de la
ciudad, la Flor del Valle. También hay referencias en notas a
las profecías de Amnon, y a los lugares referidos en las profecías; sin embargo, parece que no hay explicación alguna en
ningún sitio de quién era Amnon ni cuándo pronunció estas
palabras.

Amon Gwareth «La Colina de la Vigilancia, o «La Colina de la
Defensa», un aislado promontorio alto y rocoso en medio de
la Llanura Guardada de Gondolin, sobre el cual estaba construida la ciudad.

Anales Grises, Los Véase p. 218.

Anar El Sol.

Ancalagon el Negro El más grande de los dragones alados de
Morgoth, matado por Eärendel en la Gran Batalla.

Androth Cuevas en las colinas de Mithrim donde Tuor vivía
con Annael y los Elfos Grises, y después como proscrito en
solitario.

Anfauglith* Antes de la desolación provocada por Morgoth, la
llanura verde de Ard-galen al Norte de Taur-na-Fuin.

Angainor El nombre de la cadena, forjada por Aulë, con la que
se ató a Morgoth en dos ocasiones: fue obligado a llevarlas
cuando los Valar lo encerraron en una edad muy remota, y
después en su derrota final.

Angband La gran fortaleza-mazmorra de Morgoth en el Noroeste de la Tierra Media.

Annael Elfo gris de Mithrim, padre adoptivo de Tuor.

Annon-in-Gelydh «Puerta de los Noldor»: la entrada al río subterráneo que nacía en el lago de Mithrim y llevaba a la Grieta del Arco Iris.

Aranwë Elfo de Gondolin, padre de Voronwë.

Aranwion «Hijo de Aranwë». Véase Voronwë.

Árbol, El Nombre de una de las familias de los Gondothlim Véase *Galdor*.

Árboles de Valinor Silpion, el Árbol Blanco, y Laurelin, el Árbol Dorado; véase p. 29, donde quedan descritos, y *Glingol y Bansil*.

Arco Celestial, El El nombre de una de las familias de los Gondothlim.

Arlisgion Una región, en traducción «lugar de juncos», que Tuor atravesó en su largo viaje hacia el Sur. Sin embargo, el nombre no se encuentra en ningún mapa. Parece imposible trazar el recorrido de Tuor hasta su llegada a la Tierra de los Sauces muchos días más tarde, pero queda claro que en este relato, Arlisgion se encontraba en algún punto al Norte de aquella tierra. Parece que la única otra referencia a este lugar se encuentra en la Última Versión (p. 174), donde Voronwë habla a Tuor de Lisgardh, «la tierra de juncos en las Bocas del Sirion». Arlisgion, «lugar de juncos» es claramente lo mismo que Lisgardh «tierra de juncos», pero la geografía de esta región en aquellos tiempos es my difusa.

Arpa, El El nombre de una de las familias de los Gondothlim.

Arvalin Una región solitaria de páramos anchos y neblinosos entre las Pelóri (las Montañas de Valinor) y el mar. Su nombre, que quiere decir «cerca de Valinor», fue cambiado posteriormente por *Avathar*, «las sombras». Fue aquí donde Morgoth se encontró con Ungoliant, y se dice que la Profecía de Mandos se pronunció en Arvalin. Véase *Ungoliant*.

Aulë   Es uno de los Valar más grandes, llamado «el Herrero», con poco menos poder que Ulmo. Las siguientes palabras provienen del retrato de él en el texto titulado *Valaquenta*:

> Domina todas las sustancias de que Arda está hecha. En un principio trabajó mucho en compañía de Manwë y Ulmo; y fue él quien dio forma a las tierras. Es herrero y maestro de todos los oficios, y se deleita en los trabajos que requieren habilidad, aun los muy pequeños, tanto como en las poderosas construcciones de antaño. Suyas son las gemas que yacen profundas en la Tierra y el oro que luce en la mano, y también los muros de las montañas y las cuencas del mar.

Bablon, Ninwi, Trui, Rûm   Babilonia, Nínive, Troya, Roma. Una nota acerca de *Bablon* dice: «*Bablon* era una ciudad de Hombres, en realidad *Babilonia*, pero éste es el nombre de lo Gnomos, tal y como lo pronuncian ahora, y les venía de antes».

Bad Uthwen   Véase *El Paso de la Huida*.

Bahía de Faërie   Una gran bahía en la cara Este de Aman.

Balar, Isla de   Una isla localizada en una parte remota de la Bahía de Balar. Véase *Círdan el Carpintero de Navíos*.

Balcmeg   Un Orco, matado por Tuor.

Balrogs   «Demonios con látigos envueltos en llamas y garras de acero.»

Batalla de las Lágrimas Innumerables, La   Véase la nota en p. 292.

Bauglir   Un nombre con frecuencia añadido a Morgoth; en traducción «El Opresor».

Beleg   Un gran arquero de Doriath y amigo íntimo de Túrin, a quien éste mató en la oscuridad, pensando que era un enemigo.

Belegaer   Véase *Gran Mar*.

Beleriand*   La gran región en el Noroeste de la Tierra Media, que se extiende desde las Montañas Azules en el Este e incluye todas las tierras del interior al Sur de Hithlum y las costas al Sur de Drengist.

Beren Hombre de la Casa de Bëor, amante de Lúthien, quien cortó el Silmaril de la corona de Morgoth. Matado por Carcharoth, el lobo de Angband; de entre todos los Hombres mortales, sólo él volvió de los muertos.

Bragollach Forma abreviada de *Dagor Bragollach*, «La Batalla de la Llama Súbita», con la que concluyó el Asedio de Angband.

Bredhil El nombre en gnómico de Varda (también *Bridhil*).

Brethil* El bosque entre los ríos Teiglin y Sirion.

Brithiach* El vado de Sirion que llevaba a Dimbar.

Brithombar* El más sepentrional de los Puertos de las Falas.

Bronweg El nombre en gnómico de Voronwë.

Celegorm Hijo de Fëanor; llamado el Hermoso.

Cintura de Melian Véase *Melian*.

Círdan el Carpintero de Navíos Señor de las Falas (las costas occidentales de Beleriand); tras la destrucción de los Puertos de esta región por Morgoth después de la Batalla de las Lágrimas Innumerables, Círdan escapó a la Isla de Balar y la región de las Bocas del Sirion, y continuó con la construcción de naves. Éste el el mismo Círdan Carpintero de Navíos que aparece en *El Señor de los Anillos* como señor de los Puertos Grises al final de la Tercera Edad.

Cirith Ninniach La «Grieta del Arco Iris»; véase *Cris-Ilfing*.

Ciudad de la Piedra Gondolin; véase *Gondothlim*.

Colina de la Defensa, La Véase *Amon Gwareth*.

Corazoncito Elfo de Tol Eressëa que contaba el cuento original de *La Caída de Gondolin*. Se le describe de la siguiente manera en los *Cuentos Perdidos*: «Tenía gastada la cara por la intemperie y unos ojos azules de gran contentamiento, y era muy delgado y pequeño, y nadie podía decir cuántos años había vivido, cincuenta o diez mil»; y también se dice que debía su nombre a «la juventud y bondad de su corazón». En los *Cuentos Perdidos* tiene muchos nombres élficos, pero *Ilfiniol* es el único que aparece en el presente libro.

Cranthir   Hijo de Fëanor, llamado el Oscuro; cambiado a Caranthir.

Cris-Ilfing   «Hondonada coronada de arco íris»: la garganta por la que corría el río desde el Lago Mithrim. Cambiado por el nombre *Kirith Helvin*, y finalmente por el de *Cirith Ninniach*.

*Crissaegrim**   Las cumbres al Sur de Gondolin, donde se encontrabas las aguileras de Thorondor, el Señor de las Águilas.

Cristhorn   Nombre élfico de la Grieta de las Águilas. Cambiado por el nombre *Kirith-thoronath*.

Cuiviénen   Las «aguas del despertar» de los Elfos en el lejano Este de la Tierra Media: «ese lago oscuro estaba bajo tierra y fluía por innumerables cavernas cada vez más bajas en el seno del mundo».

Curufin   Hijo de Fëanor; llamado el Habilidoso.

Damrod y Díriel   Hermanos gemelos, los más jóvenes de los hijos de Fëanor; más tarde los nombres fueron cambiados a Amrod y Amras.

*Dimbar**   La tierra entre los ríos Sirion y Mindeb.

Dior   El hijo de Beren y Lúthien y poseedor de su Silmaril; conocido como el «Heredero de Thingol». Era el padre de Elwing y los hijos de Fëanor le dieron muerte.

*Doriath**   La amplia región boscosa de Beleriand, gobernada por Thingol y Melian. La Cintura de Melian dio lugar al nombre *Doriath* (*Dor-iâth*, «Tierra del Cerco).

*Dor-lómin** «La Tierra de Sombras»: región en el Sur de Hithlum.

Dor-na-Fauglith La gran llanura verde llamada Ard-galen; tras su destrucción total por Morgoth fue nombrado Dor-na- Fauglith, traducido como «la tierra bajo cenizas asfixiantes».

Dramborleg El hacha de Tuor. Una nota referida a este nombre dice: «Dramborleg significa "Golpe Afilado", y era el hacha de Tuor que usaba como un mazo, dejando profundas mellas, y cortaba como una espada».

Drengist Un largo estuario del mar, que penetraba hasta las Montañas del Eco. El río de Mithrim que Tuor siguió por la Grieta del Arco Iris lo habría llevado hasta el mar por esta vía, «pero la furia de las extrañas aguas desanimó a Tuor, que se volvió y se alejó hacia el Sur, de modo que no llegó a las largas costas del Estuario de Drengist» (p. 160).

Duilin Señor de la Casa de la Golondrina en Gondolin.

Dungortheb Versión abreviada de *Nan Dungortheb*, «el valle de muerte terrible» entre Ered Gorgoroth, las Montañas del Terror, y la Cintura de Melian que protegía el Norte de Doriath.

Eärámë «Ala de Águila», la nave de Tuor.

Eärendel (forma posterior *Eärendil*) «Medio Elfo»: el hijo de Tuor e Idril, la hija de Turgon; el padre de Elrond y Elros. Véase la nota en p. 293.

Echoriath Véase *Montañas Circundantes*.

Ecthelion Señor de la Casa de la Fuente en Gondolin.

Edain Hombres de las Tres Casas de los Amigos de los Elfos.

Egalmoth Señor de la Casa del Arco Celestial de Gondolin.

*Eglarest** El puerto austral de las Falas.

Eldalië «El pueblo de los Elfos», un nombre usado como sinónimo de Eldar.

Eldar   En los primeros textos, el nombre *Eldar* hacía referencia a los Elfos que realizaron el gran viaje desde Cuiviénen, divididos en tres grupos: véase Elfos de la Luz, Elfos Profundos y Elfos del Mar: acerca de estos nombres, véase el llamativo pasaje extraído de *El Hobbit* en la nota de p. 297. Posteriormente, el nombre podía ser usado para diferenciarlos de los Noldoli, y la lengua de los Eldar, opuesta a gnómico (la lengua de los Noldoli).

Elemmakil   Elfo de Gondolin, capitán de la guardia de la puerta exterior.

Elfinesse   Un nombre común para todas las tierras de los Elfos.

Elfos de la Luz   El nombre del primer grupo de los Elfos en el gran viaje desde Cuiviénen. Véase *Quendi*, y la nota en la p. 297.

Elfos del mar   Un nombre del tercer grupo de Elfos en el gran viaje desde Cuiviénen. Véase *Teleri*, y la nota en p. 297.

Elfos Grises   Los Sindar. Este nombre fue dado a los Eldar que permanecieron en Beleriand y no continuaron más allá, hasta el Oeste.

Elfos Profundos   Uno de los nombre del segundo grupo de Elfos en el gran viaje. Véase *Noldoli*, *Noldor*, y la nota en p. 297.

Elrond y Elros   Los hijos de Eärendel y Elwing. Elrond eligió pertenecer a los Primeros Nacidos; llegó a ser el señor de Rivendel y portador del anillo Vilya. Elros optó por pertenecer a los Hombres y se convirtió en el primer Rey de Númenor.

Elwing   Hija de Dior, se casó con Eärendel; madre de Elrond y Elros.

Eöl   El «Elfo oscuro» del bosque que atrapó a Isfin; padre de Maeglin.

Ered Wethrin   (forma anterior *Eredwethion*) Las Montañas de la Sombra («Los muros de Hithlum»). Véase la nota sobre las *Montañas de Hierro*, p. 291.

Espada Negra (Mormegil)   Un nombre dado a Túrin debido a su espada Gurthang («Hierro de la Muerte»).

Exiliados, Los   Los Noldor que se rebelaron y volvieron a la Tierra Media desde Aman.

Falas*   La costa occidental de Beleriand, al Sur de Nevrast.

Falasquil   Cala de la costa marítima donde Tuor vivió por un tiempo. Se trataba claramente de una bahía de reducidas dimensiones, marcada pero sin nombre en un mapa fabricado por mi padre, en el largo estuario (llamado Drengist) que se extendía hacia el Este hasta Hithlum y Dor-lómin. Se decía que la madera usada para Wingilot («Flor de espuma»), la nave de Eärendel, provenía de Falasquil.

Falathrim   Los Elfos Telerin de las Falas.

Fëanor   El hijo mayor de Finwë; creador de los Silmarils.

Finarfin   El tercer hijo de Finwë; padre de Finrod Felagund y Galadriel. Permaneció en Aman tras la huida de los Noldor.

Finduilas   Hija de Orodreth, el Rey de Nargothrond después de Finrod Felagund. *Faelivrin* fue otro nombre para referirse a ella; el significado es «el brillo del sol sobre el Estanque de Ivrin».

Fingolfin   El segundo hijo de Finwë; padre de Fingon y Turgon; Alto Rey de los Noldor en Beleriand; matado por Morgoth en combate singular ante las puertas de Angband (descrito en *La Balada de Leithian, Beren y Lúthien* pp. 190 y ss.).

Fingolma   Nombre temprano para Finwë.

Fingon   El hijo mayor de Fingolfin; hermano de Turgon; Alto Rey de los Noldor tras la muerte de Fingolfin; caído en la Batalla de las Lágrimas Innumerables.

Finn   Nobre gnómico para referirse a Finwë.

Finrod Felagund   El hijo mayor de Finarfin; fundador y Rey de

Nargothrond, de ahí su nombre Felagund «Señor de las Cavernas». Véase *Inglor.*

Finwë   Líder del segundo grupo (los Noldoli) en el gran viaje desde Cuiviénen; padre de Fëanor, Fingolfin y Finarfin.

Fionwë   Hijo de Manwë; capitán de la hueste de los Valar en la Gran Batalla.

Flor Dorada, La   Nombre de una de las familias de los Gondothlim.

Fuente, La   Nombre para referirse a una de las familias de los Gondothlim. Véase *Ecthelion.*

Galdor   El padre de Húrin y Huor; véase Tuor.

Galdor   Señor de la casa del Árbol en Gondolin.

Gar Ainion   «El lugar de los Dioses» (Ainur) en Gondolin.

Gelmir y Arminas   Elfos de los Noldorin que se encontraron con Tuor en la Puerta de los Noldor cuando se dirigían a Nargothrond para avisar a Orodreth (el segundo rey tras Felagund) del peligro en que se se hallaba, y del que no le hablaron a Tuor.

Glamhoth   Orcos; en traducción «la hueste bárbara», «huestes odiosas».

Glaurung   El más célebre de todos los dragones de Morgoth.

Glingol y Bansil   Los árboles de oro y plata en las puertas del palacio del Rey en Gondolin. Originalmente, éstos eran brotes antiguos de los Dos Árboles de Valinor, antes de que Melko y Tejedora de Tinieblas los secaran, pero más tarde esta historia cambió y se convirtieron en representaciones hechas por Turgon en Gondolin.

Glithui*   Un río que baja desde Ered Wethrin, un tributario del Teiglin.

Glorfalc   «Grieta Dorada»: el nombre que Tuor da al barranco a través del cual corre el río que nace en el Lago Mithrim.

Glorfindel Señor de la casa de la Flor Dorada en Gondolin.

Gnomos La primera traducción del nombre de los Elfos llamados Noldoli (posteriormente Noldor). Para una explicación de este uso de «gnomos», véase *Beren y Lúthien* pp. 36-37. Su lengua era el gnómico.

Gondolin* Para el nombre, véase *Gondothlim*. Para los otros nombres, véase p. 56.

Gondothlim Los habitantes de Gondolin; en traducción «los moradores de las piedras». Otros nombres con formas relacionadas son *Gondobar*, que significa «Ciudad de Piedra» y *Gondothlimbar* «Ciudad de los Moradores de las Piedras». Ambos nombres se incluyen entre los Siete Nombres de la ciudad, recitados ante Tuor por la guardia en las puertas de Gondolin (p. 56). El elemento *gond* significa «piedra», como en Gondor. En el momento de la redacción de los *Cuentos Perdidos*, la palabra Gondolin era traducida como «Canción de Piedra», cuyo significado era «piedras talladas y elaboradas hasta alcanzar gran belleza». Otra interpretación posterior de la palabra era «la Roca Escondida».

Gondothlimbar Véase *Gondothlim*.

Golondrina, La Nombre de una de las familias de los Gondothlim.

Gorgoroth Forma abreviada de *Ered Gorgoroth*, las Montañas de Terror; véase *Dungortheb*.

Gothmog Señor de los Balrogs, capitán de las huestes de Melkor; hijo de Melkor, matado por Ecthelion.

Gran Batalla, La La batalla que cambió el mundo, en la que Morgoth finalmente fue derrocado y llevó la Primera Edad a su fin. También puede decirse que terminó con los Días Antiguos, porque «En la Cuarta Edad las edades anteriores se llamaron a menudo los *Días Antiguos*; pero ese nombre correspondía en rigor a los días que precedieron al destierro de Morgoth». (*La cuenta de los años*, apéndice de *El Señor de los Anillos*). Es por eso por lo que Elrond, en el gran concilio de Rivendel, dice: «Pero mi memoria llega aún a los Días Antiguos. Eärendil era mi padre, que nació en Gondolin antes de la caída».

Gran Gusano de Angband, El   Véase *Glaurung*.

*Gran Mar, El**   El Gran Mar del Oeste, cuyo nombre era *Belegaer*, que se extendía desde el litoral occidental de la Tierra Media hasta las costas de Aman.

Grieta de las Águilas   En las montañas más australes de las Montañas Circundantes alrededor de Gondolin. El nombre en élfico es *Cristhorn*.

Gwindor   Elfo de Nargothrond, pretendiente de Finduilas.

Hador   Véase *Tuor*. La Casa de Hador era conocida como La Tercera Casa de los Edain. Su hijo Galdor era el padre de Húrin y Huor.

Haudh-en-Ndengin   «El Montículo de los Caídos»: un gran montículo en el que fueron enterrados todos los Elfos y Hombres que murieron en la Batalla de las Lágrimas Innumerables. Se encontraba en el desierto de Anfauglith.

Hendor   Un sirviente de Idril que cargó con Eärendel durante la huida de Gondolin.

Hielo Crujiente, El   En el lejano Norte de Arda había un estrecho entre el «mundo del Oeste» y la costa de la Tierra Media, y en uno de los textos que habla del «Hielo Crujiente» se describe de la siguiente manera:

> Había un estrecho angosto por el que fluían juntas las aguas heladas del Mar Circundante [véase *Mares Exteriores*] y las olas del Belegaer, y había vastas nieblas y vapores de frío mortal, y en las

corrientes marinas navegaban colinas estruendosas de hielo, y el hielo crujía bajo el agua. Así era el Helcaraxë.

Hisilómë La forma en gnómico del nombre *Hithlum*.

Hísimë El décimoprimer mes del año, correspondiente a noviembre.

*Hithlum** La gran región, en traducción «Tierra de la Niebla», «Niebla Crepuscular», que se extendía hacia el Norte desde las grandes paredes de Ered Wethrin, las Montañas de la Sombra; en el Sur de esta región estaban Dor-lómin y Mithrim. Véase *Hisilómë*.

Hombres del Este Nombre dado a los Hombres que siguieron a los Edain hasta Beleriand; lucharon en ambos bandos en la Batalla de las Lágrimas Innumerables, y recibieron la tierra de Hithlum de Morgoth, donde oprimieron a los supervivientes de la Casa de Hador.

Huor El hermano de Húrin, esposo de Rían, y padre de Tuor; caído en la Batalla de las Lágrimas Innumerables. Véase la nota sobre *Húrin y Gondolin*, p. 288.

Húrin El padre de Túrin Turambar y hermano de Huor, el padre de Tuor; véase la nota sobre *Húrin y Gondolin*, p. 288.

Idril Llamada Celebrindal «La de los Pies de Plata», la hija de Turgon. Su madre era Elenwë, que pereció durante la travesía del Helcaraxë, el Hielo Crujiente. Se dice en una nota muy tardía que «El propio Turgon había estado cerca de perecer en las amargas aguas cuando intentó salvar a ella y a su hija Idril, arrojada al cruel mar por una fisura en los traicioneros hielos. Pudo salvar a Idril, pero el cuerpo de Elenwë fue enterrado bajo el hielo caído». Era la esposa de Tuor y madre de Eärendel.

Ilfiniol nombre élfico de *Corazoncito*.

Ilkorindi, Ilkorins Elfos que nunca habitaron en Kôr, en Valinor.

Ilúvatar   El Creador. Los elementos son Ilu «el Uno, el Universo»; y atar, «padre».

Infiernos de Hierro, Los   Angband. Véase la nota sobre las *Montañas de Hierro*, p. 291.

Inglor   Nombre temprano de Finrod Felagund.

Ingwë   Líder de los Elfos de la Luz en el gran viaje desde Cuiviénen. Se dice en el *Quenta Noldorinwa* que «entró en Valinor y está al pie de los Poderes, y todos los Elfos reverencian su nombre, pero nunca ha regresado a las Tierras Exteriores».

Isfin   Hermana del Rey Turgon; madre de Maeglin, esposa de Eöl.

Isla Soliaria, Tol Eressëa   Una isla grande en el Mar Occidental, desde la cual se atisba a lo lejos las costas de Aman. Para su historia temprana, véase p. 30.

Ivrin   El estanque y las cataratas bajo Ered Wethrin donde nacía el río Narog.

Kôr   La colina de Valinor con vistas a la Bahía de Faërie sobre la que estaba construida la ciudad élfica de Tûn, posteriormente Tirion; también el nombre de la ciudad en sí. Véase *Ilkorindi*.

Lagunas del Crepúsculo   Aelin-uial, una región de numerosos cenagales y lagunas, envueltos en niebla, donde el Aros, saliendo de Doriath, desemboca en el Sirion.

Laurelin   Nombre del Árbol Dorado de Valinor.

Legolas Hojaverde   Un Elfo de la Casa del Árbol de Gondolin, que posee el don de una extraordinaria visión nocturna.

Linaewen   El gran lago de Nevrast «en medio de la tierra hueca».

Lisgardh   «La tierra de juncos en las Bocas del Sirion». Véase *Arlisgion*.

Llanura Guardada   Tumladen, la llanura de Gondolin.

Lorgan   Un líder de los Hombres del Este en Hithlum que esclavizó a Tuor.

Lórien   A los Valar Mandos y Lórien se les llamaban hermanos, y llevaban el nombre de *los Fanturi*. Mandos era *Nefantur* y Lórien, *Olofantur*. Al igual que sucede con Mandos, Lórien era el nombre de su morada, pero también su propio nombre. Era «el maestro de visiones y sueños».

Lothlim   «El pueblo de la Flor»: el nombre que los supervivientes de Gondolin daban a sí mismos cuando vivían en las Bocas del Sirion.

Lug   Un Orco matado por Tuor.

Maglor   Hijo de Fëanor, llamado el Poderoso; un gran cantante y bardo.

Maidros   El hijo mayor de Fëanor, llamado el Alto.

*Malduin**   Un tributario del Teiglin.

Malkarauki   Nombre élfico para referirse a los Balrogs.

Mandos   La morada, por cuyo nombre siempre se le conoce también a él, del gran Vala Namo. Aquí reproduciré el retrato de Mandos que aparace en el breve texto *Valaquenta*:

[Mandos] es el guardián de las Casas de los Muertos, y convoca a los espíritus de quienes tuvieron una muerte violenta. No olvida nada; y conoce todas las cosas que serán, excepto aquellas que aún dependen de la libertad de Ilúvatar. Es el Juez de los Valar; pero condena y enjuicia sólo por orden de Manwë. Vairë la Tejedora es su esposa, que teje todas las cosas que han sido alguna vez en el Tiempo en tramas de historias, y las estancias de Mandos, más amplias a medida que transcurren las edades, se adornan con ellas.

Véase *Lórien*.

Manwë   El más importante de los Valar y el esposo de Varda; Señor de Arda. Véase *Súlimo*.

Mar(es) Exterior(es)   Véase *Gran Mar*.

Mares Exteriores   Cito un pasaje de un texto titulado *Ambarkanta* («El Aspecto del Mundo») de la década de 1930, probablemente posterior al *Quenta Noldorinwa*: «Alrededor del Mundo están los Ilurambar, o los Muros del Mundo» [«el Muro final» en el Prólogo, p. 28] [...] No pueden verse, ni atravesarse, salvo por la Puerta de la Noche. Dentros de estos muros se engloba la Tierra: por arriba, abajo y por todos los lados está Vaiya, el Océano Envolvente [que es el Mar Exterior]. Pero bajo la Tierra parece más el mar y sobre la Tierra parece más el aire. En Vaiya, bajo la Tierra, mora Ulmo

En el *Cuento Perdido* de la *Llegada de los Valar* Rúmil, quien narra el cuento, dice: «Más allá de Valinor nunca he visto ni oído nada, aunque sé que allí se extienden las oscuras aguas de los Mares Exteriores, que no tienen mareas, y son tan frías y enrarecidas, que ninguna barca puede navegar por ellas ni ningún pez penetrar en sus profundidades, salvo los peces encantados de Ulmo y su carro mágico».

Martillo Iracundo, El   El nombre de una de las familias de los Gondothlim.

Meglin (y posteriormente, *Maeglin*)   Hijo de Eöl e Isfin, la hermana del Rey Turgon; traicionó a Gondolin con Morgoth, la traición más infame en la historia de la Tierra Media; matado por Tuor.

Meleth   La nodriza de Eärendel.

Melian   Una Maia del grupo que acompañaba al Vala Lórien en Valinor, que viajó a la Tierra Media y se convirtió en Reina de Doriath. «Desplegó su poder» [tal y como se cuenta en los *Anales Grises*, véase p. 218] «y cercó todo aquel dominio con un muro invisible de sombra y desconcierto: la Cintura de Melian, que nadie podía atravesar sin permiso de Melian, o del rey Thingol». Véase *Thingol* y *Doriath*.

Melko (forma posterior *Melkor*)   «El que surge poderoso»; el nombre del gran Ainu malvado antes de convertirse en «Morgoth». «El más poderoso de los Ainur que descendieron al Mundo era en un principio Melkor. [Él] ya no se cuenta entre los Valar, y su nombre no se pronuncia en la Tierra.» (Del texto titulado *Valaquenta*.)

Menegroth*   Véase *Mil Cavernas*.

Mil Cavernas   Menegroth, las salas ocultas de Thingol y Melian.

Minas del Rey Finrod   La torre (Minas Tirith) construida por Finrod Felagund. Era una gran torre de vigilancia que construyó en Tol Sirion, la isla en el Paso del Sirion que se convirtió, tras ser tomada por Sauron, en *Tol-in-Gaurhoth*, la Isla de los Licántropos.

Mithrim*   El gran lago en el Sur de Hithlum, y también el nombre de la región en la que se encontraba, y de las montañas al Oeste.

Moeleg   La forma en gnómico de Melko, que los Gnomos no querían pronunciar y preferían llamarlo Morgoth Bauglir, el Terrible Poder Oscuro.

Montañas – Colinas Circundantes   Las montañas que circundaban la llanura de Gondolin. El nombre en élfico es *Echoriath*.

Montañas de Hierro, Las   «Las montañas de Morgoth» en el lejano Norte. La aparición del nombre en el texto del *Cuento* original en la p. 49 deriva de un tiempo anterior, en que las Montañas de Hierro se referían a la cadena montañosa posteriormente llamada *Montañas de la Sombra (Ered Wethrin)*: véase la nota sobre las *Montañas de Hierro* en p. 291. He enmendado el texto de la p. 49 en este punto.

Montañas de la Oscuridad Las Montañas de Hierro.

Montañas de la Sombra* Véase *Ered Wethrin*.

Montañas de Turgon Véase *Echoriath*.

Montañas de Valinor La gran cadena montañosa que fue levantada por los Valar cuando llegaron a Aman, y que también se llama las *Pelóri*. Se elevaban cubriendo una gran extensión del Norte a Sur, no muy lejos de las costas orientales de Aman.

Montañas del Gran Eco de Lammoth, Las* Las Montañas del Eco (Ered Lómin) constituían el «muro occidental» de Hithlum; Lammoth era la región entre aquellas montañas y el mar.

Morador de las Profundidades, El Ulmo.

Morgoth Este nombre («el Enemigo Oscuro» y otras traducciones) sólo ocurre una vez en los *Cuentos Perdidos*. Fue usado por primera vez por Fëanor tras el robo de los Silmarils. Véase *Melko* y *Bauglir*.

Mundo Exterior, Tierra Exterior Las tierras al Este del Gran Mar (Tierra Media).

Nan-tathrin* Nombre en élfco para referirse a la *Tierra de los Sauces*.

Nargothrond* La gran ciudad-fortaleza subterránea situada junto al río Narog en Beleriand Occidental, fundada por Finrod Felagund y destruida por el dragón Glaurung.

Narog* El río que nacía en el estanque de Ivrin bajo Ered Wethrin, y se unía al Sirion en la Tierra de los Sauces.

Narquelië El décimo mes, correspondiente a octubre.

Nessa Una «Reina de los Valar», la hermana de Vána y esposa de Tulkas.

*Nevrast** La región al Suroeste de Dor-lómin donde residía Turgon antes de partir a Gondolin.

Ninniach, Valle de El lugar de la Batalla de las Lágrimas Innumerables, pero el nombre sólo consta aquí.

Nirnaeth Arnoediad La Batalla de las Lágrimas Innumerables. A menudo llamada «la Nirnaeth». Véase la nota de la p. 292.

Noldoli, Noldor La primera y última forma del nombre asignado al segundo grupo de los Elfos en el gran viaje desde Cuiviénen. Véase Gnomos, Elfos Profundos.

Nomeolvides Flor blanca que florece continuamente.

Nost-na-Lothion «El Nacimiento de Flores», un festival de primavera en Gondolin.

Orcobal Un gran campeón de Orcos, matado por Ecthelion.

Orcos En una nota sobre esta palabra, mi padre escribió: «Una raza diseñada y creada por Morgoth para luchar contra Elfos y Hombres; la palabra a veces se traduce como "trasgos", pero tenían una estatura casi humana». Véase *Glamhoth*.

Orfalch Echor El profundo desfiladero entre las Montañas Circundantes por la que se accedía a Gondolin.

Oromë Un Vala, el hijo de Yavanna, con fama de ser el mejor cazador de todos; de entre los Valar, sólo él y Yavanna acudían de vez en cuando a la Tierra Media en los Días Antiguos. Montado sobre Nahar, su caballo blanco, guió a los Elfos en el gran viaje desde Cuiviénen.

Ossë Un Maia, sirviente de Ulmo, que se describe de la siguiente manera en el *Valaquenta*:

> Ossë es vasallo de Ulmo y amo de los mares que bañan las costas de la Tierra Media. No desciende a las profundidades, pero ama las costas y las islas y se regocija con los vientos de Manwë, se deleita en las tormentas y se ríe en medio del rugir de las olas.

Othrod   Un líder de Orcos, matado por Tuor.

Palisor   La tierra lejana en el Este de la Tierra Media donde se despertaron los Elfos.

Palúrien   Un nombre de Yavanna; ambos nombres a menudo se juntan. *Palúrien* fue cambiado posteriormente por *Kementári*; los dos nombres tienen significados como «Reina de la Tierra» y «Señora del Ancho Mundo».

Paso de la Huida, El   El túnel bajo las Montañas Circundantes que llevaba hasta la Llanura de Gondolin. El nombre élfico era *Bad Uthwen*.

Peleg hijo de Indor hijo de Fengel   Peleg era el padre de Tuor en la primera genealogía. Véase *Tunglin*.

Pelóri   Véase *Montañas de Valinor*.

Penlod   Señor de la Casa del Pilar y la Casa de la Torre de Nieve en Gondolin.

Pilar, El   Nombre de una de las familias de los Gondothlim. Véase *Penlod*.

Poderosos del Oeste   Los Valar.

Profecía de Mandos   Véase nota en p. 296.

Pueblo Escondido, El   Véase *Gondothlim*.

Puerta de la Noche, La   Véase la entrada para *Mares Exteriores*. En el texto titulado *Ambarkanta* que cito allí acerca de *Ilurambar*, las Paredes del Mundo, y *Vaiya*, el Mar Circundante o Mar Exterior, se dice:

> En medio de Valinor, está Ando Lómen, la Puerta de la Noche Eterna que atraviesa los Muros y se abre al Vacío. Pues el Mundo se encuentra entre Kúma, el Vacío, la Noche sin forma o tiempo. Pero nadie puede cruzar el abismo y el cinturón de Vaiya y llegar hasta esa Puerta cuando vencieron y arrojaron a Melko a la Oscuridad Exrerior. Y Eärendel la vigila.

Puerto de los Cisnes, El   La principal ciudad de los Teleri (Elfos del mar) en la costa al Norte de Kôr. *Alqualondë*, en élfico.

Puerta de los Noldor   Véase *Annon-in-Gelydh*.

Puertas del Verano   Véase *Tarnin Austa*.

Quendi   Un nombre temprano genérico para todos los Elfos, cuyo significado es «Aquellos que tienen voces»; posteriormente, el nombre del primero de los grupos en el gran viaje desde Cuiviénen. Véase *Elfos de la luz*.

Reino Bendecido   Véase *Aman*.

Reino Escondido, El   Gondolin.

Rey, Escondido, El   Turgon.

Rían   Esposa de Huor, madre de Tuor; murió en Anfauglith tras la muerte de Huor.

Río de águilas   Véase *Thorn Sir*.

Río Seco, El   El lecho del río que antaño corría desde las Montañas Circundantes hasta unirse al Sirion, formando la entrada a Gondolin.

Rog   Señor de la casa del Martillo Iracundo en Gondolin.

Salgant   Señor de la casa del Arpa en Gondolin. Descrito como «un cobarde».

Señor de las Aguas   Véase *Ulmo*.

Señores del Oeste   Los Valar.

Silpion   El Árbol Blanco. Véase *Árboles de Valinor* y *Telperion*.

Sindar   Véase *Elfos Grises*.

Sirion*   El Gran Río que nace en Eithel Sirion («La Fuente del Sirion»), divide Beleriand Occidental de Beleriand Oriental y desemboca en el Gran Mar en la Bahía de Balar.

Sorontur   «Rey de las Águilas». Véase *Thorondor*.

Súlimë El tercer mes, correspondiente a marzo.

Súlimo Este nombre, que hace referencia a Manwë como dios del viento, se añade muy a menudo a su nombre. Se le llama «Señor del Aire»; pero sólo en una ocasión ocurre una traducción del nombre específico de Súlimo: «El Señor del aliento de Arda». Palabras relacionadas son *súya* «aliento» y *súle* «respirar».

Taniquetil La cima más alta de las Pelóri (las Montañas de Valinor) y la montaña más alta de Arda, en la que Manwë y Varda tenían su morada (Ilmarin).

Taras Una gran montaña en el promontorio occidental de Nevrast, más allá de la cual se encontraba Vinyamar.

Tarnin Austa «Las Puertas del Verano», un festival en Gondolin.

Taur-na-Fuin* «Floresta de la Noche», antes llamada Dorthonion «Tierra de Pinos», las extensas tierras altas en el Norte de Beleriand.

Teiglin* Un tributario del Sirion, que nace en Ered Wethrin.

Tejedora de Tinieblas Véase *Ungoliant*.

Teleri El tercer grupo de los Elfos en el gran viaje de Cuiviénen.

Telperion Nombre del Árbol Blanco de Valinor.

Thingol Líder del tercer grupo (los Teleri) en el gran viaje de Cuiviénen; su nombre anterior era *Tinwelint*. Nunca llegó a Kôr, sino que se convirtió en el Rey de Doriath en Beleriand.

Thorn Sir Río con cascadas debajo de Cristhorn.

Thornhoth «El pueblo de las Águilas.»

Thorondor «Rey de las Águilas», nombre gnómico de *Sorontur*, en eldarin; una forma anterior era *Thorndor*.

Tierra de los Sauces* Las hermosas tierras donde el río Narog se unía al Sirion, al Sur de Nargothrond. Su nombre élfico era *Nan-tathrin* «Valle de los Sauces» y *Tasarinan*. En *Las Dos Torres*, (Libro 3, capítulo 4), cuando Bárbol lleva a Merry y Pippin a través del bosque de Fangorn, les canta una canción, cuyas primeras palabras son

En los sauzales de Tasarinan yo me paseaba en primavera.

¡Ah, los colores y el aroma de la primavera en Nan-tasarion!

Tierra de Sombras Véase *Dor-lómin*.

Tierras de Aquende La Tierra Media.

Tierras Exteriores Las tierras al Este del Gran Mar (Tierra Media).

Timbrenting El nombre en inglés antiguo de Taniquetil.

Topo, El Un topo negro era el símbolo de Meglin y su casa.

Torre de Nieve, La Nombre de una de las familias de los Gondothlim. Véase *Penlod*.

Tulkas De este Vala, «El más grande en fuerza y en proezas», se dice en el *Valaquenta*:

Fue el último en llegar a Arda para ayudar a los Valar en las primeras batallas contra Melkor. Ama la lucha y los torneos de fuerza; y no monta a caballo, pues corre más rápidamente que todas las criaturas que andan a pie, y no conoce la fatiga. Tiene el pelo y la barba dorados y la piel rojiza; sus armas son las manos. Poco caso hace del pasado o del futuro, y no es buen consejero pero sí un amigo intrépido.

Tumladen «Valle llano», la «Llanura Guardada» de Gondolin.

Tûn La ciudad élfica en Valinor; véase *Kôr*.

Tunglin «El pueblo del Arpa»: en una versión temprana y rápidamente abandonada de *La Caída de Gondolin*, un nombre dado a la gente que vivía en Hithlum después de la Batalla de las Lágrimas Innumerables. Tuor pertenecía a ese pueblo (véase *Peleg*).

Tuor Tuor era descendiente (biznieto) del renombrado Hador Lórindol («Hador el de Cabellos Dorados»). En *La Balada de Leithian* se dice de Beren:

Beren tenía fama de intrépido:
cuando se mencionaban los hombres más valientes en la batalla
el pueblo pronunciaba su nombre,
prediciendo que su futura fama
superaría incluso la del dorado Hador...

Fingolfin otorgó a Hador la señoría de Dor-lómin, y sus sucesores constituyeron la Casa de Hador. Huor, el padre de Tuor, cayó en la Batalla de las Lágrimas Innumerables y su madre, Rían, murió de pena. Huor y Húrin eran hermanos, los hijos de Galdor de Dor-lómin, hijo de Hador; y Húrin era el padre de Túrin Turambar, de modo que Tuor y Túrin eran primos. Sin embargo, sólo se vieron en una ocasión, y se cuenta en *La Caída de Gondolin* que no se reconocieron en aquel encuentro.

Turgon   El segundo hijo de Fingolfin, fundador y rey de Gondolin, padre de Idril.

Turlin   Un nombre anterior a Tuor por un breve tiempo.

Uinen   «Señora de los Mares»; una Maia, la esposa de Ossë. Se dice de ella en el texto titulado *Valaquenta*:

cuyos cabellos se esparcen por todas las aguas bajo el cielo. Ama a todas las criaturas que habitan en las corrientes salinas y todas las algas que crecen allí; a ella claman los marineros, porque puede tender la calma sobre las olas, restringiendo el frenesí salvaje de Ossë.

Uldor el maldito   Un líder de aquellos Hombres que migraron hacia el Oeste de la Tierra Media y se aliaron traicioneramente con Morgoth en la Batalla de las Lágrimas Innumerables.

Ulmo   El siguiente texto está sacado del retrato del gran Vala, que era «el que sigue en poder a Manwë», del texto titulado *Valaquenta*, que recoge las características de cada Vala individual.

[Ulmo] tiene siempre presente a toda Arda y no necesita lugar de descanso. Además no le agrada andar sobre la tierra y rara vez viste un cuerpo, a la manera de sus pares. Cuando los Hijos de Eru llegaban a verlo, sentían un gran terror, pues la aparición del Rey del Mar era terrible, como una ola gigantesca que avanza hacia la tierra, con un yelmo oscuro de cresta espumosa y una cota de malla que resplandece pasando del color plata a unas sombras verdes. Altas son las trompetas de Manwë, pero la voz de Ulmo es profunda como los abismos del océano que sólo él ha visto.

No obstante, Ulmo ama tanto a los Elfos como a los Hombres y nunca los abandona, ni aun cuando soportan la ira de los Valar. A veces llega invisible a las costas de la Tierra Media o sube tierra adentro por los brazos del mar, y allí hace música con los grandes cuernos, los Ulumúri, de conchas blancas labradas; y aquellos a quienes llega esa música, la escuchan desde entonces y para siempre en el corazón, y la nostalgia del mar ya nunca los abandona. Pero Ulmo habla sobre todo a los que moran en la Tierra Media con voces que se oyen sólo como música del agua. Porque todos los mares, los ríos y las fuentes le están sometidos; de modo que los Elfos dicen que el espíritu de Ulmo corre por todas las venas del mundo. Así le llegan a Ulmo las nuevas, aun en las profundidades abismales, de todas las necesidades y los dolores de Arda.

Ulmonan   Las salas de Ulmo en el Mar Exterior.

Ungoliant   La gran araña, también llamada Tejedora de Tinieblas, que moraba en Arvalin. Se dice lo siguiente de Ungoliant en el *Quenta Noldorinwa*:

Allí [en Arvalin], moraba en secreto la desconocida Ungoliant, Tejedora de Tinieblas, con forma de araña. No se sabe de dónde viene, tal vez de la oscuridad exterior, que se encuentra más allá de las Paredes el Mundo [véase *Mares Exteriores*].

Valar   Los poderes que gobiernan Arda; en ocasiones llamados «los Poderes». En el principio había nueve Valar, tal y como se afirma en el *Esbozo*, pero Melkor (Morgoth) dejó de ser considerado uno de ellos.

Valinor   La tierra de los Valar en Aman. Véase *Montañas de Valinor*.

Valmar   La ciudad de los Valar en Valinor.

Vána   Una «Reina de los Valar», esposa de Oromë; llamada «la Siempre Joven».

Varda   Esposa de Manwë, con el que moraba en Taniquetil; la más importante de las Reinas de los Valar; creadora de las estrellas. En gnómico su nombre era *Bredhil* o *Bridhil*.

*Vinyamar**   La casa de Turgon en Nevrast bajo el Monte Taras antes de su partida a Gondolin.

Voronwë   Elfo de Gondolin, el único marinero superviviente de las siete naves que fueron enviadas al Oeste por Turgon tras la Nirnaeth Arnoediad. Guió a Tuor hasta la ciudad escondida. El nombre significa «firme».

Wingelot   «Flor de Espuma», la nave de Eärendel.

Yavanna   Después de Varda, Yavanna era la más importante de las Reinas de los Valar. Era la «Dadora de Frutos» (el significado de su nombre) y «amante de todas las cosas que crecen en la tierra». Yavanna creó los Árboles que arrojaban su luz sobre Valinor y crecían cerca de las puertas de Valmar. Véase *Palúrien*.

Ylmir   El nombre en gnómico de *Ulmo*.

Yunque, El   Emblema de la casa del Martillo Iracundo en Gondolin.

NOTAS ADICIONALES

Los Ainur

El nombre Ainur, traducido como «los Sagrados», deriva del mito de mi padre de la Creación del Mundo. La primera versión fue escrita, según una carta de 1964 (de la que he citado un pasaje en la p. 25), cuando estaba en Oxford «empleado en el personal del entonces incompleto gran Diccionario» entre 1918 y 1920. «En Oxford —continúa la carta—, escribí un mito cosmogónico, "La Música de los Ainur", en el que se definía la relación de El Único, el Creador transcendental, con los Valar, las "Potestades", los angélicos Primogénitos y la parte que tuvieron en el ordenamiento y el desarrollo del Designio Primordial.»

Puede parecer que este mito de la Creación del Mundo supone una desviación excesiva del cuento de La Caída de Gondolin, pero espero que el motivo de su inclusión se haga evidente en breve.

La concepción central del «mito cosmogónico» queda manifiesta en el título: *La Música de los Ainur*. No fue hasta la década

de 1930 cuando mi padre compuso otra versión, el *Ainulindalë*
(La Música de los Ainur), que seguía la esencia del texto original.
Esta versión de la que he sacado las citas en el brevísimo resumen
que sigue.

El Credor es Eru, el Único, también (y con más frecuencia)
llamado Ilúvatar, que significa «el Padre de Todos», del Universo.
Se dice en esta obra que lo primero que Eru creó fueron los Ainur
«que eran vástagos de su pensamiento, y estuvieron con él antes
que se hiciera alguna otra cosa. Y les habló y les propuso temas de
música; y cantaron ante él y él se sintió complacido». Esto fue el
inicio de la Música de los Ainur: porque Ilúvatar los convocó y les
propuso un tema poderoso, a partir del cual debían crear juntos y
en armonía «Gran Música».

Ilúvatar llevó esta gran música a su fin, hizo saber a los Ainur
que Él, siendo el Señor de Todo, había transformado todo lo que
habían cantado y tocado: él había sido la causa de la existencia de
ellos, de que tuvieran forma y realidad, igual que lo habían sido
los propios Ainur. Entonces les llevó hasta la oscuridad.

Sin embargo, cuando llegaron al Vacío central vieron una cosa
de belleza inigualable, donde antes no había más que espacio vacío. E Ilúvatar dijo: «¡Contemplad vuestra música! Porque gracias
a mi voluntad ha adquirido una forma, y en este momento se
inicia la historia del mundo».

Terminaré este resumen con un pasaje de gran importancia
para el presente libro. Ilúvatar y Ulmo han hablado acerca del
reino del Señor de las Aguas. Después sigue:

Y mientras Ilúvatar hablaba a Ulmo, los Ainur contemplaron el despliegue del mundo y el inicio de aquella historia que Ilúvatar les
había presentado como el tema de una canción. Debido a sus recuerdos del discurso de Ilúvatar, y el conocimiento que cada uno

tiene de la música que tocó, los Ainur saben mucho de lo que vendrá, y pocas cosas les son desconocidas.

Si comparamos este pasaje con la clarividencia de Ulmo acerca de Eärendel, que he calificado (p. 227) de «milagrosa», parecería que Ulmo estaba remontándose a un tiempo muy remoto para vaticinar con certeza lo que acontecería en el futuro próximo.

Queda otro aspecto de los Ainur por reseñar. Por citar el *Ainulindalë* una vez más, se dice que:

> Mientras miraban, muchos se enamoraron de la belleza del mundo y se interesaron profundamente por la historia que allí tomó forma, y hubo inquietud entre ellos. Así fue cómo algunos permanecieron con Ilúvatar más allá del mundo [...] Pero otros, y entre ellos estaban muchos de los más sabios y hermosos de los Ainur, pidieron permiso a Ilúvatar de entrar en el mundo y vivir allí, poniéndose las formas y los atuendos del Tiempo [...].
>
> Entonces los que quisieron descendieron, y entraron en el mundo. Pero Ilúvatar puso una condición, y era que su poder estaría atado al mundo y contenido en él, y también desvanecería con él, y los planes que tiene para ellos después no han sido revelados.
>
> Así los Ainur entraron en el mundo, los que llamamos los Valar, o los Poderes, y moraron en muchos lugares: en el firmamento, o en las profundidades del mar, o sobre la Tierra, o en Valinor en la frontera del la Tierra. Y los cuatro más grandes fueron Melko y Manwë y Ulmo y Aulë.

Después sigue el retrato de Ulmo que aparece en *La Música de los Ainur* (pp. 231-232).

Por lo que ya se ha explicado, se entiende por qué el término *Ainur, Ainu* en singular, puede ser usado en lugar de *Valar, Vala*

una y otra vez: de ahí, por ejemplo, «pero los Ainur lo inspiraron», p. 46.

Finalmente debo añadir que en este bosquejo de la Música de
los Ainur he omitido deliberadamente uno de los hilos argumentales más importantes en la historia de la Creación: el enorme y
destructivo papel desempeñado por Melko/Morgoth.

Húrin y Gondolin

Esta historia procede del texto, relativamente tardío, que mi padre
llamaba los *Anales Grises* (véase p. 218). Cuenta que Húrin y su
hermano Huor (el padre de Tuor) «fueron a la guerra contra los
Orcos, aun Huor, pues no fue posible impedírselo aunque sólo
tenía trece años. Y eran parte de una compañía que fue separada
del resto, y fueron perseguidos hasta el vado de Brithiach; y allí
habrían caído prisioneros o habrían muerto si no hubiera interve-
nido el poder de Ulmo, que era aún fuerte en el Sirion. Por tanto,
una niebla se levantó del río y los ocultó de sus enemigos, y escaparon a Dimbar, y erraron entre las colinas bajo los muros escarpados de las Crisaegrim. Allí los vio Thorondor y envió a dos de
las Águilas que los cargaron y los llevaron más allá de las Montañas
Circundantes al valle secreto de Tumladen y la ciudad escondida
de Gondolin, que ningún hombre había visto todavía».

El Rey Turgon les dio la bienvenida, porque Ulmo le había
aconsejado que tratase con amabilidad a la casa de Hador, de la
que vendría ayuda en caso de necesidad. Se quedaron un año en
Gondolin, y se dice que durante su estancia Húrin aprendió algo
de los consejos y propósitos de Turgon; porque ellos le caían bien
y deseaba que permanecieran en Gondolin. Sin embargo, ellos
querían volver a sus propias familias para tomar parte en las gue-

rras y las tristezas que ahora les afligían. Turgon cedió a su deseo y dijo: «Por el camino que vinisteis, tenéis mi permiso para partir, si Thorondor está dispuesto. Me apena esta separación; sin embargo, en un corto tiempo, de acuerdo con las cuentas de los Eldar, puede que volvamos a encontrarnos».

La historia termina con las palabras hostiles de Maeglin, que se oponía ferozmente a la generosidad que el rey les mostraba. «La ley se ha vuelto menos severa que antaño; de lo contrario no tendrías otra opción que vivir aquí hasta el final de tus días.» A esto, Húrin contestó que si Maeglin no se fiaba de ellos, harían un juramento; y juraron que nunca revelarían los consejos de Turgon y que mantendrían en secreto todo lo que habían visto en este reino.

Años más tarde, Tuor diría a Voronwë, cuando estaban a orillas del mar en Vinyamar (p. 172): «Pero en cuanto a mi derecho de ir en busca de Turgon: yo soy Tuor, hijo de Huor y pariente de Húrin, nombre que Turgon no habrá de olvidar».

*

Húrin fue capturado con vida en la Batalla de las Lágrimas Innumerables. Morgoth le ofreció la libertad, y también le ofreció un puesto de poder como uno de los principales capitanes de Morgoth, «si se avenía a revelarle dónde tenía Turgon su fortaleza». Húrin rechazó esta oferta, espetándole su negativa a la cara con el máximo atrevimiento y desdén. Entonces Morgoth lo colocó en un lugar alto del Thangorodrim, para que estuviera allí sentado sobre una silla de piedra, y dijo a Húrin que —mirando con los ojos de Morgoth— contemplase los fatídicos destinos de aquéllos a los que amaba, y que nada se le escaparía. Húrin lo aguantó durante veintiocho años. Entonces, al término de ese tiempo, Morgoth lo liberó. Fingió estar conmovido por la compasión ante un enemigo completamente derrotado, pero mintió. Tenía otro propósito malvado, y Húrin sabía que Morgoth carecía de piedad. Sin embargo, aceptó su libertad. En la extensión de los *Anales Grises*, en la que se cuenta esta historia, «*Los vagabundeos de Húrin*», llegó al fin a las Echoriath, las Montañas Circundantes de Gondolin. Sin embargo, no pudo encontrar la entrada, y al final se quedó desesperado, «porque Húrin estaba entonces desesperado mirando los riscos silenciosos [...] de pie sobre una roca elevada miró por último hacia Gondolin y llamó en alta voz:

—¡Turgon, Turgon, recuerda el Marjal de Serech! —Y de nuevo—: ¡Turgon, Húrin te llama! ¡Oh, Turgon! ¿No me oyes en tus estancias ocultas?

Pero no hubo respuesta, y no oyó otro sonido que el del viento en las hierbas secas. Sin embargo, hubo oídos que oyeron las palabras de Húrin, y ojos que observaron bien sus gestos; y el mensaje llegó sin demora ante el Trono Oscuro del Norte. Entonces Morgoth sonrió, y ahora sabía claramente en qué región moraba Turgon, aunque por causa de las Águilas no había podido mandar ningún espía a que observara aquellas tierras, detrás de las montañas circundantes».

Aquí vemos otro ejemplo de las ideas fluctuantes de mi padre acerca del modo en que Morgoth descubrió la ubicación del Reino Escondido (véase pp. 131-132). La historia del presente texto difiere claramente del pasaje del *Quenta Noldorinwa* (p. 144), donde la traición de Meglin, capturado por Orcos, se narra de la siguiente manera, clara y concisa: «compró la vida y la libertad revelándole a Morgoth el emplazamiento de Gondolin y los caminos por los cuales se podía localizar y atacar. Grande en verdad fue el júbilo de Morgoth [...]».

De hecho, creo que la historia comenzó a desarrollarse en otro sentido a partir del final del pasaje que acabo de citar, donde los gritos de Húrin revelaron la ubicación de Gondolin «el júbilo de Morgoth». Esto puede deducirse teniendo en cuenta lo que mi padre añadió en este punto del manuscrito:

> Más tarde, cuando Maeglin fue capturado y quiso comprar su libertad con la traición, Morgoth debió de responder riendo, diciendo:
> —Noticias rancias no compran nada. Eso ya lo sé, no se me ciega tan fácilmente.
> —Así, pues, Maeglin se vio obligado a ofrecer más: socavar la resistencia en Gondolin.

Las Montañas de Hierro

A partir de los primeros textos, a primera vista parecía que *Hisilómë (Hithlum)* era una región distinta de Hithlum, que apareció más tarde, ya que estaba ubicada más allá de las Montañas de Hierro. Sin embargo, concluí que lo único que había ocurrido era que el nombre había cambiado, y lo mantengo firmemente. Se dice en otro lugar de los *Cuentos Perdidos* que cuando Melko huyó de su reclusión en Valinor preparó para sí mismo «una nueva vivienda en la región del Norte donde se levantan las Montañas de Hierro, muy altas y de terrible visión»; y también que Angband estaba debajo de las raíces de las fortalezas más septentrionales de las Montañas de Hierro: aquellas montañas se llamaban así debido a la presencia de «los Infiernos de Hierro» debajo de ellas.

La explicación reside en el hecho de que el nombre «Montañas de Hierro» era atribuido originalmente a la cordillera que más tarde pasó a llamarse «Montañas Sombrías» o «Montañas de la Sombra», *Ered Wethrin*. (Puede ser que estas montañas eran consideradas una cordillera continua, pero la extensión más austral, las paredes del Sur y el Oeste de Hithlum, llegó a distinguirse nominalmente de las terribles cimas encima de Angband, la más imponente de las cuales era Thangorodrim.)

Desafortundamente no cambié la entrada de *Hisilómë* en Lista de nombres que acompaña a *Beren y Lúthien*, que afirma que la región en cuestión debe su nombre al «los pocos rayos de sol que se asoman por encima de las Montañas de Hierro al Este y al Sur de ella». En las pp. 49-50 del presente texto he cambiado «Hierro» por «Sombrías».

Nirnaeth Arnoediad: La Batalla de las Lágrimas Innumerables

Se dice en el *Quenta Noldorinwa*:

> Ahora ha de contarse que Maidros, hijo de Fëanor, se dio cuenta de que Morgoth no era invulnerable, pero que los destruiría a todos uno a uno si no formaban de nuevo una liga y un consejo. Ésta fue la Unión de Maidros, y se planeó sabiamente.

La gigantesca batalla que tuvo lugar a continuación era la más desastrosa de la historia de las guerras de Beleriand. Los textos están repletos de referencias a la Nirnaeth Arnoediad, porque tanto Elfos como Hombres fueron completamente derrotados en ella, y provocó la ruina de los Noldor. Cayó Fingon, el rey de los Noldor, hijo de Fingolfin y hermano de Turgon, y su reino dejó de existir. Sin embargo, un suceso muy notable, a principios de la batalla, fue la intervención de Turgon, que salió del campamento militar de Gondolin: este hecho queda reseñado de la siguiente manera en los *Anales Grises* (acerca de los cuales, véase *La Evolución de la Historia* p. 219):

> Y he aquí que para la alegría y el asombro de todos se oyeron unas grandes trompetas, y una hueste inesperada acudió a la guerra. Era el ejército de Turgon que salió de Gondolin, diez mil guerreros con mallas brillantes y largas espadas; y acamparon hacia el Sur, guardando los pasos del Sirion.

Existe también en los *Anales Grises* un pasaje destacable acerca de Turgon y Morgoth.

> Pero un pensamiento lo perturbaba profundamente, y empañaba su triunfo; Turgon había escapado a la red, y era al que más deseaba atrapar. Porque Turgon provenía de la poderosa casa de Fingolfin, y era ahora por derecho Rey de todos los Noldor y Morgoth temía y odiaba a la casa de Fingolfin, porque lo habían despreciado en Turgon, y tenía la amistad de Ulmo, y por las heridas que Fingolfin le había infringido en el combate. Además, hacía ya mucho, en Valinor, su mirada se había fijado en Turgon, y una sombra se había adueñado de su corazón, pues presagiaba que, en un tiempo todavía recóndito, la ruina le vendría de Turgon.

Los Orígenes de Eärendel

El texto que sigue a estas líneas proviene de una larga carta escrita por mi padre en 1967 acerca de la construcción de nombres dentro del marco de su historia inventada, y la adopción de nombres ajenos a su historia.

Señala desde el principio que el nombre *Eärendil* (la forma tardía) deriva muy claramente de la palabra del inglés antiguo *Éarendel* —una palabra que, a su juicio, posee una belleza peculiar en esa lengua—. «Su forma —continúa— sugiere además fuertemente que en su origen fue un nombre propio y no un nombre común.» A partir de formas emparentadas en otras lenguas, él consideraba evidente que pertenecía a un mito astronómico, y que era el nombre de una estrella o una constelación de estrellas.

«A mí me parece —escribe—, que los empleos a.s. indican claramente que se trataba de una estrella que presagiaba el alba (de cualquier modo, según la tradición inglesa): es lo que ahora llamamos *Venus*, la estrella de la mañana tal como puede vérsela brillando intensamente al alba, antes de la salida del Sol. Así es, de cualquier modo, como yo lo interpreté. Antes de 1914 escribí un "poema" sobre Eärendel, que lanzaba su barca como una chispa brillante desde los puertos del Sol. Lo adopté en mi mitología, en la que se convirtió en una figura principal como marino, y fue finalmente una estrella-heraldo y un signo de esperanza para los hombres. Aiya Eärendil, Elenion Ancalima, "salve Eärendel, la más brillante de las Estrellas".»

Desde luego, la distancia que media entre ambas expresiones es larga. Estas palabras del inglés antiguo provienen del poema *Crist*, en concreto del pasaje *Éala! Éarendel engla beorhtast ofer middangeard monnum sended*. Sin embargo, por extraordinario que pueda parecer a primera vista, con las palabras élficas *Aiya Eärendil Elenion Ancalima* que mi padre cita en esta carta, se refería a un pasaje del capítulo *El antro de Ella-Laraña* en *El Señor de los Anillos*. Cuando Ella-Laraña se acerca a Sam y Frodo a través de la oscuridad, Sam exclama: «¡El regalo de la Dama! ¡El cristal de estrella! Una luz para usted en los sitios oscuros, dijo que sería. ¡El cristal de estrella!

—¿El cristal de estrella? —murmuró Frodo, como alguien que

respondiera desde el fondo de un sueño, sin comprender—. ¡Ah, sí! ¿Cómo pude olvidarlo? *¡Una luz cuando todas las otras luces se hayan extinguido!* Y ahora en verdad sólo la luz puede ayudarnos. Lenta fue la mano hasta el pecho, y con igual lentitud levantó la Redoma de Galadriel [...] La oscuridad retrocedió y la Redoma pareció brillar en el centro de un globo de cristal etéreo, y la mano que lo sostenía centelleó con un fuego blanco.

Frodo contempló maravillado aquel don portentoso que durante tanto tiempo había llevado consigo, de un valor y un poder que no había sospechado. Rara vez lo había recordado en el camino, hasta que llegaron al Valle de Morgul, y nunca lo había utilizado porque temía aquella luz reveladora.

—*Aiya Eärendil Elenion Ancalima!* —exclamó sin saber lo que decía; porque fue como si otra voz hablase a través de la suya, clara, invulnerable al aire viciado del foso».

En la carta de 1967 mi padre dice a continuación que «el nombre no podia adoptarse sin más: tenia que acomodarse a la situación lingüística élfica, al mismo tiempo que se creaba en la leyenda un lugar para su persona. De esto, muy remotamente en la historia del "élfico", que estaba empezando, después de muchos intentos durante la adolescencia, a adquirir forma definitiva en la época de la adopción del nombre, surgieron por fin la raíz de de la l.c. AYAR, "Mar", aplicada fundamentalmente al Gran Mar que se extendía entre la Tierra Media y *Aman*, el Reino Bendecido de los Valar; y el elemento o base verbal (N)DIL, "amar o ser devoto de". Eärendil se convirtió en un personaje de las primeras leyes fundamentals que se escribieron (1916-1917) [...] Tuor había recibido la visita de Ulmo, uno de los grandes de los Valar, el señor de los mares y de las aguas, que lo envió a Gondolin. La visita había puesto en el corazón de Tuor una nostalgia insaciable por el mar, de ahí la elección del nombre de su hijo, a quien le fue transmitida esa nostalgia».

La Profecía de Mandos

En el texto extraído del *Esbozo de la Mitología* que cito en el Prólogo, se dice (p. 36) que cuando los Noldoli partían de Valinor en sus naves durante la rebelión contra los Valar, Mandos envió un emisario que, hablando desde una roca alta cuando pasaban por debajo, les avisó de que debían regresar, y cuando se negaron a hacerlo les recitó la Profecía de Mandos acerca de su destino en la posteridad. Aquí reproduciré un pasaje que lo relata. El texto es la primera versión de *Los Anales de Valinor* —la última versión son los *Anales Grises* (véase *La Evolución de la Historia*, p. 219)—. Esta primera versión pertenece al mismo periodo que el *Quenta Noldorinwa*.

[los Noldoli que partían] llegaron a un lugar donde se elevaban unas rocas altas por encima del mar, y allí estaba o bien Mandos, o bien su mensajero, pronunciando la Profecía de Mandos. Por la Matanza de los Hermanos maldijo la casa de Fëanor, y en grado menor a todos los que les acompañaban o tomaban parte en su rebelión, a no ser que volvieran para esperar el juicio y el perdón de los Valar. Pero si no lo hacían, entonces caerían sobre ellos mala fortuna y desastres de todo tipo, y sufrirían siempre la traición de sus propios parientes; y se verían afectados por ciertas dolencias de los mortales en la medida en que sucumbirían fácilmente ante las armas y los tormentos y la tristeza, y al final se desvanecerían y menguarían antes de la raza más joven. Y también predijo muchas otras cosas que después acontecieron, avisándoles de que los Valar les cerraría el acceso a Valinor para que no pudieran regresar.

Pero Fëanor endureció su corazón y se mantuvo firme, y también lo hizo el pueblo de Fingolfin, aunque a regañadientes, sintiendo la coerción de sus parientes y temiendo el juicio de los Dioses (porque no todos los miembros de la casa de Fingolfin carecían de culpa en la matanza de los hermanos).

Véase también las palabras que Ulmo dirige a Tuor en Vinyamar, UV p. 167.

Los tres grupos de Elfos en El Hobbit

En *El Hobbit*, cerca del final del capítulo 8, *Moscas y arañas*, aparece el siguiente pasaje.

Por supuesto, las gentes de los banquetes eran Elfos del Bosque. Los Elfos no son malos, pero desconfían de los desconocidos: esto puede ser un defecto. Aunque dominaban la magia, andaban siempre con cuidado, aun en aquellos días. Distintos de los Altos Elfos del Poniente, eran más peligrosos y menos cautos, pues muchos de ellos (así como los parientes dispersos de las colinas y montañas) descendían de las tribus antiguas que nunca habían ido a la Tierra Occidental de las Hadas. Allí los Elfos de la Luz, los Elfos Profundos y los Elfos del Mar vivieron durante siglos y se hicieron más justos, prudentes y sabios, y desarrollaron artes mágicas, y la habilidad de crear objetos hermosos y maravillosos, antes de que algunos volvieran al Ancho Mundo.

Estas últimas palabras se refieren a los Noldor rebeldes que partieron de Valinor y llegaron a ser conocidos en la Tierra Media como los Exiliados.

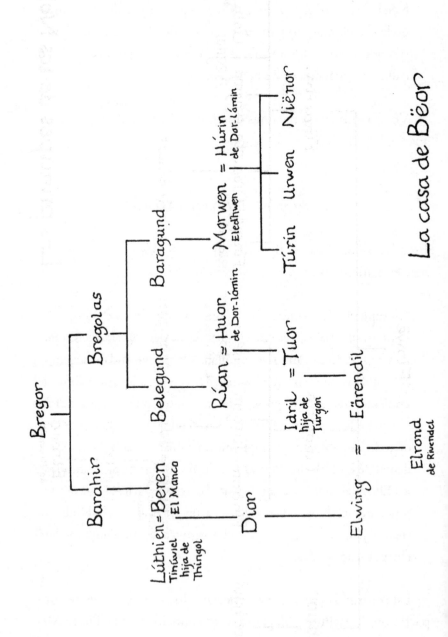

La casa de Bëor

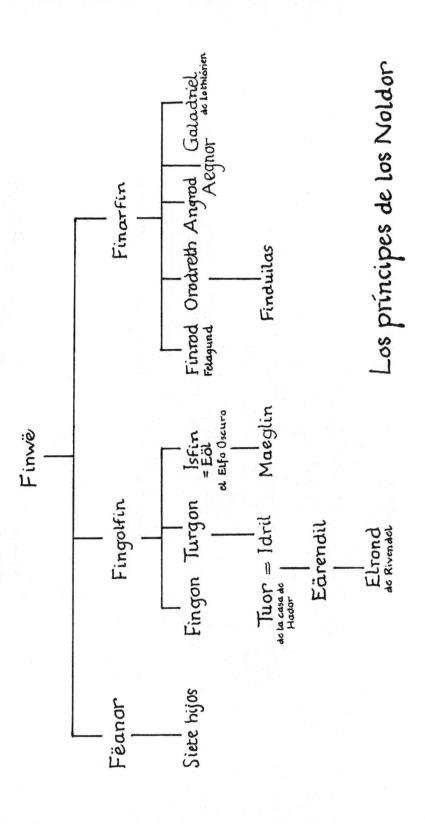

Finwë

Fëanor

Siete hijos

Fingolfin

Fingon   Turgon   Isfin
                  = Eöl
                  el Elfo Oscuro

Tuor = Idril   Maeglin
de la casa de
Hador

Eärendil

Elrond
de Rivendel

Finarfin

Finrod   Orodreth Angrod Galadriel
Felagund   de Lothlórien
                   Aegnor

Finduilas

Los príncipes de los Noldor